人間社文庫 ‖ 文学[小説]

ピース・イズ・ラブ 君がいるから

一匹文士《いっぴきぶんし》
伊神権太

人間★社

【目　次】

信長残照伝　わたしはお類、吉乃と申します　5
あたい　志摩のはしりがね　73
カトマンズの恋　国境を超えた愛　111
海に抱かれて　ピースボート乗船日誌　171
海に向かいて―前・後編　脱原発社会をめざして　277
シロ、約束だよ　別れのシンフォニー　341
文庫出版にあたって　362

信長残照伝

わたしはお類、吉乃と申します

プロローグ

キリスト教が江戸幕府によって弾圧される前、種子島に欧州の鉄砲が初めて伝来したとされる一五四三年（天文十二）葉月二十五日（新暦九月二十三日）から約二十年後、「日欧文化比較」で知られるイエズス会宣教師のポルトガル人ルイス・フロイスが日本で布教を始めている。時あたかも信長は戦乱に次ぐ戦乱の只なかにあった。信長がこの世に生を受けたのが一五三四年五月十二日（新暦六月六日）。日本で三十五年に及ぶ布教生活ののち長崎を終の住処に生涯を終えたフロイスは信長よりも二年早く生まれている。同じころ、ふたりは日本にあって天下統一とキリスト教伝道の使命に燃え、それぞれを生きたのである。

信長は夜陰に光る滝の流れのような火の粉を全身に浴びながら、

〽人間五十年
化轉《げてん》のうちを較ぶれば

夢まぼろしの如くなり
ひと度、生をうけて
滅せぬもの、あるべきか

〽死なうは一定
夢の世なれば
婆どのおじゃれ
姉さも下され
夏の夜
短し……

と愛用の扇を手に、生涯離さなかった天女の能面をかぶり、来し日々を思い、幸若舞や敵の目をくらますため、若いころ生駒屋敷で遊び呆けて舞った踊り唄「上総唄」などを無心になって舞い、踊り続けた。

肩から胸にかけては大数珠が斜めにかけられている。手を合わせ「きつの、きつの。余はまもなくそちのところに参るからな」。そう言って火焰のなかに飛び込むようにして消えた。

だがしかし、信長の亡き骸がその後発見されたとの確たる証拠はない。ありし日々、吉乃と共に過ごした木曽川河畔や伊木山、小牧山を含む尾張一円を今なお彷徨《さまよ》っているのかも知れない。信長は一体どこへ行ったのだろう。

突拍子もなく、時の流れとともに、この地方に伝わる狐の大親分の〝小牧山吉五郎〟とその妻〝お梅〟のように物の怪に化身してしまったのか。桜の花々や川の流れ、〈気〉となって、吉乃と共にここいら辺りの田園地帯に浮遊しているかも知れない。

話は今から四百三十五年前、戦乱の世に遡る。フロイスが一五六二年（永禄五）にパードレとして日本を訪れキリスト教の宣教を始めた二十年後の一五八二年（天正十）六月二日、織田信長は明智光秀による本能寺の変で命を落とすが、その前年にフロイスは通詞として京都で信長に初めて謁見している。

一方、信長にとっての最愛の女性、吉乃の墓は観音像とともに、尾張之国小折村（現愛知県江南市小折）の田代墓地に建ち、信長のかつての居城小牧城（愛知県小牧市）を仰ぎ見る位置にある。若き日の信長と吉乃の心を虹の橋で結ぶように、である。

一五三四年（天文三）五月十二日。信長は古渡城主だった織田信秀の嫡男として、当時信秀が居城していた勝幡《しょばた》城（現愛知県愛西市）で生まれた。

それから数年後、幼少のころ「吉法師」と呼ばれた信長は、小折村の土豪生駒家の娘、お類にこんな言葉を掛けている。

「おるい、そなたはワシのおなご。よめじゃ。よいか、わかったな。よめじゃ、よめじゃぞ」

大人びた表情で語り掛けてきた日のことを、六つ年上のお類は忘れもしない。

――吉乃の物語は、信長に愛され周りの人たちからも慕われ、愛され続けた尾張名古屋が産んだひとりの女性の波乱に富んだ生涯である。その一生はどこまでも信長に寄り添い、生き、戦い抜きながらも若くして夭折した悲しい話である。

とはいえ信長と吉乃の純愛は、歴史のひとこまにとどまらず、後の世にまで語り継がれてしかるべきだろう。戦国の乱世にあって燦然と煌めく愛のかたちが、そこにはあった。

生駒家に生まれたお類は、成長するにしたがって「吉乃」と呼ばれるようになり、それが定着し、一般的になったと言われている。土豪生駒家がその昔、吉野桜で名高い奈良から尾張の地に来たこと、何かにつけ〈吉〉に恵まれた縁起のいい家系だったことによる。それよりも何よりも、お類と再会した信長自身の口から飛び出した呼び名が「きつの」であった。

ともあれ、種子島に欧州から火縄銃（鉄砲）が伝わり、キリスト教文化が今まさに世を席巻しようとしていた。その風雲急を告げるときに、日本では吉乃という戦乱の時代を駆け抜けたひとりの女性が、木曽川河畔の地に生きていたのである。

歴史に「もし」はあり得ないが、もし幼少の信長がお類、否《いな》、吉乃に出会っていなかったとしたなら、信長、秀吉、家康といった三英傑主導の戦国の世はまったく変わったものになっていたであろう。いや、それどころか、信長という存在そのものが歴史の舞台から弾き飛ばされ、秀吉、家康も後世にその名を残すことはなかったのではないか。天下統一の美名のもとに殺戮が繰り広げられることもなかったのではないか。あるいは今以上に歪な日本を私たちは生きてこなければならなかったかも知れない。

1　出戻り、お類

ヒュー、ヒューッ、ヒュウル

〽一の谷の　いくさやぶれ　討たれし平家の　公達あわれ……残れるは花や　今宵のうた——

敦盛の、牛若丸の、あの武士たちの悲哀を醸した笛の音が〈かぜ〉に乗って流れくる。

春。桜の花弁のひとひら、ひとひらが泣き、歌い、笑っている。ひとひらのなかに人知れずドラマが、生が、隠されている。尾張之国丹羽郡小折村の墓地に立つ吉乃《きつの》桜のことである。

奈良。吉野山。その山を彩る吉野桜にも似てかわいらしく、かつ優雅さと気品をたたえた吉乃。彼女の生まれ育った尾張之国の土豪生駒家がその昔、吉野桜で名高い奈良から尾張の地に移り住み、何かにつけ〈吉〉に恵まれ、栄華をきわめた。遠くは藤原家の血を受け継いだ家柄だったこともあり、いつしか村人たちは吉乃と呼ぶようになった。実際、生まれながらにして吉乃は器量好しであった。

ここ尾張の大地に風が吹いても、雨が降っても。そして雪や氷たちが襲い来ても吉乃は、どんなときにでも、トレードマークともいえる少し控えめな八重歯を光らせ、艶やかな長めの黒髪に身を包むようにし時にえくぼを光らせ、顔をなごませてもいた。

吉野桜といえば、〽春の眺めは吉野山／峰も谷間もらんまんと／ひと目千本二千本／花が取り持つ縁かいな、と爪弾きの三味の音に合わせて男衆たちがよく謡う小唄〈縁かいな〉のなかでも唄われている。

その吉野の血が流れる彼女が歩んだ人生、女の道とは一体どんなものだったのか。話は弘治三年、一五五六年の秋。尾張之国の小折村に遡る。

濃尾平野には一面きらきら光る稲穂が垂れ、田頭は黄金色で波打っている。近くでは五条の川の流れがサヤサヤと音を立て、陽の光りを呼吸でもするようにのみ込む。黄や白の蝶たちも気持ちよさそうに羽を広げ、草花の上を飛んでいる。トンボが一団となって飛んでゆく。その光景が、このところ傷ついていたお類の心までを大胆なものにしている。お類は思う。どうせ、われの命なぞ、一度は死んだもの、吹っ飛んだはずなのだから。それにそれなりに齢を重ねた。われの身は夫・弥平次の死で一度は死んだはずのものなのだから、と。

そう割り切ったお類は実家近くの物言わぬ野菜畑に出て腰を折り、夏の間伸び放題となっていた雑草を妹の須古や侍女のおちゃあ、お亀らと引き、時折、顔を上げ、まぶしく陽が注ぐ太陽に目を細め、額に浮かぶ汗を手ぬぐいで拭うのだった。赤い曼珠沙華が目の前で棒のような花の房を揺らせている。お類は秋風に揺れる穂先を目の前に、思わず〽マンジュシャゲ　人恋ふごとに　朱ふかく——と口遊んでいた。近ごろ、お類には気になる若者がしばしば生駒家を訪れ、その都度何とはなしに身を焦がす自身に気がついていたのである。

齢のころなら二十二、三歳ぐらいか。きりりとした唇に、妥協を許さない人を射るような鋭く光りを放つ目。中肉中背。その男こそが、若き日の信長だった。何が不満なのか。

亡き父の葬儀の席で線香が立てられていた燭台をエイッ、とひっくり返してしまうなど、少し前までは周りから尾張一の大うつけ者だと陰口をたたかれていた。

実際十八、九歳のころまで、この少年は袖を外した湯帷子一枚に半袴、髪は紐で後頭部で結んだ茶筅髷という姿で町内を気ままに歩き、柿や瓜に丸ごとかぶりついたり、立ったまま餅をほおばるなど、とても領主の嫡男とは思えないひどいありさまだった。

そして。お類はといえば、一昔前の表現で言うなら「傷ついた出戻り女」だった。

一五五四年（弘治元）に標高一七〇メートルの山城、明智長山城（可児市瀬田）の明智一族の一人、土田弥平次に嫁いだものの二年後の一五五六年九月、明智長山城が長井隼人率いる軍勢三千七百人に攻め立てられ、明智一族八百九十人が籠城、ついには城を明け渡した際、弥平次も共に討ち死にしてしまい、お類は泣く泣く両親（父は三代目生駒家元）や兄、生駒八右衛門家長らの住む尾張之国小折村の実家に戻り、傷心の日々を過ごしていたのである。

実家に戻ったお類は、七人兄弟の長女として育ち、幼いころからそうだったように皆から以前と同じく大切にされた。とくに父家元や兄家長の気遣いようときたら大変なもので次第に元気を取り戻していった。生駒屋敷内の二の丸館に住み、侍女おちゃあらと近くの龍神社や神社隣の森、田畑、馬飼い場、雨壺池などに出向き、草引きに打ち込んだり、馬にえさを与えるなどし、神社境内では掃除にも励み、時には近くの子らと言葉を交わしたりして気を紛らす日々を過ごしていた。

なかでも神社前にあるちいさな池は、雨壺池と呼ばれ、旱ばつになると水を替え出し雨乞いをするとアラ不思議や、神社上空にたちまち龍雲が現れ、恵みの雨が降り出す——という真如の言い伝えがあり、お類は近所の子らに好んでこのありがたい「恵みの雨」の話しを何度も繰り返し聞かせ、このところは「お姉ちゃん。あまごいの話。聞かせて」と懇願されることもしばしばだった。

秋はトンボの数が多くなるに従い、日一日と深まっていったが、そんなお類の前に何の因果か、このころ馬上姿もりりしい若武者、信長が数日を置かず、足しげく生駒家を訪れるようになった。信長はいつもお類を見つけては彼女の近くに馬を寄せ、馬上から

「余はかつては吉法師、今は信長じゃ。デ、そなた、おるい。いや、きつのどのは、元気でおいでかな」

と声を掛けてくる。「なぜ、信長さまがアタイ、われのことをきつのと呼ぶのか」。そのわけが当初、お類には理解できなかった。でも話を重ねるうち、信長の口から「そちの実家の出は奈良・吉野と聞くが、そちは〝吉野桜〟にも似て、いつだって初々しく美しい。

だから、おるい。そちのことは、きつのと呼ばせていただくことにしたのじゃ。周りの者どもも皆『きつのの方さま』『きつののお方』と、そう呼び親しんでもいるからじゃ」との言葉を聞くに及んだのだった。

吉野桜だなんて。吉乃は、その桜を見たこともない。それどころか、思いもしないこと、なんて嬉しく光栄なことだろう。そう思ったお類は、それからというもの「吉乃」に成り代わり生まれ変わった女に、と心密かに誓いもしたのだった。

「少なくとも信長さまにお会いする時は、いつも笑顔を絶やすことなく、悲しい顔などしないでおこう。吉野桜のように」と。それからというもの、お類、いや吉乃は信長から声を掛けられる都度「ハイ、おかげさまで。われはなんとか元気でいます」と笑顔で答え、信長はその都度「ウンウン、そうか。そうか。よかった、よかった」とうなづき「ならば良いが。からだを大切にな。気を落とすことのなきよう。そのうち、きっと良いことが降って湧くからな」と妙に大人びた口調でそれだけ言うと、手綱を引く手も軽やかに今来た道を清洲の方へ、と戻って行くのだった。

そして。半刻ほどもすると、決まって信長の従者とみられる少し赤ら顔をしたいかにも田舎侍といった一人の足軽若衆が、こちらは草鞋《わらじ》姿で歩いて吉乃に走り寄り、ヤァーヤァー、ヤア〜ッと手を上げたが早いか「気イ、落とさんでおこな。そのうちええことがたんと、きっと起こるわいね。拙者が保証する」などと吉乃の肩を気安くポンポンポンと、それも労るようにしてたたき、ひと言ふた言、声を掛けると「じゃあな。ハヨ元気になりぁ～せよ。世のなか、みんな苦しんどるんだから、な」とだけ言って帰って行くのである。

こうしたことの繰り返しがしばらく続くと、今度は吉乃の気持ちまでが魔法にでもかけられた如く得も知れず揺れ動き、お侍さんたちがいつ現れるのか、と胸騒ぎまで起こしておかしくなってくる。いつのまにか、そこには信長とその家来とみられる男が訪れるのを心待ちにする自身がいることに気がついてもいた。主君はむろん吉乃にもピタリとついて離れない猿にも似た、どこかひょうきんな感じのするこの男。その男の名は木下藤吉郎といった。

名古屋の中村生まれの藤吉郎は、元はと言えば諸国を転々としたあげく、生駒家に出入りする川並衆の親方、蜂須賀小六の手下になったが、まもなく生駒家の人々にも取り入って信長の家臣となって間もないころで、のちの豊臣秀吉である。

弥平次の亡霊は、お類が実家に戻って以降も日々、枕辺にたった。

同時に、お類の耳には明智長山城が落ちる寸前、戦場で果てゆく運命を知った弥平次が残した言葉「るいや。明智長山城もこれまでじゃ。わしのことは良いからそちは実家へ戻って、誰よりも幸せになるのじゃ」が頭をよぎり、胸がキリキリと痛むのだった。そしてお類は、夫の言葉に従って生後一年と二年になる幼子ふたりを弥平次の母方の土田家に残し、身ひとつで小折の実家である生駒家に戻ってきたのである。

そんななか、お類が生駒家に戻ってからというものは、若武者はまるで宝物でも追い求めるように昼の日なかに現れることもあれば、早朝だったり、夕方日が落ちるころに突然、現れたりした。


空には白い雲が浮かんでいる。

〈かぜ〉がさやさやと微かな音をたてて通り過ぎてゆく。

お類、いや吉乃の胸の血もリズミカルに音を奏でるようだ。お類が馬上姿もりりしい若武者が実は若き日の清洲城主、信長であると改めて強く認識したのは、それからまもなくしてからだった。

というのは、信長の母である土田御前が土田弥平次と同郷で土田一族の出身であり、こうしたことなどもあって信長は幼い頃から、母の土田御前に手を引かれ、かつて何度も生駒屋敷を訪れたことがあり実を言うと幼少のころから互いに子ども同士、そこはかとなく意識しあっていたのだ。

吉乃は何度も会ううちに「そう言えば、あの時のやんちゃな若さま、吉法師さま、この若武者は、信長さまだ」と気づいたのである。実家の生駒家そのものが隣村の尾張之国丹羽郡前野村（江南市前野）の前野一族を後ろ盾に油や灰などを売る馬借（運送業）として財を成し、地方の豪商として知られていた。当然のように常日頃から清洲城主との絆もふかく馬借という、戦国大名にとっては有事への備えに切っても切れない間柄もあって、皆それぞれに深い縁で結ばれていたのである。こんな周囲の状況も手伝って生駒家の存在は、当時の戦国武将ともなれば、必要欠くべからざる存在だったと言っていい。

この時機。すなわち明智長山城で合戦があったころ。清州城では信長の実弟信行による反乱があり、信長は明智長山城へ救援の兵を後ろ盾に出せないままでいた。信長軍の援軍に恵まれないためもあってか、長山城は落ち、お類の夫・弥平次も田の浦合戦で敵方の長屋勘兵衛と槍を合わせ、討ち死にし、命を断ったのである。こうした背景もあって、繊細で幼少のころから少し齢の離れていた姉同然のお類になついていた信長は夫を亡くしたばかりで気落ちしているお類を何とかして励まし慰めようと、当時足軽組隊長だった、まだ召し抱えられてまもない従者、藤吉郎を伴い事あるごとに生駒家にお類を訪ねるようになっていたのである。

若き城主で誇らしげで頼もしく映る信長。かつての吉法師、いや信長が生駒家に顔を出せば決まって生みの母から湯茶の接待をするよう勧められたお類、いや吉乃。出戻りの女にとっては当初、気の重い大役ではあったが言葉を交わすうち次第に打ち解け、心ばかりか、いつしかからだまでも許すほどに互いの愛は深まっていった。

ところで一五五六年九月二十五日。明智長山城が落ちた年、信長は二十二歳になっていた。実は信長はこれより先の一五四八年、十四歳のころ、当時清洲城主だった父信秀と美濃の斎藤道三の政略もあって一歳年下の道三の娘、濃姫と婚約させられ、その後、正妻として清洲の城に迎えられたいきさつがある。濃姫とは、単純に「美濃之国の姫」だから、こう名付けられたと伝えられている。濃姫は別名〈帰蝶〉とも呼ばれていたことは、知る人ぞ知る。

だが、しかし。せっかく息子が正妻を迎えることが決まったというのに信秀は翌年の一五四九年三月三日に四十三歳の若さで急死。なぜ死んだのかについての記録は乏しいが、信秀は気性がとても激しく生前、辛いものを好んで食べていたこともあって、今でいう脳梗塞による病死と見られている。そのとき、信長はまだ十五歳であった。

有能な猛将信秀の突然の死に、尾張の安定を図るため三年間喪に服し一五五一年に葬儀が行われた際、葬儀の場で父親に負けず劣らず短気で勝ち気な信長は祭壇に飾られた線香台を引っくり返し、抹香を仏前に投げつける行状に及んだ話しは前にも触れた。傷心に打ちひしがれていた信長が幼少時から知るお類を「吉乃」という新たな女性として認め、ただひたすら純愛に走ったのは、それから数年後のことであった。若かったとはいえ、波乱に富んだ人生の行く手に明るい灯火、ひとつの光りがポッと点くような形で、かつてのお類が信長の前に現れ出たのである。吉法師とお類双方にとって、それは昏《くら》く、長いトンネル同然の日々からの新たな旅立ちであった。

出戻りのお類にとっての吉法師、逆に吉法師にとってのお類は、もはや互いに消すことのできない大切な〈結ばれた糸〉も同然の存在となっていた。吉乃にとって信長がわがままな弟も同然なら、信長にとってのお類は血を分け合った弟の謀反や何かにつけ傍若無人なふるまいが目立った信長だけを差別扱いする生みの母、土田御前の目に余る依怙贔屓など孤独な自分にとって、いつも温かく接してくれる貴重な存在でもあった。

皮肉なもので、その母、土田御前こそが、幼きころ吉法師の手を引き、生駒家をしばしば訪れ、お類とわが子を引き合わせるきっかけを作ったのである。吉法師もお類も幼少にありながら何か目には見えない運命的な赤い縁で互いに結ばれている、子ども心に気づいていた、とも言える。

あれから、どれほどの月日がたったことだろう。生駒屋敷内、二の丸館で吉乃と過ごすことが信長にとっては唯一、精神的な逃避を兼ねた安らぎの場にもなっていた。

翌春のある日のことだった。

木曽川の滔々とした川の流れを眼下に信長と吉乃はふたりで川面を見ていた。堤には黄色いタンポポが咲いている。レンゲも目にまばゆい。その川には草井の渡し場があり、風よけの麦わら帽をアゴひもで結び、目深にかぶった大勢の人たちが小舟で美濃と尾張の国を行き来している。皆、わらぞうりに素足である。そんな人々を見ながら土手の堤に腰を下ろした信長はこう、口を開いた。

「実を言うと、弥平次のことじゃが。とても残念に思ふとる。おるい、いや、きつの。そなた、その後、悲しさ、心の傷は癒えたかな」

吉乃の胸がピクリと動いた。風の流れが頬に心地よいばかりか、清流の音までがぴちゃぴちゃ……と新たに生まれ出る心を打ち、なんとも気持ちがよい。フナが二匹、三匹、四匹と水面に跳ねて飛んだ。ドジョウたちも次々に顔を出し、泥を掻き分け、水のなかに消えていく。目には見えない、一陣の風がふわりと流れて消えた。

これより先、自ら手綱を取った馬の鞍台から、まるで大事な傷ついた宝物でも扱うように着物姿の吉乃を抱きかかえて土手に下ろした信長は、手綱を近くの木に結わえ付けると堤の上にゴロリと仰向けになり、秋の空を見ながらお類を手招きして傍らに引き寄せた。

流れる雲が下からはっきりと見てとれる。

信長は吉乃を傍らにそのまま黙ったまま、白い雲の行方を追っていた。

しばらくそのまま間を置いた信長は、今度は身を起こし、傍らで神妙な面持ちで座り直した袷せ着に身を包んだ吉乃に向かってつぶやくように話し掛けた。

「ワシも、父の突然の死や弟の裏切りに遭うなどいろいろあったが。のう、今はおまえとこうして会うことができ、とても嬉しい。そちのおかげでワシは戦乱の世にありながら、こうして日々心安らかにしていることができる。まっこと感謝しているぞよ」

信長のひと言ひと言になぜだか、無性に涙がこぼれ落ちてしまう吉乃。泣きながら吉乃は途切れ途切れに「アタイ、いや、われとて。吉法師さまと、こうして日々、お会いでき、これ以上に何を望むことがありましょうぞ。いまだから申し上げます。実をいいますと、アタイは土田御前さまに手を引かれ、生駒の家にちょくちょくおいでになられたころの吉法師さま、あなたさまの幼少時代をよくお見かけしました。よく、知っています。あなたさまの何ごとにかけても一途な、まっすぐな心と強く光りを放つ目はあのころから何ひとつ変わりませせなんだ。いつもキリリとしておいででした。一度、こんなことがありました。

――アタイがまだ七、八歳だったあなたさまを母にいわれてあやさせていただいたときのことです。吉法師さま、あなたさまは、わたくしに向かって突然こう、おっしゃられたのです。『もう、よい。それよりも、おまえは、よきおなごじゃ。やさしくて、いい女じゃ。じゃから。そちは大きくなったらオレさまの嫁になるのじゃ。よいナ。わかったな』と。こうおっしゃられたのです。

なにしろ、こども同士のこと。わたくしは当然ながら少し考えたあと気取った表情で『われは……。なりませぬ』と申しますと『よいから。そちはワシの嫁じゃ。きょうから嫁なのじゃ』と、そう言ってきかれずアタイの顔は子ども心にも赤くなるやら、はたまたどうして良いものか分からなくなり、そのまま雨壺池のある龍神社まで顔を覆って逃げ、以降はできるだけ会わないようにしたのです。

ほんとは何をなさるのやら。何を言い出されるのか、が分からない吉法師さまには神秘的かつ不思議で妖しい魅力とともに、何か強い一本、線の入った絆のようなものを感じていたことも確かです。それが夫との思いもかけない死別のおかげで再びこうしてお会いすることができ、話しができるだなんて」

そこまで話すと、目を着物の袖で覆い傍らの信長に自ら崩折れた。吉法師と吉乃との逢瀬はそれ以降というもの日を置いて続き、ふたりが互いの愛を育み、ひとつとなる場所は誰もいない龍神社境内だったたり、その隣の森や竹林のなかにあるこんもりした土山だったり、木曽川河畔の河原、時には野辺に広がる里山の一隅、自分たちだけの秘密の場所や馬飼い場近くの草原、畑地一角に設けられた農機具小屋だったりした。

そして。ここ尾張の地は木曽川の川面に映える赤い夕日がとても美しい。ふたりは、日々形を変える夕日に染められながら逢瀬を重ね、身も心も互いのからだに同化する如くに融け、染まりあい、まさにひとつになっていく自分たちを感じていたのである。

おなごと男がひとつになる、融け合うというのは、こういうことをいうのか。信長も吉乃も秋の空を流れる雲に目をやりながら、つくづくそう思うのであった。

後年、吉乃はこの空を目の前に、美濃和紙に「秋空に未来永劫と書いて見し……」と思いの丈を詠んでしたためた。

2 出陣

音もなく杉戸が開いた。

侍女のさいは、そこから手をつかえて、信長の方を見、静かに後を閉めてまた、間近まで来て両手をつかえた。

「お目ざめにござりまするか」

「ウむ。さいか。……刻限は今、何刻頃?」

「丑の刻を、すこし下った頃かと覚えまする」

「よい機《しお》」

「なんと御意なされましたか」

「いや、儂《み》の物の具を直ぐこれへ」

「お鎧を」

「誰ぞに申しつけ、馬にも鞍の用意させよ。そなたは、その間、湯漬をととのえてこれへ持て」

「畏まりました」

さいは心の効く女であったので、信長の身近な用事は、平常もさいが心をくばっていた。さいは、信長の心をよく知つていた。さてはと思つたものの、仰々しく立ち騒ぎもしなかつた。脇部屋に手枕のまゝ寝ていた小姓の佐脇藤八郎をゆり起して、宿直の者へ馬の用意を傳え、自分はその間に早くも湯漬の膳部を、信長の前へ運んで来る。

信長は、箸を取って、

「明ければ、今日は五月十九日であつたな」

「左様でござりまする」

「十九日の朝飯は、信長が天下第一に早く喰べたであろうな。美味い。もう一碗」

「たくさんにお代え遊ばしませ」

以上は吉川英治の新書太閤記第二巻「出陣」に記された信長が今まさに、これから桶狭間へ、と出陣する日のひと幕である（原文通り）。

吉川英治が書いた、ここに登場する侍女さい。さい、こそが緊急時にそなえ良人、信長のことを思い吉乃が生駒家から清洲のお城に派遣した侍女に間違いない。信長が一生一代の勝負に、と清洲城を発ち桶狭間に向かったのは、一五六〇年（永禄三）五月十九日（旧暦、新暦なら六月十二日）早朝のことだった。時に信長は二十六歳。吉乃との間には既に信忠、信雄、そして徳姫と三人の子をもうけるほどに深い間柄となっていた。

これより先、一五五七年（弘治三）になり信長は前年に押さえ込んだはずの末森城の弟信行が再び謀反を企てていることを信行の配下、柴田勝家の裏切りで知らされた。重病を装った信長は柴田の勧めで母と見舞いに清州城を訪れた信行を城内北櫓天守次の間で部下に命じて殺させ、これによって柴田勝家が完全に信長に寝返った。信行を暗殺するという強硬手段に出た信長は一五五九年になると、家臣八十人を伴って晴れの上洛を果たし、時の将軍足利義輝への謁見を実現させた。この際には京都、奈良、堺と当時の先進都市を回って見聞を深め、既にいち早く部下の蜂須賀小六らが軍備として導入し実弾演習などの運用まで始めていた種子島伝来の鉄砲（火縄銃）にも一層の理解と研鑽を深めた。

そして京から帰った信長はその年三月には岩倉城下を襲って焼き払い、城を丸裸にして明け渡させ、これがきっかけで尾張一円は信長一族を中心にまとまるに違いない、と周辺の各々は堅く信じて疑わなかった。

桶狭間の戦いはまさに、そんな織田一族の結束の高まりに煽られるが如く若き主君信長の思いもよらぬ好判断と奇襲により始まったのである。

織田信長自らが螺鈿鞍《らでんぐら》を置いた愛馬「月の輪」の背に飛び乗り、馬上姿もりりしく主従合わせて僅か五、六騎の先陣を切って戦地に向けて立ったその日の朝。生駒屋敷二の丸館で、吉乃はまんじりともしない一夜を過ごし、朝を迎えていた。

「さいは、万事うまくことを運んでくれただろうか。信長さまは無事、予定どおり清洲のお城を発たれたであろうか」

信長が出陣したその日の朝。吉乃の胸に去来するのは、そんな思いばかりだった。

信長はつい二日前、いつものようにふらりと小折の生駒屋敷に吉乃を訪ねた。信長は木曽川河川敷での戦闘の実戦訓練の帰りと見られ、戦場に向かう兵士の武具姿そのままで突然、吉乃の前に現れた。吉乃は、この三年余の間に信長との間に授かった三人のお子たち（信忠、信雄、五徳）の衣類の針物づくりに励んでいた、そのさなかに、である。

そして信長は吉乃を前に、はっきりとこう言ってのけた。

「おるい、いや、きつの。余は明後日に戦場に参る。今川義元の首をはねるため田楽狭間に、桶狭間にじゃ。大は小に勝るといえども、小よりは自在たらず。しからば大象の動きを知ることこそ、肝要なり。敵の大軍を桶狭間へと誘い込み義元を必ずや、討ってみせる。ワシが留守の間、からだを大切に。ややこと吾子たちを、くれぐれもよろしく。たのむぞ、な。よいな」

吉乃は、何ひとつ動じることなく頭を下げ「武運お祈り申し上げます」とただ、それだけ応えた。これだけ落ち着き払って信長、いや夫に対峙したのも侍女さいからの飛脚便が事前に吉乃の元に届いていたからにほかならない。

実際、さいから吉乃にあてての便はそれに先立つ四、五日前に、さいが放った騎馬による飛人《とびびと》の手によりいち早く届いていた。

便の内容は次のようなものだった。

「最近の信長さまのご表情には一段と険しく、厳しいものがあり、背筋がピンと張りつめるほどに危機迫るものが感じられ、怖いほどでございまする。その分、何かにつけ侍女の私はじめ、お付きのご家来衆には、とてもおやさしく風邪などを引き体調を下げ、からだを壊した者が出たりすると、その都度『よいか。無理をするな。そちたちは、家族はむろん、ワシにとっても宝も同然じゃ。早く引き上げからだを休ませるように』と、周りに対するお心配りとなると、大変なものでございまする。

一方で木曽川まで駒を進めての戦闘訓練となると、ご自身が先頭に立たれて毎日の如く敵、味方に分かれこの一年余というもの、実戦さながらに繰り返し続けてこられました。それは厳しい訓練だと聞いております。それが、なぜか。なぜなのでしょう。あの苛酷なほどの戦時に備えての訓練がつい二、三日ほど前に突然、ピタリと止んだかと思うと、信長さまはご家来衆に『まずは何よりも、わが家の備えを怠らぬよう。ここしばらくは妻や子、親《おや》さん、兄弟など親類縁者を大切に。留守中の狼藉者に対するそれぞれの家の守り、備えを、くれぐれも万全に。何よりも家内安全じゃ』とのお触れまで出され、次に達しを出すまでは城中への参上は罷り成らぬ、とまで言い切られました。

阿吽の呼吸といいましょうか。ご家来衆は自らが不在中の家内安全と有事の際の守りを御意に従い皆黙々と進め、今は鳥が大空に飛び立つ寸前、信長さまの御意そのままに全員が走り出そうとする、そうした尾張の侍魂というか、一体感のようなものがヒシヒシと伝わってくるのです。でも、用意周到な御方さまのこと。何も私にはおっしゃいませんが、ここ数日の間にごくごく少数による実戦に向けた最後の訓練が木曽川河畔で今一度行われる気がしてなりませぬ。その折には必ずや、吉乃さまのもとに足を運ばれるに違いありません。

清洲の城の方は、こんな訳でして。いざ出陣の時はもはや待ったなし、目前に迫ってきているのです。そんな信長さまも時折、何かを思い出しでもするように『さい、さいよ。吉乃、おるいとわが子らをよろしくな。留守中はそちをたよりにしているからな』とそのようにおっしゃられるのです。そしてここ二、三日というものは『さいよ、さい。信長、すなわちワシが討ち死に——と聞こえたなれば、ただちにこの城に火をかけよ。見苦しゅう焼け残すことのなきように』とまで仰せられ、決意のほどが伝わってくるのです。

わたしは『きつのとわが子を……』とか『さいよ、さい』のお言葉を聞くたびに胸をしめつけられ、その真剣なまなざしに向かって『アイ、承知を。心配いりませぬ。さいがついていますから』と答えることにしていますが、信長さまは吉乃さまと三人のお子たちのことをそれこそ、命がけで愛しておいでになることがピンピン伝わってくるのです。信長さまは、いよいよ出陣なさりまする」

吉乃は、さいからの文を手に、あふれる涙のしずくが頬を伝い、わが胸に抱かれてスヤスヤ眠る生後まもない五徳の頬に落ちるのをただ黙って見つめ「信長さま　どうか　どうぞ　ご武運良きよう」と祈った日のことを思い出していた。

信長が田楽狭間に向かったその日。吉乃は信長との愛を重ねた日々のことを振り返っていた。嫁いだ先の夫、弥平次が戦死し心身ともにボロボロに引き裂かれ、血まみれの思いでふたりの幼子を夫の実家に残し、後ろ髪を引かれる思いで小折の生駒家に出戻った日々のことを、である。

傷心のまま生家に戻った吉乃は戦地で死んだ亡き夫のことなどそれまでの全てのことを忘れようと、しばしば馬番の馬廻しに頼んで自ら手綱を手に、木曽川河畔を訪れた。あれほどまでに精神的な支えとなり続けてくれていた信長さまが、たとえ僅かな間にせよ、目の前から消えていなくなってしまう。こうした時なぞ、いつもなら生駒屋敷の吉乃番も任せられているあの猿、藤吉郎に頼めば飛んできてくれるはずなのだが。

その藤吉郎とて今や三十人を抱えた足軽隊の隊長として戦陣に出向いているはずなので、このところの馬廻しは生駒家で働く年長の男に任せている。男は名を喜助と言った。齢のころは六十前後か。なんとも風雅そのもので、味わいある馬廻しである。

河畔に居れば天気のよい日ともなれば、どこからか木曽川の木遣り歌が聞こえてき、吉乃は何よりもそうしたのんびりした川のほとりで心静かに信長と共に憩うことが好きだった。川岸には袖なし麻襦袢に茜のフンドシ姿の川並衆の船頭たちがちらほら散見され、行き交う舟を見るのも結構楽しかった。

思い起こせば、そんな穏やかな光景を目の前に吉乃と信長は並んで川堤に座り、木曽の流れに身を任せる如く、いっときを共にすることもしばしばだった。眼下からは木遣り歌が低く、強く、伸びやかに、聞こえてくる。何度も耳にしてきた歌である。

〽エンヤラ　ヨイトコ　ショウ
ヒケ、ヒケ、ヒケ　ヤレ、ヤレ
え〜　台持ちは、え〜台持ちは
え〜　重たいね、え〜重たいね
　　　　　それに私して
え〜　力をなし、え〜力をなし
え〜　揃えてね、え〜揃えてね
……

そのリズムは一種独特で森羅万象もの皆全てをのみ込み大気を突き切るような、そんな逞しさに奥ゆかしささえ感じられた。現在《いま》。主の信長のいない傍らでは喜助までが歌い出し、木遣りの歌が川面を流れるなか、吉乃は思わずつぶやくのだった。

「やはり、鎌倉のころから、船頭たちが木曽川の木流しの折に歌いつないできた木曽の木遣り歌は風情に満ちて違う」

馬上姿もりりしく戦地を駆け抜けてゆく武将たち。ヒケ、ヒケ、ヒケッ。ヤレ、ヤレ、ヤレッ。夫、いや良人、信長が乗った愛馬・月の輪はいま、どこいらを進んでいるのか。吉乃はそう思うといたたまれず、立ち上がり空を見上げるのだった。

川面では蝌蚪《かと》の群れが我先に、と一列になって上流に向かって泳いでいく。その様《さま》がよく分かる。吉乃は、この様子をみて思わず「あぁ～、のぶながさま」と声を上げ、やがて蛙に変わるであろうオタマジャクシ一匹一匹の行く先を目で追うのだった。ヒケ、ヒケ、ヒケ、ヒケッの叫びが喉元からあふれてきそうでもある。ヒケ、ヒケ、ヒケッと吉乃はアッと口を開き、声を上げげた。「のぶながさま！」ヒケ、ヒケ、ヒケッ。

夫が出陣して向かう方角の空には先程から尋常ならざる黒雲が天に向かって、もこもこと龍の如く立ち上がり、疾風となって北の方向に走っている。雨も降り出した。雲たちが黒い集団となり瞬く間に何やら信長がめざす田楽狭間の方向に一斉に駆け、走り出しているようにも見える。吉乃はあてのない空のかなたを見つめ思わず両手を合わせた。

〈どうか、どうか。ご無事にお戻りになられるように。もはや。弥平次の時のようなことはイヤでございまする〉

木遣り音頭の音が静まったところで吉乃は着物の裾に入れて持参した一本の横笛を取り出した。笛に手を添え、口にあてふき始める。曲は、源氏に敗れた平家の若武者「敦盛」の歌である。吉乃が幼いころから母に習い、知らぬ間に覚えていた哀愁を帯びた調べが、どこまでも大気を切り裂いて流れていく。

「われの胸に、この笛の調べとともに宿るのは、もはや信長さまの心だけじゃ」

吉乃は胸の内でそう反芻しながら、自らふく笛の音を木曽の川面の大気のなかに流し込むように奏でていったのである

3 「月の輪」凱旋

僅か三千の信長軍が四万の大軍を率いた難敵、今川義元の首を掻き切って意気揚々と清洲に戻ったのは桶狭間の戦いで今川の大軍が少数の信長勢に血塗られてから直ぐのことだった。

その日。吉乃は生駒家の当主である兄の生駒八右衛門家長とともに清洲城に出向いた。信長を迎えるために、である。奇妙丸（信忠、一五五七年生まれ）茶筅丸（信雄、一五五五

八年生まれ）五徳（徳姫、一五五九年生まれ）も一緒で、吉乃は生まれてまもない五徳を胸に抱き、歩き始めたばかりの茶筅丸、そしてわんぱく盛りの片鱗を見せつつある奇妙丸は、あの喜助と吉乃の妹須古、侍女おちゃあらが手をつないで清洲城に入った。

五徳の名前も信長自ら儒教にいう〈智〉〈信〉〈仁〉〈勇〉〈厳〉の願いを込め命名した。生まれたばかりの五徳は、信長にとって初の女子、尋常でない可愛がりようを見せるであろう。五徳を空高く抱きかかえる姿を想像するだけで、吉乃の胸は弾んだ。

織田上総介信長はその日、蹄の音も軽やかに威風堂々と清洲城下に入った。騎《うま》の鞍《くら》側《わき》には首がひとつ、土産に結えつけられてあった。言うまでもなく、あの敵将だった今川義元、今川治部大輔義元の首級である。義元の両の目は死してなおカッと見開き、敵方の毛利新助に首を掻き切られた際、最期の力を振り絞って新助の人差し指に噛み付いた口は、白い指を離すものかと入れたまま歪んでいる。

着ている武具は重く、からだも綿の如くに疲れてはいたが、愛馬「月の輪」の歩みに任せて月明かりの道を闊歩する信長の気持ちは不思議と軽やかに感じられた。月光が心の明かりと重なって若い闘将を清洲へ、清洲へ、と誘ってくれた。彼は「あぁ、これでやっと吉乃と子らに晴れて会うことができる」と思うと胸は騒ぎ、まるで小走りで新たな天地にでも向かうような、そんな錯覚にもとらわれたのである。途中、熱田の宮の神前で勝利を報告した信長は特別に用意した一領の神馬「天満」を宮の御厩舎に献上、清洲への道をひたすらに歩んだ。

清洲は家という家に萬燈がかけられ、まるで光りの輪が連なっているようでもあった。辻々には大篝が焚かれ、家毎の軒先には家人の全員が出てにこやかな顔で「帰りませ！」「帰りませ！」と熱狂して叫んだ。沿道は至るところ、黒山の人だかりがひと目、主君の顔を拝もうと押し合いへし合いで、この地方では古くから伝わる国府宮の裸まつりの裸衆が赤や黄など色とりどりの褌で揉み合っている熱気が、そのまま伝わってくるようでもあった。

夫は。妻は。わが子、親は。恋人は、とその全てが背伸びをして興奮の絶頂のなか、まもなく意気揚々の態の若き主君信長の姿を夜空に見届けるや、「あぁ」とか、「おぅー」といったどよめきが輪となって広がっていった。時折、ヒヒン、ヒンッと勝鬨の声にも似た声を上げる「月の輪」にも人々の喜びが分かるようである。今や領民にとっては、信長こそが何にも替え難い存在であった。このとき信長は二十六歳。信長は、そんな人々を前にありたけの声を張り上げ、こう言い放ったのだ。

「見よ、これに。ここにあるのは今川治部大輔、義元の首にてあるぞ。きょうの土産はこれぞ。あすからは、そちたちにも何ら国境の憂いはない。安心して腹いっぱい食べ、共に働き、踊り、遊ぼうぞ」

この日、吉乃は清洲城の一室で三人の子を隣に、静かに夫・信長の帰りを待った。傍らには信長のお側付きのさいがいて奇妙丸、茶筅丸、五徳の三人の子とともに喜助が控えていた。当時、城内に吉乃の部屋はなかったが、もし側室吉乃の部屋が正式に設けられていたなら今川軍が織田軍を破り入場すれば、真っ先に吉乃に刀剣を向けてくるのは必然の成り行きである。信長は、そうした最悪の事態までを想定し吉乃を生駒屋敷二の丸館にそのまま、ふだん通りに置き留めることにしたのである。吉乃を一途に思う純愛といったような、そんな心がこうした用意周到さひとつにも秘められていた。

吉乃は、それが嬉しかった。

その日、吉乃の手にはいつものようにふきなれた朱塗り漆の横笛が添えられ、首には万一の際に、と信長から常備の備えとして渡されていた伊賀の国の〈くひな笛〉が掛けられていた。このくひな笛は、後に伊賀上野で生を受けた俳聖・松尾芭蕉が奥の細道行で東北地方に旅立った時、襲われた際などにふき鳴らして敵を蹴散らし、助けを求めるため常備していたことでも知られる。ホー、ホオーッという哀愁を帯びた音色が身の安全を守るばかりか、ひとの魂を呼び起こすようで、信長と離れて暮らす吉乃が木曽の川面に立ち、夜空に向かって息をふき掛けるように吹くこともしばしばだった。

吉乃は幼きころから、奈良吉野の地の名家の出である女性だけに家伝流儀として代々、いざ、という時にそなえ伝わる緊急時の伊賀流忍びの術と吉野鬼剣といわれる秘技を体得していた。他言決して無用、の秘伝でもあり誰から教えられた――など当然、これらについて話すことはいっさいない。ただ信長の身の安全を思うあまり、時に応じて懐に短刀や半棒など武具をしのばせることは、たびたびあった。

であるから、信長周辺に不審な気配を感じるや、棒手裏剣や吹き矢などで、時に別人となりきって信長の安全を見守り、街道筋などで命を奪おうとする間者（冠者）たちの前に立ちはだかって、蹴散らし、その都度命の危機を救ったことも何度かあった。ほかに伊賀から忍びの女を常時呼び寄せ、信長周辺に出没する駿河や甲斐、三河などからの間者や細作らの動きにも常に、草笛や口笛、時によっては指笛で連絡を取り合うなどし、細心の注意と警戒を怠らないでいたのだった。

ある日、こんなことがあった。清洲城に通じる浜茶屋で信長と吉乃がお付きの者を従え、静かに休んでいたところに年のころなら五十歳前後の旅芸人風の男が信長に近づき「若殿さま。お疲れのことでしょう」と、椀に茶をつぎ「まだ熱うございますので、しばらくしてから飲まれますと、ちょうど味もしみて良いかと存じます。どうぞ、あじわってくださいまし」とだけ言い、いずこかへ立ち去ったことがある。男が姿を消したあと「どれどれ。

そろそろ頃合いかな」と信長が椀を口元に運ぼうとした、その時だった。

「おやめなされ」と吉乃の甲高い声が響くと同時に、椀が空を切って地面に振り落とされた。驚いたのはその直後のことだった。近くにいた野良犬が路上にこぼれ落ちた水をペロペロとのみ込んだ直後、犬は苦しみ始めやがて悶絶して息絶えた。この日、吉乃は信長に近づいた男のことを忍びの者から「怪しい男がいる。お気をつけ遊ばせ」との事前に知らせを受けていたこともあり、今川方の間者だとにらみ、咄嗟の判断で毒入りだと見極め、目にもとまらぬ早業で懐に忍ばせた棒手裏剣を椀に向かって投じ、払い落としたのだった。

こんな危機一髪の危険は再三ありはしたが、吉乃は忍びの女たちの献身的な助けもあって、身を挺して信長を守ってきたのである。信長が吉乃の忍びの術の素養に気づいていたかどうかとなると、歴史上の隠された秘術でもあり文献にも記述がないことから誰ひとりとして分からない。第一、忍びの者は決してその事実については明かさない。たとえ相手が誰であろうとも、秘密をどこまでも押し通す。ただ言えることは、当時は今川から尾張之国に送り込まれた間者、細作たちが相当数に及び、信長の首を狙ったり、敵状を探ろうとしてきたことだけは確かで、油断もすきもなかった。

——死なうは一定　忍び草には何としようぞ　一定語りをこす夜の　死のうぞ死のうぞ

小扶持の部下の足軽までが皆、はッはッと、息を弾ませてついてきた。部下という部下が、こんなにも歓んで戦地を駆けてくれるとは。先頭を走る信長。あとは皆、死のう、死のうと怒涛となって戦った結果が今、目の前にある。夢ではない。現実なのだ。

桶狭間の奇襲攻撃で大勝し帰城した信長は清洲城の一室でただひたすらに帰りを待ち続けていた吉乃を見るや、大粒の涙を流し吉乃をグイと抱きしめた。そして、あとは言葉にはならず、何度も何度もうなづきながら吉乃を引き寄せ、次いで三人のわが子を交互に抱きあげ「父は今かえったぞ」と、繰り返し語り掛けた。

このころ吉乃は、五徳姫出産に加え、それまでの戦国武将の妻としての度重なる過労と精神的苦痛も伴い、体力的に少し衰えが出てきたようだが、勘のいい信長は敏感にこの事実を悟っていたようである。

信長は視線を吉乃の顔に注ぎこう言った。

「わしは、とうとうやった。今川に勝ったのじゃ。そちには、これまで随分の苦労をかけた。かたじけないことじゃ。ありがとうて」

そう繰り返し吉乃の顔を見つめる信長はもはや、かつての吉法師ではなく立派な武将としての物言いでもあった。信長はさらに続けた。

「おまえには、この世で最高の褒美を取らせたいが、その前にワシは、お類。いや、吉乃、そちに心から礼を言いたいのじゃ」と。

吉乃は、このとき思った。

あの「おまえはワシの嫁になるのじゃ。分かったな。よいな。ヨメじゃ、ヨメなのじゃ」と叫ぶように言ってのけた手に負えないほどの吉法師がこれほどまでに逞しく、頼りがいのある武将になってくれたただなんて。とても想像さえしていなかった、と。

でも、ただひとつ、吉乃の胸を一貫して射続けるものがあった。それは、信長の目は、ワンパクだった吉法師のころから、いつだって真剣そのもので、その目はいつだって吉乃を射抜くほどにキラキラと光り輝いていたという事実である。


ここで私は、ひとつ気になることに触れておきたい。いや、触れなければならないと思い、重い筆を進める。それは信長の正妻である濃姫のことである。濃姫の記述が「武功夜話」や「信長公記」などどんな文献にも殆どと言ってよいほど出てこないのは、なぜか。

歴史資料や文献などで分かっていることは一五三五年に美濃之国の大名斎藤道三の三女として小見の方との間に生まれた彼女が〈帰蝶〉と呼ばれていたという事実、そして天文十七年（一五四八）には十三歳でひとつ年上の信長と政略結婚させられた、その二点でその後のことは多くが闇に包まれたままだ、ということだ。

またその生死についても諸説ある。その第一が一五八二年（天正十）六月二日に明智光秀の謀反により信長が命を落とした京都本能寺の変で共に自害したというもの。この点については真偽のほどは別に、信長の正室濃姫の遺髪を埋葬したとされる濃姫遺髪塚が岐阜市不動町の西野不動尊前の「お濃の墓」に存在する。ただ、これは江戸時代につくられたものらしい。

次に、いやいや、それよりずっと前の一五六一年九月に子宝に恵まれないまま傷心で父の元に出戻っていたところを斉藤道三に反逆した嫡男義龍の明智城攻めに遭い、この時に命を落としたという説。さらに時代はずっと下がって大徳寺総見院の織田家墓所の過去帳にある記述――養華院殿西米津妙大姉慶長十七年壬子期旭信長公御台――から、信長の死後三十年たった慶長十七年に七十七歳の高齢で病没したなど。諸説がある。

いずれにせよ、信長との間に子に恵まれなかった濃姫を思うとき、彼女の人生は必然的に暗く希望のないものになっていったことだけは疑いようのない史実だったといえよう。濃姫と政略結婚させられた信長も当時は、まだ十四歳。濃姫との愛を育むにはまだ早過ぎ、それよりも当時の信長は斎藤道三が怖くて濃姫には最初から近づけず、手を触れられなかったのではないか。そんな悲運の濃姫に比べたら、吉乃は生涯、信長の愛に育くまれ、その点では幸せな女性だった。

4　たからもの

一五六〇年五月十九日（旧暦、新暦なら六月十二日）に出陣した織田上総介信長が桶狭間、いやここから僅か半里の有松と落合村の間にある田楽狭間の死闘に勝ち、今川治部太輔義元の首級を手に戻ってきた。

まぎれ無き勝利である。清洲の町が至るところ歓喜に満ち、沸いている。

吉乃はあらためて過去を振り返り、今、つくづく思う。

信長の母、土田御前の生まれた土田一族にお類として嫁入りし、弥平次との間にはふたりの子に恵まれた。弥平次は心優しい男だった。ああ、それなのに。やさしかった夫は一五五六年（弘治二）九月の明智長山城・田の浦合戦に犬山、岩倉両城主が送り出した救援部隊の一員として参戦。敵方の斎藤義龍率いる長井隼人の家臣、長屋勘兵衛と槍を合わせて討ち死にし、帰らぬ人となってしまった。

それまでの新居での弥平次との楽しかった日々とは一体、何だったのか。一変して幸せが音を立てて崩れ去ったのである。こんなわけでお類は、生まれ故郷の尾張之国小折村の生駒家に傷ついた心を引きづって戻ってきた。弥平次との間には既に男の子と女の子がいた、とされるがふたりとも実家で預かるというのでそのまま残し、ただひとり生家の門をくぐったのだった。ふたりの子はその後、岐阜の土田家一族から小折の隣、岩倉の商家である船橋家に預けられ、忍びの女たちの助けもあって大切に育てられたらしい。が、記録となると、なぜか、どこにも残っておらず、地元歴史研究家のなかには、実は弥平次との間に子はなかったのでは、とする人もいる。

お類が生駒屋敷に出戻ったときは、それこそ一撃を食らわせられたようで足は重く、胸が高鳴り、身も心も張り裂けそうだったが、兄で生駒家四代目当主だった八右衛門家長の「よくぞ帰って参った。辛かったのう」の温かい言葉に甘えた。「お姉ちゃん、また一緒に楽しく暮らそうね。ほんと言うとね。あたし、待っとったんだから」との妹須古らの偽りのない言葉も身にしみ、意識が折れそうではあっても、わたくしには生駒屋敷があるのだと、の思いを強くしたのがつい、きのうのようでもある。

その生駒屋敷に帰って来たからこそ、吉法師さまとこうして再会でき、ここまで生きてこられた。亡き夫のおかげで今があるのだ、と。お類から吉乃に生まれ変わった彼女はこんなことを何度も何度も反芻し思うのである。と同時に西の丸館で寝屋を共にしたり、木曽川河畔や生駒屋敷近くを流れる幼川《おさながわ》（現五条川）の堤を共に歩くなど互いの愛が深まれば深まるほど「弥平次さま。許して」と前の夫に対する償いの情もなかなか消えはしない。かえって追慕の情が輪をかけて増幅していく自分を感じてもいたのである。

あれは傷心のまま実家に出戻ってしばらくした、ある日のことだった。信長さまは既にれっきとした若殿さまとなっており、鷹狩りの帰途、小折の生駒屋敷に兄の生駒八右衛門家長を訪ね、このとき、接待の茶を差し出されよ、と生母と父家宗（生駒家三代目当主）に毅然とした様で言われ、茶を持ち運んだ。これが吉法師さまとの再会のきっかけとなったのである。

信長はそのとき幼少時代を思い出し、あらためてお類への思いの丈を強くし、それ以降というものは何かにつけ、生駒屋敷に顔を出すようになっていた。以降、ふたりの仲は〈何かの縁〉でつながれたような、そんな関係にまで発展。奇妙丸（のちの信忠）をはじめ茶筅丸（信雄）、五徳（徳姫）と三人の子も次々と授かった。ことに弘治四（一五五七）年夏に長男、奇妙丸を授かった時などは大変な喜びようで、信長は吉乃の手を握ったまま何度も何度も「でかしたぞ」と述べたという。

実際、信長に再会して以降も、吉乃の身の回りには今川からの間者や細作の横行や信長に関するあらぬ噂などいろんな雨、風、嵐が降ってわいた。が、その都度、木下藤吉郎ら周りのご家来衆の機転や妹の須古、さらには忍びの女たちにも助けられ、ここまで切り抜けてきたのである。

そんななか、吉乃にとって何にも替え難いものは信長、そしてその一の家臣である藤吉郎を取り巻く多くの温かい人びとの存在と出会いだった。一五四八年（天文十七）に種子島に伝来して間もない鉄砲を大阪の堺経由でいち早く入手し信長軍を早くから支えたばかりか、川並衆としても木曽川での渡し船の行き来を一手に引き受けた蜂須賀小六正勝率いる、いわゆる蜂須賀党、木曽川河川敷での馬の放牧地「馬飼い地」開放など何かと信長軍に尽くした前野将右衛門長康一族、さらに蜂須賀党の有力メンバーで「持ち舟、数百艘」「舟をあつかう者、舟を頼みて富を為す」とまでいわれた草井長兵衛を筆頭とする粋のいい船頭衆たちなど。

良人、信長を守る周りの多くの人たちの存在を知ったのもこのころだった。

気がつくと、かつての少女、お類は新しい女、吉乃に生まれ変わり信長にとって、かけがえなき存在になっていたのである。桶狭間すなわち田楽狭間の戦いに至るまでのしばらくの間、吉乃は信長と離れれば離れるほどに、一層身を焦がす自分を強く感じていた。別れているほどに思いは深く、そのぶん自身も美しく且つしなやかに。若鮎のように育つわたくしでなければ、といった自分自身がそこにはいた。

このころになると、吉乃の美貌と柔らかな物腰や物言い、温かさに圧倒され、信長の側室であることを知りつつ、何かと吉乃のことを気遣う多くの男たちも生駒屋敷に相次いで現れ、出入りを始めたのである。将右衛門しかり、自らの出世に如才のない藤吉郎とて吉乃には目がなく、結果的に吉乃は彼女を慕うこれら大勢の男たちに守られてもきた。

男たちのなかには、産後の肥立ちによいと聞いたドジョウや里芋を近くの小川や田んぼ、時には伊木山まで行って取り、信長には内緒で持参し献上してくれる。やがては生駒屋敷二の丸館に住む吉乃の住まいを吉乃の方のお屋敷だと呼ぶ者まで現れた。

秋。〈かぜ〉がさやさやと肌に心地よい。きょうは、雲の流れが早い。

目の前にどこまでも広がる木曽川河畔の濃尾平野は、その年も収穫を前に稲穂が黄金一色に輝き、穂先を揺らせている。幼い三人の子を抱える吉乃は、侍女のお亀やおちゃあらの手を借りながら相変わらず家事に、子育てに、余裕があれば忍びの女たちを従えての清洲城の管内歩き、尾張・美濃周辺の情勢把握に、と忙しい日々を過ごしていた。

前にも触れたが、信長の身の安全を願う吉乃はいつのときも夫の周りに「網」をかぶせるように二重三重に忍びの女たちを張り付け随時その状況を報告させてもいたのだった。とはいえ、以前、今川義元が健在だったころに駿河はじめ甲斐、相模の国から大量に送り込まれていた当時に比べれば明らかに間者の数も少なくなってきたようだ。このところ、ここ尾張之国に関しては桶狭間の戦いの前のような戦乱に次ぐ戦乱に振り回されることもなく、心は穏やかに流れていた。

そんなある日の午後のことだった。

信長が愛馬「月の輪」に乗り、同じ馬上姿の小姓数人を伴い、二の丸館に現れた。馬からやおら下りるや「吉乃、きょうは、そちを良きところにつれていこう。すぐ、そこじゃ。わが子を生んでくれ、桶狭間の戦いなど合戦のつど戦国武将のワシを守り続けてくれている。そんなそちに心からの褒美がどんなものか、を見せたいのじゃ。子らはおちゃあらに任せておけばよい。さあ、支度じゃ、支度じゃ。支度をせい」というので、外出用の少し華やかさを感じさせる橙の袷に着替え、頭には白頭巾をかぶり、鞍台に乗ると信長は前の吉乃を支えるようにし「さあ〜、いこう。出発じゃ」というが早いか、「月の輪」の横腹を鐙で軽く蹴り、今度は尻尾に鞭をあて走り出した。

馬上から見る空は、どこまでも澄んでいる。雲が流れる。

愛馬「月の輪」はまもなく木曽川堤を一気呵成に駆け上がったかと思うと、両脇に雑草が生えそろった堤を走り抜け夕暮れに染まり始めた伊木山を対岸に望む渚の空き地で止まった。吉乃を馬から下ろすと、信長は立ち木に手縄を繋ぎ「そろそろ、現れるころじゃから。よい天気じゃな。川の流れも穏やかでよい」と満足そうに空を仰いだ。

ほどなくすると全身毛むくじゃらの大男が近づき「殿。信長さま、準備は整うてまする。吉乃のお方さま。ようこそおいで下さいました。あっしが、殿に常日ごろお世話になってやす蜂須賀小六正勝でござんす」と頭を下げて進み出た。一体何ごとか、と見守ると、今度は別の男が小走りに一歩、前に出て人懐こそうな顔をほころばせ「吉乃のお方さま。お待ち申していました。あっしは、船頭の草井長兵衛と申しやす。お噂のお方さまには、ぜひ、ひと目お会いしとうて。こうして皆でお出迎えに上がった次第でして」というが早いか「おぅ、野郎ども。奥方さま。吉乃さまのご見参じゃ。抜かりなく」と声を張り上げた。

と同時に、木曽川の川べりのあちこちからオゥ、オゥーッ、まかせとき！　といった声が飛び火となって聞こえてきたかと思いきや河原に立つ吉乃と信長の目の前にはあっというまに、十艘ほどの渡し舟が勢ぞろい。舟という舟から「キツノさま、キツノさま、お方さま。キツノさまぁ。いつもお疲れさまです。いつも殿を守ってくれて、ありがとな。ありがとござんす」の声が波のうねりの如く怒涛となって押し寄せてきた。

これぞ、これまで信長を助け、支え続けてくれていた、世に言う天下の川並衆であった。目の前に立ちはだかる屈強な男という男たち。頭や首に手ぬぐいを巻いた男たちがいたかと思えば、麦わら帽姿、手ぬぐいを腰に下げた半纏男と、皆、日に焼けて、笑顔で白い歯をのぞかせている。小六が集結した舟の方を意味ありげに振り返ると、何十艘もの舟のなかの数艘の舟底には何十、いや何百丁もの鉄砲までが整然と並べられていた。吉乃は思いもかけない光景を目の前に、ふと「これならば、今ここで戦いが始まっても信長さまは、決して負けないだろう」と思った。

これほどの頼もしい男という男たちがいるのだから。信長さまはなんと、恵まれたことよ。これも藤吉郎はじめ、兄の八右衛門、前野家の前野将右衛門らが夫を守ってくれておればこそ、じゃ。吉乃の目には涙がとめどなくあふれ出、ひと滴ひと滴が、どこまでも渚の土に吸い込まれていくのだった。

「ころくさま。そしてちょうべいさま。わざわざ、われ、わたくしのことを思い、ここにおいでくださった皆みなさま。信長が大変、お世話になっています。本当に何もかもがあなた方のおかげです。ありがとうございます。このご恩を、わらわ、いや、わたくしは決して忘れません」

そう言って何度も何度も頭を下げる吉乃。川並衆たちの目という目が潤み、あとは言葉にならない。そんな吉乃の肩に手を置き、信長は「こやつらは、戦時には舟を並べて緊急の橋まで作ってくれてのう。木曽川渡河作戦への貢献はむろんのこと、ほれっ。見てのとおりじゃ。既に鉄砲とて大量に入手し実弾演習も欠かさぬ、この国で最高に頼りになる輩ばかりじゃ。じゃから、こやつら、こやつらの存在こそがそなたへの褒美も同然じゃ。こやつらは皆宝物じゃて。であるから、もう泣くな」とだけ口を開き、これまでの労苦をいたわるように二度、三度と吉乃の肩をぽんぽん、ぽんとなでるようにたたくのだった。

気がつくと、信長の両の目からは涙があふれ、ひと筋の滴が両の頬を伝っていた。夕焼けのせいで木曽川の川面はいつのまにか茜色に染まり、対岸にそびえ立つ伊木山は夕暮れ富士そのもの、この山は釈迦の寝姿に似ていることから時に「寝釈迦山」とも呼ばれるが、吉乃にとっては恐らく生涯で初めて見る、身も、心も、美しい山となったに違いない。

この夜、信長は桶狭間の戦いで武勲のあった兵士も従え、木曽川で吉乃や家臣らと共に既に千年近く前から続くとされる伝統の鵜飼も楽しんだが、信長自身、またとない鵜飼見物になったらしい。信長の発想は豊かで、後年、岐阜入城後の長良川鵜飼の鵜匠制度はこの日の見物をきっかけに、信長の発想で制度化されたものだとも言われている。

6　小牧山新城と御台御殿

絶え間ない木曽の流れ。その川面を埋め尽くしていた川鵜が一斉に空へ、と飛び立った。

一体何が起きたのか。

〽ピュー、ヒューッ、ヒュルル、ピーッ

ヒュー　ヒュルヒュル　ヒュール…

風を切る音に続いて、どこからかやさしい笛の音が近づいてくる。胸に迫る。限りなき永遠のメロディーが脳裏に染み込んだ。

何かに誘われて水面を這うように聞こえくる「青葉の笛」。泣いている。その音曲はまだ元気なころ、吉乃が好んでふいた調べで、信長はこの調べを気に入っている。

信長も、吉乃も。ふたりは、今。木曽の流れを眼下に空を飛んでいる。

気のなかを翔び、舞い、語り合う。川鵜たちまでも従えふたりの会話はどこまでも続く。

〈かぜ〉に乗って、あの懐かしい恩讐も聞こえてくる。

〽今わの際まで　持ちし箙《えびら》に　残れるは　花や今宵の歌

信長が生涯愛した武士道きわまる一節だった。

＊　＊　＊

「われは吉法師どの、すなわち信長さまと共に生きるために、この世に生まれて参りました」

「そうじゃ、そのとおり。余も、お類、吉乃がおればこその人生であるぞよ。この広い宙《そら》で、ただの一人の女人なればこそ」

気がつくと、雨が降り出してきていた。

「なれば、われが一度は愛した亡き夫は何のために」

「弥平次とて、余と同じ。そなたのためなればこそ」

「なれば、正室御台のお濃姫、帰蝶さまは」

「お濃とて、吉乃よ。そなたとは立場こそ違え何かと苦難の道を歩むばかりの身にて、な。弥平次と同じで、そなたと余の契りのために生を受けた。ので、はないかの」

ここまで言うと、吉乃と信長はしばし褥の上で見つめ合ったまま時が流れた。ふたりとも、あとが続かない。突然、わっと泣き崩れる吉乃を信長はひしと抱き寄せ、吉乃の背を労るように、やさしく撫で何かに耐える面持ちでこう、静かに語るのだった。

「じゃが、のう。しかしだ。土田の弥平次は戦いで命を落としたが。お濃とて父斎藤道三に忠実に余と婚約してのち、それこそ花も嵐も乗り越えて、だ。実に七年三カ月も経て正式に父道三の命のもと、清洲の余のもとに姫として輿入れし、その苦しき気持ちや、いかばかりだったたか。津島神社で盛大に催された祝宴とて、津島の武将で道三が仲人としてよこした老家臣、堀田道空の介添えと津島十一党、十五家のいわゆる津島衆一丸となっての応援がなければ実現はしなかった。津島衆がいればこその祝宴じゃった」

ここで言葉は途切れ若いふたりは何もかもを風に流そう、と激しく抱き合った。結びあったままのふたり。時は音もなく流れていく。定めにさらされる。これが戦国の世というものか。

しばらくの沈黙を破って信長は思い切ったように口を開いた。

「これは、ここだけの話じゃが。お濃も、余のもとに輿入れしてくるまではいろいろ、人には言えぬことがあったようでな。娘盛りの身を既に相思相愛じゃった七歳上の明智十兵衛光秀なる男（のちに信長は、この明智光秀が起こした本能寺の変により命を落とした）に預け、余が初めて寝屋を共にしたときには、既に男を知り尽くすからだで身悶えし、あのときの余の屈辱感は今も付き纏うており、忘れようにも忘れられぬ」

信長はさらに続けた。

「でな、この光秀なる人物、叔父が可児郡長山城主の明智光安でどうやらそこに居るらしい。お濃とは、なんでも随分前から互いに身を焦がす仲で結婚も誓いあっていたとも聞いている。であるから、余はその話を耳にしたときから、お濃とは夜の契りはしないことにしたのじゃ。

男の存在を感じた余の叱責にお濃は短刀を手に一度は死のうとしたようだが、侍女や道空らの説得で踏みとどまった、と聞く。そなただから言えるが。最近では、そんな過去に耐える清洲のお濃、帰蝶がかわいそうで。不憫に思えてきてな」

吉乃と信長は寝屋を共にする都度、弥平次とお濃のことを互いに意識しあってここまできた。身分と立場、生まれ育った環境こそ違え弥平次とお濃はふたりにとっては、永遠の存在であったことだけは確かである。いや、弥平次、そしてお濃がいればこそ、信長と吉乃は逆に固く結ばれたのかもしれない。

一方で奇妙丸（信忠）、茶筅丸（信雄）、五徳（徳姫）と生み、桶狭間の戦いで信長が勝利して以降の吉乃は、それまでの過労もあってか急速に体力が萎えていく自身を感じていた。それでも吉乃、いやお類は弥平次を、そして信長は濃姫を嘴に咥え、空を飛んでいるのである。

＊　＊　＊

永禄六年が明け、桶狭間合戦から三年近くがたとうとしていた。今はお濃の父、稲葉山城主・斎藤道三を殺した、亡き義父の敵でもあった、美濃の斎藤義龍（帰蝶とは腹違いの弟）勢を攻めるには何よりも小牧山に城を築くことだと決断した信長は、それまでの清洲から春日部郡小牧郷の地への城替えが必要だ、と決断。この年の二月に天下に広くお触れを出し、さっそく小牧郷の地で築城作業が始まったのである。

当時は三河岡崎城の松平元康（のちの家康）の嫡男、竹千代（後の信康）と信長の長女徳姫（五徳）との婚約話も進むなど東方の守りがいっそう強固になったこともあり、信長はこの機を狙い築城にかかった。当然のように信長は小牧山に新城を築いた上で、ここを拠点に小口城、犬山城、美濃鵜沼城、夕暮れ富士で知られる伊木山・伊木城の四つの城を攻め落とす東美濃攻めを目論み、頭に描いた。だが、信長の頭には築城に当たって今ひとつ、深く大きな願いがあった。それは吉乃への、ただひたすらなる思い。これを、すなわち築城という形で表わしたい、その一心でもある。

このころになると、度重なる戦乱の世にあって信長との間に奇妙丸、茶筅丸、五徳の三人の子をもうけた吉乃のからだはかなり衰え、弱ってきており、顔からは艶が失せ、やつれが目立つようになっていた。そればかりか、布団に臥せることも多く、歩くのもやっとだった、と当時の諸文献は今に伝えている。信長は、そんな吉乃を新城建設にあわせ山麓西の一角に木の香も新しい御台御殿を建て、そこに住まわせ、少しでも回復することを、ただひたすらに願ったのである。御殿は高い土塁が続く向こうに一の御門、二の御門と続く豪壮なもので、まさに御台さまの新居としての信長の威光と決意が込められていた。

　実際、徳姫を出産してからの吉乃ときたら、それ以前の桶狭間の合戦をはじめとする戦乱に明け暮れる信長への心遣いも加わってか、それこそ、それまで全身からあふれ出るように燦然と輝いていた光りが矢折れ、刀尽きるかの如く、ひと滴ずつ、少しずつ闇夜に蓄積し、老廃として消え入っていった。まだまだ若いはずなのに。吉乃の労苦は心身ともに、人知れず、深く限りないものだったのである。

　そして信長は清洲から生駒屋敷に足を運ぶたびに、やつれ、やせ細っていくそんな最愛の吉乃を見るにつけ、胸のなかは張り裂けんばかりに尋常ならざるものがあることを感じていた。ヨシッ。岐阜攻めから始める天下取りの野望も確かにあるが、吉乃に喜んでもらうためにも何よりも先に早く新御殿を建てここで吉乃を奇妙丸、茶筅丸、五徳の三人の子（文献などによれば、三人は出産後、信長の正妻で清洲に住むお濃への配慮と遠慮もあってか、生駒屋敷に近い岩倉の井上城で須古や侍女らに育てられたという）と共に住まわせ、衰える一方の体力をたとえ少しでも回復させ、命を永らえさせなければ。信長の熱き思いは、前々からの眼目である京へ、と上る踏み台としての新城建設への野望がそのまま愛する吉乃の体力復活への願いとも重なったのである。

城替えのお触れが出た小牧山では丹羽五郎左衛門長秀が築城奉行に任命され、小牧山全域での木々の伐採に始まり、土や岩を掘り起こすなど長秀自らが陣頭に立っての小牧山新城の建設が始まった。新城築城は、今まさに尾張平野に梅の花が咲き、桜たちの蕾という蕾がふくらみ、やがては桃も花々を咲かせる、そうした春爛漫の季節に建設が始まり急ピッチで進み、まもなく城の全容を表したのである。

そして犬山、美濃はむろん、遠く三河までも見渡せる新城完成にあわせて、それまで生駒屋敷内にあった二の丸館は装いもあらたに小牧山の山麓の御台御殿に移された。こうして信長の天下取りへの野望と吉乃の病の回復、両方の祈願成就を込めての築城作業は着工して九十余日の速さで七月には完成にこぎつけた。信長は小牧山の新城を目の前に「この城は吉乃、お類がこの世にいて余との間に可愛い三人の子を成してくれた。だからこそ、出来上がった。であるから、吉乃がいたればこそ、の城じゃ。そなた、そちの城、吉乃城なのじゃ」と内心で、つくづく思うのだった。

その年の八月初旬。すなわち小牧山新城と吉乃が住む御台御殿が完成してまもないある日。吉乃が小折村から小牧山山麓に誕生した御台御殿に居を移す数日前の話だ。信長は近習の者ばかり五、六騎を伴って新しい城と吉乃の新居誕生を告げるため生駒屋敷に足を運んだ。

信長が生駒屋敷二の丸館に着いてまもなく、信長を伴った生駒家当主、家長と妹須古が吉乃の居室を静かに開けた。と、そこには髪を梳き、紅の小袖に身を包んだ往時を彷彿させる吉乃が姿勢を正して笑顔を浮かべて座っており「殿、お待ちしていました。こたびは小牧山新城の誕生、心からおめでとうございます」と両手をつき頭を下げた。

いつもの、どこまでも透き通った両の瞳には涙が光っている。信長はそのとき、なぜか再会したあの日のことを思い出し、目を瞠った。

「きつのよ。前にも申したが、余はとうとう小牧にそなたの屋敷、すなわち御台御殿を誕生させた。ついては、からだのあんばいとも十分に相談し、住み処を御台屋敷に移してほしく思う。このことは、そなたの兄上、家長どのにもお願い済みだ。余がかねがね、思い描いていたことじゃ。新しい城と御台屋敷の建築は、余の生涯の夢で、その願いがまもなく叶うのじゃ。そなたには、どうしても小牧に来てほしい。そして三人のわが子とともども、一緒に暮らすがよい」

信長は気丈にも病床から身を起こしたまま聞き入る吉乃の上半身を両の腕でやさしく包み込むように抱きかかえると、曲がりなりにもたどり着いたひとつの道の成就と帰結を耳元に囁くように告げるのだった。

「吉法師どの。いや、信長さま。上様。そうまでして頂けお類、いや吉乃はこの上なき幸せにございまする。なぜ、わらわ、わたくしごときものに」

「うん、そうじゃのう。おまえは苦しいさなかにも身を張って余を支え、守ってくれたではないか。そればかりか、可愛い奇妙と茶筅、そしてお徳を産んでくれた。身内同士が食いあうほどの見苦しき戦いとなった浮野や稲生、岩倉の戦いのほか、桶狭間の合戦など天下を揺るがす戦いでも、忍びの者らとともに余をどれだけ陰になり、日向となって助けてくれたことか。ひとにはあまり言えぬことじゃが、吹き矢や指笛などで間者を蹴散らし、命を救ってくれたこととて数え知れぬ。あらためて礼を言うぞ。そなたには、どれだけ感謝しても、し足りぬ。せめて、新しい城と御台御殿に満足してくれれば、それだけで余は満足じゃ。この上は、ぜひ小牧へ来てほしい。体調の良い日を申し付けてくれれば輿を差し向ける。よいか、分かったな」

吉乃は、ただ頷くばかりであった。

7　わかれ

一五六三年（永禄六）の八月十七日朝。吉乃が小折村の生駒屋敷二の丸館から小牧の御台御殿に移る引っ越しの日が来た。

この日は、さわやかな秋晴れで花模様の小袖に正装した吉乃は住み慣れた八龍社東側の生駒屋敷に隣接する二の丸館を、きらびやかに飾られた信長差し回しの塗輿（駕籠）に乗せられ、多くの家臣団を従えて出発。標高八六メートルの小牧山に典型的な平山城として築城された新城とあわせてできた山麓、信長の居館より巽（東南）の方角にある御台御殿を目指した。

昼過ぎには三ツ渕村（現小牧市三ツ渕）の中山左伝二の中山屋敷に到着。村びとたちの温かな出迎えにしばしの休憩を取ったが、このころの吉乃は自力で歩くことすらできないほどに体力が衰えていたという。それでも、この日の吉乃の表情には久しぶりに明るさと生気がみなぎり、輿に乗っても「こまきはまだか。まだなのか」としばしばお付きのものに聞くこともためらわなかった。まもなく再び出発した一行は、やがて小木縄手（小牧市小木）に到着。ここでも市橋九郎右衛門長利、佐久間右衛門尉信盛らの出迎えのなか、いよいよ小牧山山麓巽がたに新築されたばかりのご新殿に入ったのである。

御殿に入り終えたところで小雨が降り出し、上方に望楼をそなえた新しい城を仰ぎ見た一行は誰もが胸をなでおろし感嘆の声を漏らしたという。

翌日。八月十八日の朝。夜来の雨が嘘の如く上がり、新居庭の樹々たちにも光りと、そこはかとなき力が宿している。樹々の葉という葉には露が浮かび朝の陽に輝いている。さっそく侍女の束ね役を務めることになった、おちゃあが須古と共に吉乃の居間に足を踏み入れた。

「御台さま。おはようございます。われは、吉乃さまが本日この日をお迎えすることができ、この上なき幸せ者にござりまする」と頭を下げると、いつもの快活な調子で「わたくし、きょうから御台さま付きを命じられました。名も改め、一条と申しまする」と続けた。

「あらっ、おちゃあ。いや、一条どの。これからもよろしく頼みますね」と応える吉乃。おちゃあといえば、生駒屋敷当時からずっと互いに、すいもからいも知り尽くす頼りになる侍女の一人でもあった。それだけに、吉乃は信長のその配慮に感服したのである。

そして。この日の午後、信長は重臣二十人ほどを小牧山新城近くの居館書院に召し出した。家臣が左右に居並ぶ中央正面上段には肩衣に身を包み、長袴をはいた信長が、これまた正装した吉乃と三人の子を伴って座った。向かって右から信長、奇妙丸、茶筅丸、五徳、そして御台の吉乃の順だ。

やがて「ただ今より、わが上様とご家族の方々に拝謁を賜りまする。それがし僭越ながら、これからおひとり、おひとり順次、紹介申し上げまする」と信長の乳母子《めのとご》に当たり信長より二歳下の池田信輝が肩を張って言上。「まずは上様のお隣にござらっしゃる御方こそ、御年七歳ながら既に麒麟児の頭角を現しつつござる御嫡男、奇妙丸さまにござります」と続けた。

これには居並ぶ家臣全員が「へへ。へぇ～え」と正面を向いて平伏したが、このあとがまた圧巻のひとコマとなった。紺地に揚羽蝶の家紋が染め抜かれた帷子衣に、守り刀を手挟んだ正装の奇妙丸。彼は心持ち緊張した面持ちではあるが、家臣団全員をゆくりと見回したあと、正面を見据え「奇妙丸である。皆の者、よしなに」と言ってのけた。

「続いて奇妙丸さまのお隣に侍らっしゃる御方はご次男の茶筅丸様にて候」と信輝が言葉を添えると「お茶筅じゃ。よしなにのう」と今度は茶筅丸がにこやかな表情で一同を前に、こう声を掛けたのである。拝謁の儀はこうして進み次に「それではご家族の花と言っていい姫君・五徳さまを紹介申し上げまする」と三人の子の最後の紹介となったが、ここで信輝は「〈五徳〉の名は、炭火の上に置きまする、あの五徳で実は上様ご自身が御下名遊ばされました。ご一同、これは奇妙丸さま、茶筅丸さまお二人の御脚に今一脚強力な御脚を、との願いを込め、お付けになられたのです。その幼き姫さまが、こたびは織田家と松平家との同盟によって、東国の脅威に対しての一大防波堤となるべく家康殿のご嫡男、竹千代君（後の信康）とご婚約されたのであります。そして本日この席にてご幼名より五、を除かれて徳の御一字、徳姫と新たに命名されたこともこの場にて披露させていただきます」

とも口を添えた。

この間、じっと腕を組み満足そうにうなづく信長。今度は正装した五徳が胸を張り、心持ち前に進み出るような姿勢で幼い口を開いた。

「われの名は五徳じゃ。五徳とは温、良、恭、倹、譲の五つの徳を言いまする。また兵家では知、信、仁、勇、厳の五つの徳を五徳と申しまする。われは、父上様からいただきましたこの名で、父上の申されます所へなら、どこにでも参ります」とはっきりと言い切った。

最後に葡萄唐草と黄色に貝づくしの小袖と白地に金銀泥と墨で梅鉢唐草の模様を描いた裾よけをまとった正装の吉乃が頭を深く丁寧に下げ、家臣団に向かってこう述べた。

「きょうは皆さま、お疲れでございました。われ、わたくしを上様御台所として、こうして晴れがましい席で、かつ温かくお迎えくだされ、心から御礼を申し上げまする。この先も上様への相変わりませぬご忠義のほど、御台吉乃として、くれぐれもよろしくお願いします」

気丈に述べる吉乃の言葉を受け、今度は信長の「一同大儀であった」との締めの言葉が居館書院に響き渡った。この日信長は、重臣たちを前にしての謁見の場で、それまでの吉乃の労苦を心ゆくまで披露し、同時に吉乃を正式の正室として迎え入れたことを公に発表したのである。

　時は流れ。一五六六年（永禄九）の秋。あの晴れがましかった謁見の日から、三年余がたった。このところの吉乃のからだは衰える一方で、相変わらず一進一退のままで時は過ぎていった。その日は、小牧新城頭上にかかる夕映えがことのほか美しく感じられた。風もさわやかで、小牧山ならではの、か。甘い〈かぜ〉たちが頬にやさしく通り抜けていった。

　吉乃はこの日相変わらず、小牧山麓一角に建つ御台御殿の居室寝間に身を横たえたまま、西方の空に目をやっていた。

「あらっ、まっ。なんと美しや」

　真っ赤な錦秋を描いた太陽の日がお城の背後に遠望され、今まさに赤い玉が大地に沈んでいこうとしていた。

「すこ。おちゃあ、いや、一条。どこか」

　虹のようにとろけた赤い光線が音もなく、地平線に消え入ってゆこうとしている。吉乃は傍らに座る須古らに手を伸ばし、皆の介添えでやっとの思いで身を起こした。と同時に、吉乃はアッ、と微かにつぶやくと、今度は「ヒケ、ヒケ、ヒケッ。のぶながさま」とちいさく声を上げた。

その日から、どれほどの時が過ぎたであろう。

小牧山の紅葉が赤く染まり始めていた。一五六六年の九月十三日〔新暦十一月四日〕。桶狭間の合戦から六年余が過ぎていたこの日、吉乃はいつものように床に臥し天井を仰いだままだ。傍らには奇妙丸、茶筅丸、徳姫の三人の子が時折、顔を覗き込んで座り、心配顔でいる。

「きみょうでござる」

「ちゃせんでござる」

「母上。おとく、おとくだよ」

「死んではなりませぬ」

「生きてたもれ」

の声が時折、聞こえ、そのたびに笑顔でうなづく吉乃。御台は、思い返すように三人の子を順番に見回したあと、声もかすれかすれに、息絶え絶えに静かにこう、口を開いた。

「みんな。母の言葉を聞いておくれ。われ、わたくしは度重なる戦乱の世の不幸もありましたけれど本当に幸せな生涯でした。信長さまとの間におまえたち三人の立派な子までを賜り、これ以上何を望むことがありましょうぞ。わたくしにとっての信長さまは少女のころからのお方、天下の申し子、あこがれでした。まさかその信長さまと前夫、弥平次の死で再会でき、こうして一緒になれただなんて。何が幸いするかわかりません。幸せでした。殿はむろん、おまえたちのことは永遠に忘れません。家臣団のみなさま、ご家族の方々もみんな、ほんとうによくやってくれました」

そう言うと吉乃は最期の言葉を絞り出すように、こう言ったのである。

「きみょう。ちゃせん。おとく。みな、げんきでな。お殿さま、お父上を大切にするのだよ。よろしくお願いします。み・ん・な、好きだったよ。あ・り・が・と・う……」

吉乃はこう言ってくちびるを動かしたかと思うと、眼をつむり、息を引き取った。

ときに亥の刻（午後十時）のことである。

＊　＊　＊

「信長さまは、ご無事でありましょうか」

寝ても覚めても良人のことを心配してやまなかった吉乃。その吉乃も、小牧山山麓の御台御殿に居を移してからというものは、それまでの緊張感から解き放たれたこともあってか。張り詰めていた積み木がまるで積木崩しにでも遭う如く、そのからだは急な加速度で日に日に衰えていった。

かすれた、力のない声。それどころか、時々聞こえくる息遣いも乱れにみだれ、吉乃のからだは悪化の一途をたどっていった。そして。現在の暦で言えば十一月四日のこの日、小牧山の全山が紅葉で赤く染まるころ、吉乃は永眠。波乱に富んだ一生を終えたのである。

時に三十九歳。この齢が事実なら、信長より六歳上の姉さん女房の見事なほどの本懐がそこにはあった(吉乃の没年齢については二十九歳説もあるが、これが正しいとなると信長より四歳年下となる)。

帰らぬ人となった吉乃。二日後の十五日の夕刻。川向うの墨俣の一夜城から飛んで戻った信長は吉乃の遺体にとりすがって一晩中、人目もはばからず、泣き明かした。そして、その後もひとり、城の望楼に立ち尽くし吉乃が葬られた小折の墓地の方向に向かい涙する日々が続いたという

かくして吉乃は一五六三年(永禄六)の夏から一五六六年(永禄九)の秋まで三年余の間、小牧山の山麓西一角にある、いわゆる御台御殿で晩年を過ごしたのである。新居での生活が始まったとき、信忠は六歳、信雄五歳、徳姫は四歳になっていた。そして小牧山に移ってからしばらくというものは、信長の吉乃に対する配慮もあってか、それまでのように戦乱につぐ戦乱に翻弄されることなく、吉乃が信長を気遣うことも次第に少なくなり、比較的平穏な日々が過ぎていったという。

いや、むしろ吉乃を思う信長が極力、戦乱の話を避けようとしたからかもしれない。

実は、吉乃が命を閉じたその夜、岐阜の長良川（当時は奈賀良川と呼ばれていた）の中州・墨俣では信長の命のもと、木下藤吉郎秀吉による世に言う一夜城が、忽然と姿を現し、以降の信長の破竹の天下取りへの布石が打たれたのである。信長は小牧に残した吉乃のからだを心配しつつも川の対岸に立ち、闇に建ちつつある墨俣城の勇姿に心躍らせ、誕生したばかりの墨俣城に入城。小牧山城に戻ったのは二日後だった。吉乃の悲報には「吉乃、吉乃、なぜ死んだのだ」とひと目も構わず、大声で叫び、泣き続けたという。

〈了〉

【その後の信長】

信長の岩倉城攻略後の桶狭間奇襲による大勝以降の犬山城や東美濃全域の制圧、一夜で築いた墨俣城、稲葉山の占拠とその後の天下びとに至る道の背後に松倉城（現在の各務原市川島）と尾張北部を拠点とした蜂須賀党や前野党など多くの支えがあったことは、誰もが認める。ただ、忘れられがちなことは、天下びとへの執念を燃やし続けた信長の胸の内には、いつも吉乃の存在があったことだ。吉乃の死後、信長は一五六八年（永禄十一）に将軍足利義昭を奉じて京の町に入京。その後は比叡山延暦寺の焼き討ちに続き、一五七三年には足利義昭を京から追放した。一五七九年（天正七）に浅井、朝倉氏を滅ぼすと、今度は伊勢長島の一向宗徒に撃ちかかり、実に二万人余の男女を焼き殺すという非道な道を歩んだ。重臣荒木村重が逃亡すると、荒木の妻子は磔刑にされたのもこのころだ。

吉乃に対してはあれほどまでにやさしかった信長がなぜ、どうして、これほどまでに時代と人に酷い仕打ちを、と思う人々は多いに違いない。ただ言えることは、もし吉乃の体力が回復し元気で永らえていたとしたなら信長はそれだけで満足し天下統一などという野望は起こさず、長男信忠か誰かに後継を任せ、小牧山城で静かに暮らしたかもしれない、ということだ。

吉乃がその心情を思い、夫に語った天下統一の夢を愛する妻の死後、心の精神的支柱を失い自暴自棄となった信長が本気で果たそうとした。そこに吉乃を失った信長の大きな誤算があったのである。事実、桶狭間の戦いから凱旋した信長に吉乃が一度だけ語った言葉は次のようなものだった。

「あなた。天下を統一して今の清洲城下のように戦乱の世を平和で満たし、安らぎある社会にしてくださいな」

信長は吉乃の喚起に触れたのかもしれない。

この小説を書き終えるに当たって、ただひとつ言えること、それは吉乃の存在があればこそ信長は天下統一を果たし日本に秀吉、家康と続く三英傑の時代が生まれた、その事実である。そして私は最後に作者として物語のなかに〈隠れキリシタン〉などキリスト教に関わる部分についても描きたく思ったが、この点についてはまだ取材不足で作者である私自身がこの先、納得するキリスト教との関わりを突き止めたときにこそ新たな作品を、と思っている。いずれにせよ、吉乃がもしも、この世に生まれていなかったとしたなら。徳川時代も、その後の明治、大正、昭和、さらには平成の御世も存在しなかったに違いない。尾張名古屋、そしてその祖先である吉野奈良地方、すなわち尾張名古屋と大和路の女は、しなやかで強いのである。吉乃は身をもって日本の歴史を生んだ女性のひとりだったといっても過言でない。

※一八六五年、久昌寺＝生駒家の菩提寺で正しくは嫩桂山《どんけいざん》久昌寺、当初の名前は龍徳寺だった。吉乃の法諱は久庵桂昌大禅定尼と号す＝で吉乃の三百回忌が行われ、この日は織田信長の次男信雄の子孫ら大勢から香典が届けられたという。そればかりか、この寺にはそれより前の二百五十回忌、二百回忌に寄せられた現場の数々の香典が今に残されている。

その後、明治維新や世界大戦など時代の流れのなかに埋没してしまい、以後、回忌法要は行われてはいない。

あたい

志摩のはしりがね

ー

海に、雨が降り注いでいる。その雨を見ながら、りかは独りごちた。
あんたが何をいおうが、あたいはあたい。男が欲しいのだよ。あたいの好き勝手にさせてよ。あたいは小さな舟に乗って流刑さながらに、その島に向かって海原をどこまでも流されていくんだ。猫の目を見れば、そうしたことが、よく分かる。悲しいとき、せつないときに、いつも一緒に歩いてきた愛猫のこすも・ここ。彼女の目には、あたいの人生が生き映しになっているのだから。その目は、けがれにけがれ切った人間どもとは違い、どこまでも清らかで澄んでいて正直なんよ。

夕映えに照らされた海面に、ぽんぽん船が見事な三角波を白く描いて突き進んでいる。ボクとお下げにミニスカートのきよみは、甲板に立ち、茜色に染まった錦絵のような世界を目の前に、陶酔し切ったまなざしで海を見ている。あと半刻もすれば、その島に着く。まもなくすると、島の幻影が、ふたりの視界に映り始めた。一夜妻の島、昔はハシリガネの島だと、かつて島の古老から教えられた、その島が目の前に迫っていた。あの日。若いふたりは、潮風を受け初めて島を訪れ、高台に登ったのだった。あのとき、ボクにとって欠けがえのない一夜妻は、きよみ以外には考えられなかった。

あれから、もう何年が流れたのだろう。ひと夜のつもりが互いに離れがたく、きよみは、そのままボクの元に居座り、旅役者さながらに全国各地を渡り歩いてきた。気がつくと二十年が過ぎていた。ボクは青春時代の日々を、思い返そうと現在の勤務地である岐阜にきよみを残し、三重県志摩半島の的矢湾に浮かぶ懐かしい、その島を訪れたのだった。島の名前は渡鹿野《わたかの》島といい、そこには、りかがいた。

みんな、さあ。心がまずしい。こ・こ・ろが、いけないんだよ。オウム真理教のアサハラにせよ何にせよ、似たり寄ったりで、今の人間たちは、日本人に限らず、悪いヤツラばかりだ。あたいですか。友達に誘われて、高知からこの島にきた。生きるために島で働くようになってからは、そうなの。ずうっと独身なんだ。五月二十二日がこれば、コールガールの専業丸七年になる。だから、この日は、ぜったい休みにするよ。あたい、独りだけでいい。休むんだ。

〈りかは、ここまで話すと、男なんてなにさ、自分の人生には関係ない、といったしぐさ

で着物を一枚一枚、布団の上に脱ぎ捨てていく。〉
　それから、あたい、若いころにある俳優と同棲し女の子が生まれる直前に、その俳優に逃げられ、ほんの少しだけ未婚の母ってやつ、やっていた。子を捨ててしまったのは、俳優のあとに、あたいの前に現れたシャブぼけの、あいつのせいだ。今ごろ、わが子がどうしているか、だなんて。そんなきれいごと、今さら知ったこっちゃない。
　あたいの父ですか。父は四国一円を旅から旅へと、町や村の祭りを訪ね歩き、露店を出して渡り歩く、香具師《やし》だった。根っからの渡世人で、あたいはといえば、少女のころから母親の存在さえ知らずに、父の手ひとつで育てられた。父は母とは、あたいが小学校に入るころまで一緒に暮らしていたが、母に男ができたとかで、別れた、いうてはった。
　父との暮らしは、あたいにとっちゃあ都合よく、行く先々で好き勝手をしほうだい、そりゃあ手に負えなかった。場末のゲームセンターで知り合った、少しいいなっ、て思うにいちゃんに、こちらから進んで『どお』と声をかけ一緒に遊んだあとは、簡単に抱かれてしまう。良心のへったくれもなにも、ありゃしない。複数の男たちとは、野獣と牝猫の関係が随分と続いた。それこそ、本能のままの生活の繰り返し、だからといって、仮面をかぶり一見紳士淑女然とした人間どもとは違うんだ。どんな男と寝ていても、そうしている時こそ、互いを思いやる、こ・こ・ろが、もし、あるとしたなら。それだけは、負けない。

この点は父譲りかも、ね。

お客さんですか。みんな、単純でかわいい。あんただって、そうでしょ。あたい、いつだって膨張し屹立し切った、赤い血管が浮き上がった、あそこをまず、吸ってやるのさ。めちゃ舐めまわしてやると、男なんて、もう惨めなもので、アッ、アッ、イイ、イイ、イク、イクッだなんて。男の癖に。女以上に甘美な声を出しやがって。見苦しいったら、ありゃしない。いっとくけどね。女だったら、だれでもイイだなんて。あんた、そう思ってあたいを抱く、ちゅうなら。あたいはヤダね。あたい、の方から、ご免こうむる。あったりまえだよ。

あたいのからだ。気持ちとおんなじで、だれにだって負けやしない。この裸体さ。毎日、最高の美に、と磨きに磨いてやってんだから。水も滴るいい女って。あたいのことなんだから。こんないい女を抱けるなんて。この世界中に独りしかいないんだから。ありがたく思わねえと。そりゃあ、あたいだって。世界中の男や女たちと同じように、あれだけはいつだって欲しい。たまに、いい気分で抱かれ、あの部分を下から真上に、しなうような一物で突き抜かれたりすると、湿った女体の下の部分から火を噴いてくるのが、よく分かる。一日中、あそこが火照ってんだ。あたいにとって唯一、幸せを感じられるのは、男たちの肉体をむさぼりつくしてしまう、そんなセックスなんだ。セックスこそ、いっちばぁーん、人間にとって、平和なんだ。へいわなんだよ。そんなことが、わかんない人間がいたとしたら、それは、みんな偽善だね。

　あたいって。元々がどうにもならない、遊び女だった。だから、この道だけは、だれにも負けないように極めたい。四国のあちこちを歩きながら、大人になるまでずっと育った。なんども繰り返すが、はたちの時、そのころ既に放蕩のあげく今も現役でいるある俳優と付き合い、子をはらんだあげく、捨てられた。それでもと、やっとの思いで生んで別の男に拾われたかと思ったら、その男がとんでもない野郎だった。男とは、あたいが、自暴自棄になり、わが子を保育所に預けながら、その町のソープランドで働いているとき、たまたま客として現れ、知り合った。男は最初、あたいに惚れに惚れに、ほれぬいてくれ、妻がいたのに別れて、上の男の子を引き連れてまで、あたいをとってくれた。あたいも、ソープ嬢をやめ、最初んちは家族四人、幸せだった。男はビル解体業ちゅう、仕事に打ち込んでいたが、まもなく暴力団の誘惑にかられ、シャブに手を染めるようになった。それからがいけなかった。気がつくと、いつのまにか常用者となっており、シャブ狂いの毎日で仕事にもゆかず、何度、泣かされたことやら。男は酒も飲まなきゃ、バクチも女もやらない。なのに、意志が弱くシャブに負け、のめり込んでいった。ふたつとひとつの乳飲み子ふたり（男女）をかかえ毎日、あたいは意識もうろう状態のシャブ漬の男と暮らしていた。

男は、とうとうシャブぼけが高じ、ある日、お前を殺してやる、とあたいに台所にあった出刃包丁を突きつけてきた。ひとりを寝かせ、もうひとりを背中におんぶしたまま、あたいは殺せるものなら、殺してみな。そう、たんかを切ってやった。我を忘れ、素手で包丁を奪い返したあたいは、男の胸ぐらに包丁を突きつけ、今にもひと突きで殺してしまう、といったしぐさで「ここが、心臓なんだよ。殺してやろうか」と声を荒らげ、すごんでみせた。シャブぼけのあいつは、だらしがないったら、なかった。ただ、わなわなと、震えるばかりで何もできないでいた。こんな間の抜けた男なんて、もう、金輪際いらない。なぜ、あたいを殺せないのか。男なんだろ。シャブぼけなら、それはそれで、好きなあたいをひと思いに突き殺して欲しかった。男は、あたいをよほど恐ろしい女と思ったんだろう。あたいの元を、両方のこどもひとりずつを残したまま罪でも犯した男のように去っていった。

あんな男に、よくもまあ。あたいの、この世の男たちへの信頼感は、そのとき失せたのかもしれない。四国は飛び出すことにし、それから、この島に来るまでは、大阪の道頓堀と滋賀県・雄琴で数年ずつ三人の男と飛び飛びに同棲したが、もはや愛とか恋とか、そんなものはどうでもよく、男たちとはただ成りゆき任せでいるにすぎなかった。気がつくとコールガールを専業に各地を渡り歩くようになっていた。もう、怖いものなんて何もない。

ふたりのこどもは、その時々の男たちに任せっぱなしで、とうとうあきれ果てた周りが気を配り、捨て子同然、順番に施設に預けられ、男たちもあたいの元から去っていったんだよ。

この島の場合、大抵の女は自室と仕事場は一緒なんだ。でも、あたいは、ちごう。あたいは、たとえ春を売る稼業にしても、仕事と私生活は、切り離したい。だから、あたいにとって、ここは神聖な仕事場。わが家には、浜で拾って以降、ずっと一緒の猫ちゃん、こすも・ここがいる。なぜ、こすも・ここにしたのか、だって。こすもは、COSMOSで宇宙なんだから。宇宙のひとカケラが、現実に、こうして〝ここ〟で生きている。だから〝こすも・ここ〟と、あたいが名付けたんだ。猫であろうが、犬であろうが、琵琶湖の湖畔で風に吹かれている雑草であろうが、それにおびただしい人間たちだって、みんな、何を楽しみに生きているのか、実際のところ、なあーんにも分からないが、それぞれに一所懸命に生きているんよね。何度も繰り返すが、あたいは昔から、どうにも止まらないほどの放蕩女だった。

男なんて掃いて捨てるほど抱いてきた。でも、こ・こ・ろだけは、これでもきれいなんだから。ここ数年は、普賢岳の噴火に伴う溶岩流に始まり、アメリカ西海岸やヨーロッパの大洪水、松本のサリン殺傷、阪神淡路大震災、東京・地下鉄のサリン無差別殺人と、次から次に悪いことばかり起きている。あたいは、こうした事件の巻き添いで死んでいった多くの人々を、冷たいかしれないが、その人の寿命なんだ、と勝手に思い込んでいる。人間、だれもが、生まれた時から寿命は決まっている。阪神淡路大震災のような災害に対し、人間の力で、どう抗ってこうっ、てんですか。どうにもならないんじゃない。見えない何かが、人間たちを間引きしている。自然淘汰なんだ。でも、あたいは思う。どんな仕事であろうが、健康と物事に対するひたむきさ、心の清らかさが整っていたら、どうにか、生きていけるのではないか、と。今夜はあんたがこうして来てくれ、おかげでいい稼ぎになる。お金に満たされれば、心もすこしは落ち着く。あんたは、あたいにとっての米櫃なんだから。

　話しは変わるけど、ほらっ。新聞に書いたったやろ。大阪湾口と琵琶湖湖畔の数カ所から、女のバラバラ死体が出たって。歯形から、この島にいた、女と思われるって。新聞にそう、書いてあった。ほいでな。あすの朝早く、大阪府警のデカ（刑事）が事情聴取に、あたいのところへ来るんだってさ。あんたと今夜、ねんごろになった、そう、ここへ来るんよ。この寝布団の上に座って、何を聞こうとするんやろ。

　殺された女の名は、きりこいうて。つい、この間まで、この島で働いていたんよ。かわいくて気立ての、ほんにいい娘《こ》やった。でも、な。きりこったら。あのころから少し、頭がおかしかった。二月だったか。ある日、突然のように島から消えてしもうてな。あたい。お巡りさん、ほんに、きらいや。きりこが事件に巻き込まれているなんて。いやや。清という男が、きりこのあと追っかけていき、あのころ一週間ほどいなくなったのは、ほんとやけど。清は、女たちが男との情事の前後に訪れる、その島の居酒屋〝ひろ〟で板前として働いていた。あの清が、惚れぬいてたきりこを殺してしもた。それならそれで、きりこって、幸せな女やと思う。でもな、裸のまんま、それも死体をバラバラにして海に捨てるなんて。清がするはずないやろ。清の心かて、きれいなんやから。それとも、ほんに殺してしもうたんやろか。

一日に何人の客取るかて。あのなあ。きょうは、泊まり一人や。そうさ。あんたはん、だけよ。きのうも一人。その前ちゅうたら、遊んだ遊んだ、酒、くろおてな。こないだまで三カ月ほど、ずっと休みあらへんかった。一晩に三、四人とセックスし、終わると〝ひろ〟でとことん飲んだ。そんなことの繰り返しで、あたいのあそこが、腐り果てた単なる商売道具になり果ててしもうたようで、時折、ふっと悲しくなったりした。

やっと、休みもろおて島の浜で島の人らと一緒に貝取りやったんよ。年に数回は、島の岩礁地帯で地元海女さんらと、海に潜ることあるが、まる三日間も、毎日三時間も四時間もかかって。貝取りだなんて初めてだった。島の人は、みーんな一緒。昼になれば、互いにお隣さん同士で夢中で貝取りに熱中したんや。そしたら、アサリが、どっさりとれて。あたい、ほかにも昼間は島の山ん中出かけて、セリやツワ取ること好きなん。もう少ししたら、今度はタケノコ掘り、春になれば、ワラビ、ゼンマイが、この島の至る所で取れる。ここには、自生のタケノコが生えているからな。ヒトって、〝人〟と書くやろ。人間が人間を支えている。〝人〟という字は、そうやろ。互いに持ちつ持たれつなんだから。その点、この島には、島に住むすべての人々の心に運命共同体みたいな、そんな一体感があるんよ。娼婦だからって、白い目で見る島の人なんてひとりもいない。夜は夜、昼は昼なんよ。みんな同じ人間なんだから。貝を取ったあとはみんなで浜辺にコンロを持ち込み、一緒になってワイワイガヤガヤと貝汁作って食べたり、そりゃあ、楽しいったら、ありゃしない。島の子たちが目を輝かせ、お姉さんなんて、言ってくれるのだから。

この世の中。人も自然も、すべての生き物が平等なんだから。権力をかさにした、程度の低い同じヤツラばかりが、得してたまるかってんだ。第一、神様が許すはずないよね。そんなことは、ないはずだ。人間の中に、心の膿んだやつらが、あまりに多すぎる。だから地震が起きたり、火山が噴火したりする。

〈りかは、人差し指と中指にはさんだ煙草を、うっすらと赤い紅を引いた唇に近づけ、ゆっくり吸うと気持ちよさそうに口と鼻から白い煙りを吐きだし、思い返すように続けた。〉

普賢岳やろ。溶岩流が流れてきても、人間が、これに対抗することなんて、でけへん。実際にでけへんやったろ。科学の力で抵抗できるのならいいが、そんなこと到底むりや。阪神淡路大震災。ほかに北海道地震やろ。今度は富士山やな。富士山が大爆発するでぇ。富士のあとは、阿蘇が噴火する。何人もが死んで血でいっぱいの修羅場と化してしまう。だけれど、全部は死なない。地球の人間を間引きするんや。ただそれだけのことやと思う。あんた、一九九九年七月、ノストラダムスの大予言聞いてるか。あたい、この年に地球上に大変なことが起き、それでも残された人間が生きていくことになると思うんや。二十一世紀はなくならへん、で。人類の進歩と英知への世紀やと思う。フランスのシラク大統領のように核実験をしたい、だなんて。そんなつまらなんことというたら、そのころにゃ、だれからも馬鹿にされ相手にされなくなってしまう。現実に、シラクさん。今だって。この地球上で馬鹿にされつつある。

あたい、あと四年たったら、遊女をやめ何かをやろう、って。真剣にそう、思うとる。この島には、あたいみたいな女が全国から流れ流れて二百人来ている。三分の二が日本人で、残りは外国人。なんで、あたいがここへ来たかってだって。高知の友だちが、この島で働いており、来てみたら、大阪や滋賀で遊んでばっかしおらんと、ひとつ今度こそ、まじめに働いてみたら、って。そう誘われたから。それに、おとうちゃんも、いつまでも男狂いばかりしてないで、世の中のためになることをせえ、だって。それでここへ来たんだ。ここで獣みたいな、血気盛んな男たちに、あたいのような、牝猫のからだを売ってやれば、性犯罪は確実に減る。犯罪がなくなる思う。戦争中の、あの、男たちだけがセックスに満足した、明らかに男たちの犠牲者といえる、慰安婦とは、ちごう。あたいらが、自立の気持ちで楽しみながら、しているのやから。

世の中、見てくれがいいだけの男に憧れる、ばかな女が多く、こうした軽いやつらばかりが、一人前のセックスを楽しんでいる。これじゃあ、そうでない男たちが、かわいそうだ。浮かばれない男たちのためにも、あたいの裸体、いつだって最高に磨いておかなきゃあ。あたいの職場ですか。六畳間の個室のほかには、特別にあたいがこしらえてもらった、シャワーもあるんよ。個室以外に自分の家もってるの、あたいのほかには、だれもいない。それはそうと。これから、春になったら、島の山を歩き回り、ワラビやゼンマイなどの山菜を採って、楽しく暮らしたい。七年もいたってことは、やはり居心地がいいってことかな。そりゃあね、つい先日も五十三歳の男が、こう言った。俺は妻と離婚した。別れたので、家の雑務をやってくれる女がいなくなってしまった。よかったら、俺んちへ来ないか、って。そう言ってくれた。

女ですもの。そりゃあ、うれしいですよ。その男、一緒になったら永遠に君を離さない、とまでゆうた。でもね。この島、歩いとりゃ、あたいが、こういう商売やっとるて。口にこそ、ださんが、女同士はむろん、島じゅうの大人のだれもが知っとる。だから、あたいの責任が許さんて。ありがたいが、あたい断るって、いうわさ。たとえ一緒になったとして。男の気が、その後、変わったとしても、男はなんもわるない。それが人情というもんよ。常識やんか。たとえ別れないで、いつまでもあたいを大切にしてくれたかて、それは嘘隠しや。あたいは、なんや。そういうことに対し一生、負い目を背負っていくことになる。そんなんなら、最初から一緒にならんときゃいい。そりゃあ、いろいろあるよ。なんど、俺と一緒になろう、といわれたことか。あたいには、家《うち》へ帰れば、かわいいかわいい、猫のこすもがいる。家族はそいで十分、いまごろは電気カーペットの上で、あたいの帰りを待ち、気持ちよさそうに寝とるわさ。

　オウム真理教、一体全体、何人の家族がトラブルに巻き込まれ、泣かされてきたことか。あたい、ああいうの許せない。あたいは、シャブ漬の亭主に泣かされてきたからね。家族の嘆きは、どんなだろうかと思ってしまう。松本や東京の地下鉄サリン殺傷事件と関係ないだって。四十種類もの薬物が出てだよ。そうだったらそうだと、なぜ国民に分かるようにはっきりといえないのか。だれにも納得のいく説明がない以上、関係がないとはいえないと思う。

警察は、ああいうのこそ、バッサリと殺《や》って欲しい。それをやらないで、何をやるって、いうの。こ・こ・ろが美しければ、人間、どこまでも生きてゆける。あたい、心だけは、これからも磨いて清らかなままで生きてゆくから。あんたも、たとえ百人でも二百人でもいいじゃんか。あんたの本を読み、生きる力が湧いてくる人が出てこれば、ね。それは、それでいいじゃんか。

〈女はそういって、白い足をボクの股間の、その部分に執ように絡めてきた。〉

このタイソーメン。ほんとに辛いよ。ちょっとだけ、食べてみな。そら、辛いだろ。ソーメンは、あたいの素材。これ、これの上に乗ってる、この唐辛子。これを〝ひろ〟の、そうそう最近になって、また島に戻ってきた清が乗せ、特製のソーメン作ったんや。そら。缶入りのお茶、のんでみな。そこにあるから。水のんじゃうと、かえって、このタイソーメン、効くんだから。そおーら。きく、きいたな。あたいなんか、これ食べながら生野菜をバリバリやるの。そしたら、こんなに辛いソーメンだって、なんとか食べられる。ヒリヒリするけど。セックスのあとの何よりの健康法なんだ。あたいら。定期的に本土の病院へ通い、検査してもろてるから、まず心配ない。でも万が一、お客さんの方に病気持ちがいてコンドームなんかしたくないなんて。無理強いする人がいたりしたら、それこそ大変やから。あたい、毎日、タイソーメン食べてからだんじゅう、焼いて消毒してるんや。自分のからだは、自分で守らんと、ね。でもお客さんと一緒に、こうして食べたなんて、初めてなんだから。

二

（東京の女のざれごと）

「あのね、おかしいね。オウムって。自分たちでやっておきながら。総本部が毒ガスでやられているなんて。オウムは、きちがい集団よ。あれはね。一種の内乱、ほんとに内乱だと思うよ。あれってね。ヒトラーの小型版みたい。最近の東京は物騒なんだから。列車に乗ったら乗ったで、みなさん方、まわりに不審な新聞紙があったり、不審人物はいませんか。もし心あたりがおありでしたら、そばには近寄らないで駅員に連絡してください――だ、なんて。もう耳に蛸ができるほど聞いたわ。これでは人間同士、互いの不信感が増幅するばかりじゃない。それがまた人間って、おかしいよ。カナリア入れた鳥籠を手にし、自分たちだけ、防護服に防毒マスク、迷彩服姿で、サティアンやらなんだか知らないが、強制捜査だなんて、この世の中、人間本位なのね。どうせなら、オウムを籠に入れて捜査した方が絵になったのに、ね。

東京、いや日本中でサリンガス、サリンガスだなんて騒いでいるけど。東京では、ここのところ、列車への飛び込み自殺が際立って多い。列車に乗ると、よく〝しばらく、お待ちください〟などとアナウンスしている。しょっちゅうだよ。そのたびに三十分ほど待たされる。でも、この大半が飛び込み自殺なんだって。飛び込みなんていまでは、もう日常茶飯事で、そんなものは新聞にも載らないのよ、ね。あなた。新聞社に勤めてるんだったら、それしきのこと知ってるわよね。乗るたびに、しばらく、お待ちください、だなんて。あれは、みんな飛び込みなのだから。そのつど、私たち乗客は列車の中で待たされ、じっとし、ひとごとのような顔して耐えている。一人ひとりの命の重みは、みな同じはずなのに。新聞って。いい加減なんだ」

どこか遠くて近い国で、夢を見ているのだろう。そうに違いない。目覚めるまでには、まだ時間がある。

——男は、一糸まとわぬ、女の白い肌を下から眺めている。深く垂れ下がったふたつの乳房。小山となった下腹部は使い古された鐘つき堂の梵鐘のようでもある。明らかに若いころの、きよみのそれとは、違う。一体、この女はだれなんだろう。ボクに似たその男は、目の前で遠慮会釈もなく、ズボンを下ろし、シャツを脱いだ。パンツも脱ぎ捨てると、女の横に自身の裸体を横たえた。

男は野獣のように不意に女を抱きしめ、互いの唇をまさぐるように舌を絡ませる。女体が火照り、身をくねらせ、成熟し切った腰がたまらないように動きだし、今にも灼け落ちる寸前になっていく。立体画像を見ている。そんな錯覚にとらわれていると、男は梵鐘部分の乳首を交互に口にふくみ吸い込みながら、両手で両の乳を、もみしだき始めた。

女は毎晩、こうして見ず知らずの男に身を預けているのだろうか。その全身は、驚くほど軟らかで、ほとんど垂れ下がっただけの乳房の割りには、なぶられればなぶられるほど、白くて赤い女体が、つややかに上気していく。微かに口を開け、上半身をのけぞらせ音にならない声でうめくさまは、年に似合わず、どこまでもみずみずしい。男は、女をそのまま抱き寄せると、舌で豊醇な腰を両手で抱え秘部の愛撫を始めた。ひと通り、舌をはわせたあと今度は勢いよく、その部分に自身を突き立て、何度も上下運動をするうち射精し、とうとう果てた。波の音だけが何もなかったように寄せては、返している。

情事の余韻にふけるように眠り込んだ男の耳元に、りかの鈴の音のような乾いた声が、あの絶頂に達した時のピストン運動さながらに際限もなく、染みでていた。りかの半分、社会を捨てたようなしゃべり。そのおびただしい声が、やがて洪水となって男に迫るのだった。実体のない声として何げなしに聴いているうち、今度は東京に住む、あの女までが割り込んできてサリンがどうの、オウムがどうの、と言い始めた。こんなことで島に来たのではなかったはずだ。いつも一緒にいるはずのきよみは、どこへいってしまったのだろう。どこまでが現実なのか、もわからないまま、ボクは潮騒を耳に、なおも久しぶりに深い眠りに落ちていった。

その昔、沖合いに浮かぶ、その島は不幸な女たちを守る女護《にょご》が島と呼ばれた。ボクときよみは、かつて、島で一番、年をとった九十を過ぎたおじいちゃんから、こんなことを聞かされたことがある。

――あんたさんたち。若い人たちゃあ、今じゃ、なーんも知らへんやろけど、このしま、さ。あのなあ。漁師たちが、親のない、てなし子を育ててなはったんや。それで。てでのない、身勝手な親たちに捨てられた女児《おなご》たちは、日ごろはなんの変哲もない、まどろ網を引いたり、砂浜で、けいこ海女として島の海女さんたちにかわいがられ、遊んだりしてるんだけどな。それでも年月がたちゃあ、たくましく立派に育っていくわさ。十七、八になると、丈夫に女として育ててもろうたあかしに、湾内に船と一緒に停泊中の旅人さんに我も我もと、体さ、売るんだ。旅人さん、いうても、湾に停泊する気イのいい船乗りさんばっかしや。ここの島は、風待ち港いうてな。湾が入りくんでおり、台風通過時には、かっこうの避難港でな。何日も停泊した時にゃ。女たちは、船から船をワタリガニのように、渡り歩いたもんや。ほいでなあ。その晩はなあ。ごはんにみそ汁、こしらえはって。旅人さんの衣服にほつれがあれば、それを縫うてやってな。針師まで兼ねたんや。カニのように、船から船を走るように渡り歩き、針師を兼ねた。だから、ハシリガネとも呼ばれた。ほやからこの島さ、おなごたちにとっちゃあ、神さま、仏さまやて。女たち一人ひとりの心かて自然に、よお、なるわさ。女を守る。だから、女護が島って、いわれるんや。

風待ち港といえば、ボクが昼間、訪れた島の高台に石柱が立っていた。その柱には「江戸時代、この湾は大坂と江戸を結ぶ海上交通の風待ち港として栄えていた。湾に出入りする船（千石船、のちに機帆船）が湾口にある浅瀬のために難破することが度々あった。この石柱は難破船を無くそうと建てられたものである。後方の石柱には竹竿を結びつけて、入港してくる船の目印の役割を果たした」と書かれていた。古老はさらに口の両端に白い泡を噴き出しながら、こうも続けた。

――〝一夜妻献身の島〟とも、ゆうてな。船で避難中の旅人さんばかりでなく、仕事や家族のことで苦境に陥った男たちがさみしくなると訪れ、その晩、ひと夜にかぎり、見ず知らずの女たちと契り、夫婦同然のひとときを過ごす（老人はここでみけんにしわを寄せた）。人道的にも、こんないいところあろかいな。

ボクは今、その島にいる。

昨晩、宿で旅装を解いたボクは、島を一巡してみた。スナック、喫茶、ラーメン、すし屋、一杯飲み屋。島内には一通りの店はあったが、不思議とカラオケがない。代わりに、どの店にも若い女性が待機しており、六十がらみの女がボクに目配し「どお、この娘《こ》」といった調子で、無言のうちに問いかけてくる。この仕組みは、どこも同じで、これらの店という店のすべてがコールガール専用の置き屋と悟るのに時間はかからなかった。宿へ戻ると、女中が部屋を訪れ「女の子どお。りか、っていういい娘がいますよ」と、こちらもくったくがなく、むしろ逞しいほどだった。ボクは、島を探訪することとし、こうしていま、六畳ひと間の、りかの部屋にいる。とても一夜妻には、ほど遠いが、りかにしてみれば、ひと夜かぎりの妻として旅人さんに献身奉公のつもりでいるかもしれない。ボクにとっては、りかには悪いがセックスより、りかの毎日の暮らしの方に関心を覚えた。

りかの口からは、洪水のように言葉が次から次にと、あふれ出た。それこそ、りかが島に来てからの、話したりない分を洗いざらい、吐き捨てるように、だ。話しながら帯を解き、白足袋を自らはぎとっていく。髪も、長い槍のようなクシを抜いて、いったんは、ざんばら髪としたあと、再び手で整髪し、一つに束ねる。ボクは黙って怖いものでも見るまなざしで、そのしぐさに視線を投げかける。無言で、りかの話しを、風を受け入れるふうに聞いている。赤い腰まきひとつになったりかは「あんたも脱いで」と寝布団に裸体を埋めた。ボクの服を脱がせるでもなく、勝手に好きなようにしなさい、あたいはあたいやから、と言いたげだった。ふたりは、互いに十分すぎるほど話し込んだあと、そのまま寝入ってしまったようだ。

翌朝、ポンポン船の音でボクは目覚めた。りかの姿は既になく、代わりにどこまでも乾いた感触のいい芳香が、ボクのからだに融かされるように漂っていることに初めて、気づいた。

三

耳の奥で消防自動車のぴーぽー音がしている。海の音が聞こえ、波が膨らんで、汀に打ち寄せる。海の水が静かに寄せては砕け消えていく。ぽんぽんぽん。小船の音が競うように、上方の大気に吸い込まれている。このおとは、確かに聞き覚えがある。あの懐かしいにおいを含んだ、青春時代の波調である。

ボクは漁協建物を左手にやり過ごし、海岸伝いに、かつてきよみと歩いた島の中央、高台まで歩くことにした。ビロード色の海が輝いて光っている。どこかしら哀愁をおびた日本海に比べ、こうした太平洋の方がいい、眼下に海女漁場を見下ろす磯笛峠。あのギラつく光の粉が忘れられない。きよみは、そんな表の海が好きだという。彼女のはたちのころを思い浮かべながらボクは今、歩いている。

こうして、海沿いに光の中を歩いていると、からだじゅうが光の粉に溶かされ、古い自分がさなぎのように脱皮し、新しい何かが生まれ出てくる。そんな錯覚に、とらわれる。二十分も歩くと、目の前に広い一隅が広がり、島の頂上部分に出た。海を見下ろす景観保全地区に生まれ変わり、二十年前の面影は、もはやどこにもない。高台の突端、中央部分にフェニックスが二本植えられ、近づいてみると、「園地竣工記念植樹　平成元年四月十日」と書かれていた。

だれもいない。アー、アー、アーッ。海鳥の声だけが、空から降ってくる。波の音が、〈かぜ〉が鳴くように聞こえてくる。起伏のある、うねりを持った海水が、どんどんと、あとからあとからボクの心を狙って押し寄せる。左手前方に、真っ赤な灯台が見える。ボクの目の前に広がっているのは、紛れもなく、あの見慣れた湾である。眼下では、紫色のスカーフのような鮮やかな帯が横に一列、二列、微かに、たなびいている。広い高台に立つのは、ボクただひとりしかいない。ゆったりした気分で灼熱の射光を浴び、一歩、二歩と高台を、ぐるり歩いてみる。

高台からの帰り道は来た道とは、別の裏道のコースを取った。海の蒼とは別に、海岸伝いの道がコンクリートで舗装化され整備されすぎているのが、心にひっかかり気に入らなかったからである。ごろた石の道に満足感を覚え昔を重ねながら歩くうち、ふと足の方から立ち止まる一角があった。頭で考えるよりも明らかに、ボクの全身が覚えている。さわさわと鳴る怪《け》たち、ほほを打つこの感触、風たちが両側に茂った竹の葉をしなわせている。所々、小石がむき出したままになっている土の道、それから点在する木の根株と土ぼこり、確かに見覚えがある。ふたりで歩いた、ごろた石の道である。立ったまま、目をとじる。お下げに八重歯を光らせ、にっこりと笑い、こぶりの乳房を恥ずかしそうに隠すようなしぐさで、両手にタケノコを一杯抱え、ほらね、といった表情でボクの方に一目散で駆け寄ってくる。そんなきよみの姿が、ボクの脳の中のスクリーンに大映しとなった。

竹笹は、ボクときよみしか知らない、二度とは来ない、若い日の島の思い出だった。この路傍に、こうしてじっとしていると、あの竹笹と、海の風を含んだにおいが、味までが辺り一面に漂ってくる。ほむらのような、土を含んだ共通のふるさとを思わせる。そんな香りが時空に染みている。静かだ。だれひとり、いない。ボクだけである。ボクの中にはいつだって、きよみがいる。さあっ、と一陣の風が挨拶でもするようにボクの髪を、ほほを、足元をなで、通り過ぎていった。そうだ。間違いない。きよみは、風のようにこうしてボクの所へ走ってきたのだ。ピィー、ピッ、ピッ、ピイーッ。海鳥が何度も何度もボクの心を揺り戻すように、笛をふき、鳴きたててくる。自らの世界に埋没し歩くうち、途中で足を止めた際、大切な忘れ物をしてきたことに気がついた。

下り道を反対に登りながら引き返す。しばらく歩くと、つい先程まで感傷にふけって腰を下ろした根株の横の雑草にボクの取材ノートが一冊、残されたまま置かれていた。島中心部の裏手、反対方向からも、かつてきよみと一緒に高台に登ったときのように歩いて欲しい。ノートは無言のままボクに向かって、そう叫び、語りかけていたのである。ノートを手に、また下って戻り始める。土の道を歩く。行く手に二、三十枚はあろうか。真っ赤な椿の花が、土にまみれ腐葉とともに、からだを横たえていた。武士たちが勢ぞろいで、討ち死にしているようで、そんな花の心は、一体どんなだろうか。鮮やかな姿に、つい、あのころの、きよみのさみしげな顔がボクの脳裏に迫り、息をのんだ。

あの日、べ平連崩れのきよみは、ただ独り、生まれ育った家を捨てボクのもとにやってきた。この島の女たちが全国各地から何かを求めてやってくるように、だ。りかも、きりこも。どの女も、この島に身を任せ、木の葉が流れるように生きてきた。それと同じように、きよみはあのとき、意を決して着の身着のままでボクの元に来た。事前に示し合わせた約束通り、駅頭に現れた彼女は素足で、顔にはせっかんされたばかりの生々しい傷跡を数カ所に残し、生母への当てこすりのように、真っ赤な着物に身を包んでいた。あのとき、ボクが駆け落ちを拒否していたならきよみは、この島に来て、そのまま現在の、りかたちのように、寂しい男たちの生き血を日々、吸いながら生きてきたかもしれない。田中角栄の列島改造論華やかなころで、第一次オイルショックが日本じゅうを襲い、スーパーにはトイレットペーパーを買いあさろうとする主婦たちで長い列ができた、そんな時代だった。

島へ来るには、対岸本土の渡し場でぽんぽん船に乗船しなければならなかった。にび色の幻想的な島を初めてふたりで訪れてからというもの、行くあてのないきよみを抱え、その土地に在任中は、何度も何度も訪れた。ミニスカート全盛のころで、きよみを伴い島を訪れるつど、ボクたちは、竹笹に固まれた山道を高台まで、まるで小学生が駆けっこをするみたいに、はしゃぎながら息せき切って競争で登った。ミニスカートの似合う彼女は、なぜか島を気に入り、休みのつど「島へ行こう。行こうよ」と言って、ボクを困らせていた。女護が島の話は、島の渡し場で船を待つ間、確か、その古老から一緒に聞いた、と記憶している。きよみにはそれがたいそう気に入り、夫を除いて頼る人がいなかった彼女に、島の最初のイメージが安心感を与えたのかもしれない。

四

ボクは下り坂を歩きながら、過去に出会った多くの女の顔を、思い浮かべていた。

まだ十九歳、大学生のころ、男の股間のすぐ下側、左大腿部付け根にできた、できものが悪性腫瘍のように赤くはれて膿み、左足の太もも全部がぽんぽんになってしまったため、いやいや手術のため入院した際、その町の病院で出会ったのが、当時、ボクより一つ年上のこずえだった。長崎の中学を卒業したこずえは、集団就職で愛知県を訪れ、女工として紡績工場で働くうち、立ったままという職業柄もあってか、知らぬ間に腎臓を患っていた。ボクが入院した時は、片方の腎臓を切除し、もう一方をつり上げるという大手術を終え二カ月ほどたった、そんな夏のある日だったように記憶している。ピンクの花柄の透き通ったネグリジェが、よく似合い白い顔にそばかすがあり、バンビを思わすつぶらな目が、今も忘れられない。病室が近かったこともあり、ふたりは廊下で擦れ違うつど、話しを交わすようになり、日がたつにつれ互いの心の距離がちぢまっていった。退院はこずえよりも、ずっとあとに入院したボクの方が断然早く、ボクはそれからもしばしば病院を訪れ、そのつど屋上まで誘い出し、いろんなことを話し合った。こずえは若さに、なにくそという負けじ魂も手伝い、日に日に回復していった。

当時の流行り歌は、青春歌謡歌手舟木一夫や橋幸夫、西郷輝彦の「学園広場」や「君たちがいて僕がいた」「仲間たち」「絶唱」「いつでも夢を」「兄貴」などだった。ボクは病院屋上で、こずえの肩を抱き寄せ、これら流行り歌を次々と歌手きどりで、物言わぬ空に向かって口ずさんだ。黙って聞くこずえのほほに唇を寄せ、本気で「結婚しようよ」と語りかけると、こずえのほおにいく筋もの涙が伝った。中でも好きだった部分は、〽こ・こ・ろのなやみを、うちあけあって……とか、〽歌をうたっていたあいつ　りんごかじっていたあいつ……〽涙を　涙をありがとう　どこかで優しい声がする……。確か、こんな歌詞の数々だった、と記憶している。こずえが退院してからは、紡績工場近く喫茶店まで自転車で出掛け、よく会った。両親に結婚したいと嘆願すると「だけど、体が弱いんだろう」と完全拒否された。あのとき、ボクの内部に、どうせ両親が顔を真っ赤にし反対するだろうから、といった甘えがなかったといえば、嘘になるだろう。むしろ、反対されるに決まっているので、逆に安心し結婚したい、などいう軽はずみなことばを重ねて両親を困らせたような気がしてならない。

最後は、こずえの方から「あなたが結婚しよう、と言ってくれただけで十分。大病をしたあとなので、わたし、療養を兼ね九州に帰ることにしたの」と電話が入り、それっきりとなった。それから二、三年は互いに年賀状を出し合ったものの、その後の消息は途絶えたまま。こずえが、どこでどう生きているのか、は知るよしもない。ボクのうわついた恋に、こずえは敏感に反応し、ふるさとへの帰郷という道を選んだのだろう。こずえとは、手を握りあい、顔を近づけあっただけで、ついぞ何もなかった。

社会に出てからも、こずえとの純愛とまではいかなくとも、それこそ、身を焦がす思いで付き合ったことが何度かある。美しく、互いに心に秘めた恋もあれば、「あんたほどの二重人格者なんて知らない」と批判され、罵倒されたものもあった。不思議なもので互いの道は当然の成りゆきのように交差し、そのたびに勝手な男の安堵感となって体内を駆け抜けていくのだった。みな、りかと同じように、それぞれの道を求め、この地球上のどこかで生きているに違いない。人生とは、そんなものなのだろう。

〈裸のりかは、昨晩、タイソーメンをぺろりと平らげたあと、白いからだを腰から足首までくねらせ、ボクの首筋を両手で抱き抱え、あたい、あんたのことだあーいすきー、このままもっと話しをしようよ、ほんとのこと、話してあげようか、と耳元にささやきかけるように、口を開いた。〉

そのこずえって女。もしかしたら、きりこじゃないかな。むかぁーし、愛知県の紡績工場で働いており、腎臓の片方取ったのを機に郷里の長崎に、いったん帰ったことがあるって。そんなことを聞かされたことがある。入院中に好きな人と出会ったが、互いの境遇が許さず、別れた。その男の人って、大学生で小柄だったけれど、すっごくロマンチックで精かんな顔付きをしており、ひと目惚れしちゃったって。病院屋上で青春歌謡を歌ってくれたんだって。そう言ってたから、あんたに違いないよ。でも、こんな奇跡って、あるんだよね。何十億人と住んでいる、この地球上で。それも一人ひとりが、日々、多くの人々と交差し、それっきり、互いに顔を会わせることなく死んでいってしまうのに。それはそうと、きりこって、どこまで不幸せなんだろうね。

〈りかが、まさかそのこずえを知っていた、だなんて。信じられない。世の中には、信じられないことが不意に目の前にやってきたり、じわじわ訪れたりする。偶然といっていいのだろう。いや、その人にとっては必然なのかもしれない。本当に信じられない不幸や幸せというものが、転がり込んでくる。ボクの周りを眺めても、それは同じことだ。ここで、

ボクは、りかの独り言を、もう一度、反芻しながら聞くことにした。〉

五

〈「あのなあ」と、りかは〝あ〟と〝な〟の二字を、まるで地球のどこかに捨て去ってしまうように言葉をつないだ。このしゃべりようは、確かに海女さんのそれである。りかは島で暮らすうち、誘われるまま、ゴムのウエットスーツに身を包み、ごくたまにではあるが海に潜るようになっていた。りかの肺呼吸は群青の中に、深く潜れば潜るほど、海女さんと同じように、強いものになっていった。その肉体も海に潜るにつれ、ますます練られ、艶をおび自ら満足するものになっていった。「あのなあ」と身を捨てるような響きは、女たちにしてみれば、漁の厳しい分だけ陸では、どこかで力を抜いた、こうした物言いが大切だったからかもしれない。ボクにとっては、もはや、りかのそのすべてが掛け替えの無い存在に見え、りかの純粋さが宝同然に思われた。りかの言葉は、延々と留まるところを知らない。りかは、あ・の・な・あを、もう一度繰り返し、今度はゆっくりと、話し始めた。〉

あたい。あたいっ、てねえ。この世に生まれて夢を見に来ている、そんな気がする。第一、こうして毎日、あんたみたいないい男に巡りあえるんだ。それだけでも、うれしい。幸せだと、思う。ほかの女たちより、ずっとしあわせなんだっ。そりゃあさ。ほかの人から見れば、あたいなんて、お涙ちょうだいの不幸で、どうにもならない女に見えるか、しれない。でもね。あたいは、人さまがなんといおうと、これで満足してるんだから。バイタ（売春婦）だからといって、ただそれだけで人間の価値を決めつけるだなんて。許せない。あたいは今、だれにも負けない人生を歩いてるんよ。一瞬、一瞬を大切に、抱きしめ、抱きしめ生きている。考えてみて。この島へ日々、あたいらを求めて来る男たちって。そりゃあ、若さと男の本能のあまり、ただ、あそこを欲しいだけで来るヤツもいるかしれない。

でも同じこと繰り返すが、あたいら、戦争中の、あのみじめな慰安婦とは確実に別なんよ。あの人らは、男の身勝手さに個人の尊厳も何もなく、ただ一方的に兵隊たちの肉欲の吐きだめだけのために、じゅうりんされてた。むろん、中にはそうじゃなくって。自分の欲望のために身を差し出した女がいたかもしれない。でも、ありゃ、ないよ。女は、男の道具じゃないのだから。それに比べたら、今は持ちつ持たれつ。どちらが上でも下でもない。公平な世の中だ、と思うんだ。男たちの大半が人生に挫折したり、何か面白くないことがあって会いに来てくれる。みんな、気が狂ったように、ただそのときしか光がないみたいに、あたいを、むさぼりつくそうとしてくる。そうした男たちを見ていると、抱かれながらああよかった、って自己満足しちまうんだ。あたい自身が満足しての肉欲なんだから。

あたい、人間たちって。空を飛べたらいいなっ、て思う。よく見るじゃない、だれだってさ。寝ていて、空を飛んでる、そんな夢を。両手を横に思いっきり広げて、水を掻くようにして大気の中を泳いでいくんだ。両足を垂直にして、バタ足で魚の尾ビレのようにバタバタとやれば、地球の果ての星空までぐんぐんと上昇し、逆に頭を下方にどこまでも両手でかいて平泳ぎをするように泳いでいけば、海の見えるところまで、どんどん降りていく。上に行ったり、下に行ったり、あるときは水平飛行をしながら、じいっと様子を伺ったり。みーんな、そうしながら人生を、その人なりに一所懸命に生きている、空を飛びながら夢を見て、いつもそんなことを思ってるんよ。

あたいとは、この島で無二の親友だった、きりこ、きりこがあんたの初恋の女、こずえだっただなんてね。人生って。おかしい。あたいだって、信じられない。でもさ。毎日毎日が信じられないことの連続。同一人物だった、きりことこずえ。それにあんたのきよみ、あんたの人生の中で出会ってきたほかの女たちも、だれもかもが幸せを求め今、大空を飛んでいる。そういえば、きりこって。こずえのヤツったら。いっつも走っている夢を見るんだって。よくそう言ってたよ。走っているんだけど、ゴールが見えない。わたしって、なんでこんなに走る夢ばかりみるんだろう、って。そういう女だったんだ。

島の居酒屋〝ひろ〟で働いていた清のこと。清が、きりこを殺したのじゃないか、って話。最初は、犯人を清に、なすりつけるため、あんたに、あんなふうに話したんだけど、ほんとはあたいの、作り話なんや。清といったら。そりゃあ、きりこに、ぞっこんだった。調理人として働きながら、いつだって、きりこに夢を託していたんだよ。でもね。きりこは、あたいと同じ娼婦だろ。それこそ、数知れないほどの男に抱かれて、清に結婚しよう、だ・なんて。

求められれば求められるほど、女の気持ちぃ、って。それだけ、責任を感じてせつなくなってくるんだ。だから、きりこってばさ。あたいに、わたしをこの世の中から、いっそのこと、消して欲しいんだって。清を心底から好きだったんよ。何度も何度も殺して欲しい、って。あたいに殺されることこそ、清に対する本当の愛だなんて。言やがってさ。わたしを殺すことは、殺しじゃない、医者の世界でいう尊厳死に当たるから、安心して殺して欲しい。そうぬかしやがった。だから、あたい、とうとう……どうせ殺《や》るなら、阪神淡路大震災で亡くなった人たちの近くで成仏してもらおうと、あの日、きりこを誘い出したんだ。忘れもしない。二月の下旬、志摩には珍しい小雪の舞う日だった、次から次に海面に消えていく雪の花が、きりこが見る、この世で最後のものかと思うと、涙があふれ、とめどがなかった。

でもね。神戸には、きりこより不幸な人たちが何人もいる。大震災の現場を見れば、もしかしたら、きりこの死への願望がなくなるかしれない。ほんといえば、そんな期待感も最初は少しは、あるにはあったんだ。で、渡し船で小雪の中を本土に出たあとは、レンタカーを借り、あたいが運転し何時間もかけ、ふたりで神戸まで出かけたんよ。それなのに、きりこのヤツったら。清に愛されながら生きてるわたしより、家族もろとも瓦礫に埋まった人たちの方がずっと幸せだなんて言いだして。とうとう神戸で長田町などを見たあと、外人墓地のあるその山まで出かけた。そこであたいが作ってやった天下一品の手弁当を海の見える丘で一緒に食べ、睡眠薬を飲ませ、そのあとで車に乗せ、人けのない山中に運び、彼女が愛用していた腰ひもで、首を締めて殺してやった。殺してしまったら、あたい自身がおかしな感情にかられてしまい、かつて男があたいを殺せないまま無様な醜態を晒した、その包丁で大きな木の根っこをマナ板がわりに両手、両足、首の順で切り刻んでいってやった。でも骨にぶち当たると、なかなか思うように切れない。

とうとう持参したノコギリで、ぎこぎこと、きりこの魂を、切り裂くようにバラバラにしていってやったんだ。真夜中のことで、あたいが〝ごめん〟〝ごめんよ〟と、ぶつぶつゆうと、〝いいんだから。あたし、あんたに、こうしてわがまま聞いてもろうて、うれしくって〟という、きりこの声が確かに聞こえてくる。怖くなって手を合わせ、血染めになったきりこのからだを、今度は顔、首、胴体、腰、両手、両足の順に一つひとつ夢中で毛布にくるんでやった。バラバラになった死体はトランクに入れ、深夜の神戸を車であてもなく彷徨ったあげく、大阪湾に面した運河の河口部分に、一切れごとに毛布ごと流してやった。流れるとき、遺体の血が音をたてて、ちゃぷちゃぷと噴き出し、きりこが〝りかちゃん。ありがと、ありがとさん〟だって。そう、あたいの耳元でささやく声がはっきりと、聞こえてきたんだ。人は海から生まれ、海に帰っていく。これを補陀落浄土っていう。いつだったか、この島に来て間もないころ、あんたたちに女護が島を教えてくれたと同じ、その島の古老に、そう教えられたことがある。きりこの死に顔は、それこそ仏さまのようだったんだから。きっと、喜んでる。喜んでるに違いない、今でも、そう信じてるの。

大阪府警の捜査本部が、りかを殺人容疑で逮捕したのは、ボクが彼女と一夜を過ごした、その翌日の午後であった。自宅で事情聴取を受けたりかは、府警の二人の捜査員から逮捕令状を示されると「ハイ。分かりました」と静かに答え、和服に着替え口に紅をさし、雨の中、ひとり傘をさし素直に従った。運命の皮肉か。数日後、滋賀県下のソープランドに投宿し、二人の少女と狂おしいセックスを交わしていた二人の捜査員が県青少年保護育成条例違反の現行犯で逮捕され、新聞各紙の社会面トップをにぎわした。りかの方は、まもなく情状酌量の余地あり、として釈放され、いったん島に戻ったが、そのまま、どこかに立ち去った。

〈了〉

カトマンズの恋

国境を超えた愛

歩く。歩く。歩く。

1

色白でどこかフランスの名優アラン・ドロンの若いころを彷彿させる男、ラル。彼は、信号はむろん舗装道路ひとつなく、喧騒の只中にあるカトマンズ市内のデコボコ道を前に向かって歩きに、歩き続けた。

テマリと待ち合わせたダルバール広場（旧王宮広場）まであとわずか、だ。

涙を流しながら〈テマリと一緒になりたい。国籍の違いなぞは関係ない。ボクがテマリの方に先に行って手を差しのべなければ……。あれほどまでに互いに愛を誓った彼女は一体どうなってしまうのか。もはや、時間はない〉……

＊　＊　＊

旅行会社の日本人ガイドとして活躍するテマリと知り合ってから、三年が過ぎていた。

何もかもが一見してゴチャゴチャに見えるヒマラヤ連山直下に広がるネパールのカトマンズ盆地。そのカトマンズは秩序がないようでいて実は秩序のある都市だった。日本人観光客の陽一はこの地に足を踏み入れるや、民族のパワーの如きものを感じ、テマリの住むカトマンズに底知れない魅力を感じた。

実際、この土地を行き交う人々の目は、皆、ピュアできらきらと輝いている。褒めすぎだと思うならそう思えばいい。でも、陽一にはそこにはユートピア（理想郷）が広がり、同じ人間とはいえ、清浄な地で化身した人々が住む楽園にも思われたのである。四方をヒマラヤの連山に囲まれ海こそないが、人々にとっては、見上げる空こそが海だった。

陽一がカトマンズから日本に帰国したその日は期せずして伊勢神宮の式年遷宮、それもクライマックスで内宮での遷御祭さなかだった。全身がカトマンズの自然に融かされるが如く魂を抜き取られた陽一は運命的な何かを感じたのである。

十月二日午後八時四十分。機は中部国際空港に着陸。伊勢神宮の内宮には若い日のあのころと同じように神さまと化した月に神宮一円が照らされているのだろうか。陽一は空港に降り立ち空を仰ぎ見たが、そこにはきれいな月の一部が見てとれた。

あの日。新聞社の地方記者だった陽一は人間の生け贄たちを、玉砂利に座らせ神さまに奉納する供奉員《ぐぶいん》を担当。当時、日本を席巻する作曲家や製鉄会社トップらが白装束に身を包んで神の前で手を合わせ恭しく頭を下げていた、あの光景を忘れることはできない。神さまの原風景に立ち会ったことも彼にとっては、日本人ならでは、の誇り高き何かを感じていたのである。

そして四十年後。陽一は自身がカトマンズの生け贄となって帰国したような、そんな錯覚にとらわれ、わが身に清浄な何かを感じとったのである。


〈帰国途中の広州から乗り継ぎ地である上海行き機内〉

カトマンズを発ち、広州で乗り継いだ翼はまだ上空に浮かんでいる。上海が目の前に迫っていた。青い空には普通の白い雲が筋を引いて一つひとつが達成感を示している。飛行機は高度をグンと下げ着陸態勢に入った。時計の針は十月二日午後三時半過ぎを示している。

そして。真っ白な雲海のなかにまるで自爆でもするかのように機はその只中に突入していく。陽一はその光景を見ながら、無鉄砲な恋を選んでカトマンズの花嫁となったテマリのことを考えていた。

2

テマリがカトマンズの男性ラルの元に嫁いで丸二年半近い。

ネパールは家族同士がとても大切にし合う大家族制なので男兄弟はそろって両親と同じ屋敷内に住むことが古くからの伝統となっている。テマリの場合、ラルは三人いる男兄弟の次男なので当然のように部屋こそ違うが、他の男兄弟家族、そして両親と同じ建物内での同居生活に甘んじている。

そんなテマリにとって、何よりの慰めとなっているのが毎朝、窓の外から聴こえてくる小鳥たちの囀りだ。チュッ、チュッ、チユ。チュッ、チュッ、チュッ。チュッ…。白と黒、二色のかわいいスズメに似た小鳥が体毛を小刻みに震わせ、大気までもしなわせながら、小気味よい音を出して鳴くのである。

囀りに目覚めたテマリが窓を開けると、今度は何羽もの小鳥たちが待っていたかのように、一列縦隊となって彼女の家の周りを朝の祝福でもするように低空飛行しビルの軒下を掠めて大空に向かって飛んでゆく。ナンダカ、こうした雄々しい光景を見ていると、心から異国での生活を励まされるのである。

これが、この国、カトマンズでの「おはよう」の挨拶なのだ。

あ〜ぁ、何とやさしく美しい鳥たちなのだろう。物言わぬ鳥たちの姿にテマリはあらためて日本を捨て、ラルだけを頼ってこの地に来た自分の選択が間違いなかったことを感じるのだった。核家族化が進む一方の日本では、とても考えられない小鳥たちとの語らい、平和で心安らぐひとときである。テマリは、何げないそぶりではあるものの、いつも何かと気を遣ってくれるラルの両親をはじめとした家族全員の温かさはむろん、こうした小鳥たちに代表される自然の営みにも心が魅かれていったのである。

「そういえば、きょう。平成二十五年九月二十六日の夜は日本の新聞社で同僚だった年上の男性（陽一）がはるばる、私を訪ねてカトマンズまで来てくれる日だったっけ……」

昭和五十五年五月五日と〝5並びの日〟に愛知県稲沢市で生まれたテマリ。彼女は満三十歳になったのを機に、それまで勤めていた日本の新聞社の旅行部門をひと思いに退職し、ラルを追ってネパールまで来てしまった。そんなテマリが今ではカトマンズの旅行会社スタッフとして働いていることもあり、かつての新聞社仲間が激励を兼ねてやって来る、というのだ。

テマリはぐっすり寝込んだままの夫ラルを横目に、布団をはねのけるや、今度は朝のプジャへ、と義母のいる居間に向かった。居間ではさっそくお参り堂に手を合わせチリン、チリン、チリリン…と鐘を鳴らし、大地や空に向かってオレンジもまばゆいマリーゴールドの花々や米粒を投げ与えた。このお参りが一日の始まりである。プジャは夕方にも、もう一度感謝の気持ちを兼ねて行われる。いわば、日常生活の一コマでもある。

このプジャ。文化的に便利になり物事に鈍感になる一方の人間社会への警鐘を込めたネパールならでは、の日常セレモニーといえなくもない。いわば五感（視覚、聴覚、嗅覚、味覚、触覚）を絶えず鋭ぎ澄ますのが狙いだという。具体的には、プジャの祈りを通じてチリンチリンと鳴らす鐘の音を聴き、ちいさなバターランプの火を見、線香の匂いをかぎ、マリーゴールドの鮮やかな花びらを天や地に向かって感謝の気持ちを込めばら撒く。これを朝と夜に毎日、欠かさず続ける。

このほかネパールの場合、ヒンドゥー教のカーストによっては、たとえばシャヒのような王族だと、夫を呼ぶにも「ラジャ（キング）」と呼ばなくてはならず、日常生活でも朝起きたらお母さんの足に跪くことが日常化している（これがお母さんもからだが動いていているのでチャンスをうかがうのが、なかなか難しい）。でも、テマリの場合は、王族ではない普通の家でそこまでする必要もないのが何よりの救いであった。

3

平成二十五年九月二十六日夜、カトマンズのトリブバン国際空港——。

ネパールへの入国ビザ申請と取得に続く入国審査をやっとの思いで終えた陽一が国際線到着ロビーに姿を現したとき、ロビーの時計は現地時間の午後十時四十五分（日本時間は翌日の午前二時近く）を刻んでいた。

「やっと着いた」。衣類や本、土産物類を入れた大きな旅行バッグを左手で押し、右手に中バッグを持ちいつもの取材用ショルダーバッグを肩にした陽一は何はともあれ正面入り口部分まで歩を進めた。そして空港玄関口にまで辿り着いたところで、一体何事が起きたのか、と思うほどの出迎えの多さにたじろいだ。いや、これは出迎えというよりも、群衆といった表現の方がふさわしいのかもしれない、それとも日本人である陽一を歓迎する何かの霊たちなのか。詰めかけた人々のパワーに圧倒されたが、皆笑顔でほほ笑んでいるのが無気味にさえ映る。

空港玄関口を囲むようにした広場では明かりひとつない暗闇のなかで、つい先ほどまで群衆と化していた人々の多くがモゾモゾと動き出し、一人、二人、三人、四人……と、どこやらに消えていく。陽一は、そんな得体の知れない妖怪のような顔という顔を、慌てて一人ずつ追いかける。ただ、黒山の弾丸といってもいい人の流れに圧倒されながら、だ。

それにしてもラルとテマリは一体全体、この人波のなかのどこにいるのか、となると皆目分からない。ラルは。テマリは。どこにいるのか——との思いとともに、今度は不安が心身を駆け上がってきた。

異国で言い知れない不安が胸を横切った瞬間、「ヨウイチ」「ヨウイチ、さん」とやさしく呼びかける声が耳に迫り、振り返るとそこには、ラルとテマリが笑顔で立っていたのである。二人とも穏やかな表情で満面に笑みをたたえ、陽一が振り向くや、ショルダーバッグだけを残して大小のバッグはアッという間に二人の手で出迎えの車のトランクに収容された。「ようこそ。私たちのカトマンズへおいでくださいました。お待ちしていました。さぞや、お疲れになられたことかと存じます」とラルが礼儀正しく言った。

ラルはカトマンズの国立トリブバン大学を優秀な成績で卒業後、旅行業の傍らカトマンズ日本語学院で日本語教師としてもネパール人に日本語を教えているだけに、全てに配慮が効いており陽一はホッとして車体にTOYOTAと書かれた迎えの車に乗り込んだのである。後部座席に座ると、あらためて運転席と助手席のラルとテマリに「こんなに夜遅くわざわざ、お出迎えありがとう」と礼を述べた。

ラルの運転する車は、そのまま人っ子一人通らない、幽霊の町同然と化した未舗装のデコボコ道を延々と走り続けたが、陽一にはなぜか月面着陸した直後の宇宙船がデコボコ道をバンザイと叫びながら走っているような、そんな不思議な感慨にとらわれた。中古のトヨタ車、コロナはまもなくカトマンズ市のど真ん中にあるカトマンズリゾートホテルに到着。その夜、陽一は死んだ如くに眠り込んだ。

4

「ニホンと、ここカトマンドゥの決定的な違いは子が親を思うかどうか、ですよ。その何よりの証拠が〝あなたは会社と親のどちらのいうことを聞きますか〟というアンケートに対する答えです。会社と答えるニホンの若者が圧倒的に多かったのに対し、この国の場合は間違いなく全員がイの一番に親です、と答えます。ここでは、親は絶対的存在なのです」

歩くしぐさから、首の振り方、身ぶり手ぶりよろしく表現する話し方、思いつめた額の皺……。何から何まで、かつて刑事コロンボ役を務め日本にも馴染みのファンが多いピーター・フォークの生まれ変わりといってもいい、色白で理知的なツアーガイド、スシルは口を開くや、こう言った。彼は歩きながら陽一に向かって延々と話し続けた。

スシルは、四十歳ぐらいだろうか。カトマンズを代表する働き盛りの日本でいうインテリジェンスとでもいえようか。そのスシルとカトマンズのデコボコ道を並んで歩きながら、陽一はこの国に残された大切なモノの存在を痛いほどまでに感じていた。

デコボコ道には至るところ埃が立ち、そのなかをマスクをした女性や通学途中の子どもたちが忙しげにそれでも黙々と歩き、そんな人波をかき分けるようにしてバイクや女性の乗るスクーターが我先に、と通りすぎてゆく。人波のなかに夥しいバイクや車が絶えず警笛をならし前から、後ろから、左右から、とそれこそ折り重なって走っている。そんな感じである。

それにしても、よくぞ事故が起きないものだ、と感心してしまう。皆軽業師さながらに、綱渡り同然の運転だが不思議と事故はない。

そして。道路という道路は未舗装のデコボコ道で、平らというよりは大半が上り下りのどこまでも坂道であり蛇行が続く、といった按配だ。日本に住む普通の人間なら、しばらくこの轟音まじりの喧騒のなかに立つだけで神経という神経が逆巻き、気が遠くなってもおかしくないのに。カトマンズの人にとっては、これが普通の生活スタイルなのだ。一人ひとりが、とても逞しい。

陽一は、そんなゴチャゴチャ道を歩きながら、自信に満ちたスシルの矢継ぎ早な物言いを耳に「いや、日本の若者たちだって親か会社かどちらの意見を聞くか、と質問されたら、本心では大半が親だと思っているに違いない。ただ、世間体というか、社交辞令のようなものがあって会社と答えるだけ、なのでは。会社と答えるのは何も親の意見はダメというのではなく、日本人特有の謙譲の美徳からなのだ。そのまま受けとってもらっては困る」と心のなかで反論。「そうでしょうか。私は、そうは思いません。日本の若者たちだって、親のことを真剣に思っているはずです」と言い「ただ日本の若者の場合、どちらの意見を聞くと問われたら会社、と答えはするが親を大切にする気持ちはまだまだ残っていますよ。そう決めつけられても……」と言葉をつないだ。

でも、スシルは気に入らない。

「ヨウイチさん。そうでしょうか。私はそうは思いません。日本の若者たちの心は今や、親から離れていきつつあります。私自身、ニホンのチバケンで半年ほど留学し日本語を学びました。あのときのニホンの若者たちの様子からして、そうはとても思えませんでした。むろん、人間である以上、だれもが親や妻、兄弟を大切にしなければならないことは世界共通、いや、人類共通です。でも、ニホンの若者の場合、カトマンズに比べ行動が伴ってはいないのです。親をおろそかに扱っています」

スシルは何を思ったのか、喧騒のなかで立ち止まって陽一を振り返るとジェスチュアたっぷりに自信満々の表情でこう言ってのけたのである。

「やはりスシルの言う通りかもしれない。言っていることが、俺より正しい。ニホンの若者たちの心は確かに親から離れつつある……」

陽一は天を仰いだまま、まるで敗北者のように自身に「ウン」と頷いていた。

傍らを後ろに女性を乗せた男たちのバイクが轟音をがなり立て砂埃を撒き散らしながら我が物顔に走り去っていった。カトマンズでは、夫婦がどこへ行くのにもこうして一緒にバイクで行動する場合が多い。後ろで夫の腰に抱きついている女の方が危険なはずなのに、なぜか、運転する男だけがヘルメットで重装備をし、女は無防備のままだ。

再び歩き始めると、いつのまに来たのか。傍らのテマリが「ヨウイチさん。でも、この国の若者たちって。好いところばかりじゃなく、悪いところもいっぱいよ」と口を開いた。

「たとえば仕事。きょう命じられた仕事を日本のようにその日の間にすることは、めったにないのだから。一日たって痺れを切らして催促すると、やっと始めるというパターンがふつうです。怒ったところで馬耳東風で、知らんぷり。だから、根気よく早く仕事をするよう諭すほかないのです」

「その点、ラルやスシルは日本人よりもテキパキと仕事をこなしてくれるので助かっています」と付け加えることも忘れなかった。

「ウンウン、そういうことはあるネ。僕たちニホンジンのよいところ、ミナラッテいるのです」とスシル。

ダルハール広場まで来たところでテマリは「あたしは、仕事があるので。スシルさん、あとはヨウイチさん。お願いね」とだけ言い残し、小路の雑踏のなかに消えていった。陽一は、そのまま日本語に秀でたスシルの案内で、国際ペンクラブ会員でこの国を代表する詩人の一人、ビスマ・アプレッティさんと事前に約束しておいたレストランへと向かった。

この日は引き続き、夜はテマリも加わってネパールペンクラブ会長、ラム・クマール・パンディさんを郊外の自宅にまで訪ね、思ってもいない歓迎を受けた。陽一にとっては、二年前に東京で開かれた国際ペン大会以来の再会で日本とネパール両国の、互いの文学観について話は延々と続き、とどまるところがなかったのである。

陽一は、つくづく思い切って、このカトマンズに来てよかったと思うのだった。

5

陽一がカトマンズに来て三日が過ぎていた。

いつもフロントに陣取るハンサムな支配人と女性スタッフはじめ、朝のバイキングをセットする食堂の若い陽気な男性スタッフたち、カラフルな民族衣装に身を包んだハウスキーパーのチャーミングな何人かとは、もうスッカリ顔馴染みである。

カトマンズリゾートホテル四階の自室「フィッシュ・ティル」。

陽一は今、ここの深々としたソファに身を預け、半分これまでの疲れを癒やして瞼を閉じ、ただ一人過ぎし日々のことを振り返っていた。

かつて編集局の一人のデスクとして日本の新聞社に在職中、旅の取材手配はじめ、仕事とは別に彼自らが主宰して始めた文庫本同人誌「熱砂」の同人仲間としても何かと助けられてきたテマリ。そんな彼女がある日突然、自分の前から姿を消したことにある狼狽を覚えたことを思い出していた。

あれは確か二〇〇七年秋、中日ドラゴンズがプロ野球のセ・リーグ2位でCS（クライマックス）戦を勝ち抜き、続く日本シリーズでは実に五十三年ぶりの日本一に輝いた、守り勝つ【落合博満竜】が火を噴き、ナゴヤドームが沸きにわいた、そんな年だった。それまで同人誌の集まりとか、取材の件などで何かと連絡を取り合っていたテマリからの音信がピタリと途絶えたのだった。

テマリの身に一体何が起きたのか。心配で眠れない日々が続いた。

それだけに、昨年の正月になり思いがけず、日本から遠く離れたカトマンズから届いた一通の賀状には仰天した。何か、日本で気に入らないことがあって海外に逃亡していたのか。それとも新しい目標ができたのか。猪突猛進的な面があるテマリなら、何かのきっかけがあれば、それに触発され行動に移しても決しておかしくはない、やりそうなことである……と思うと同時に、陽一はふと安堵の気持ちになった。

「現在《いま》は彼とカトマンズで旅行業に従事しています。元気でいます。ご安心ください」

ヒマラヤ連山とネパールの王宮をバックにしたカラーの絵葉書。その葉書には、テマリ独特のあの丸々とした字体で遠慮がちに、それだけが書かれていた。陽一は、あの日それまでたまっていた胸のモヤモヤが一瞬のうちに消え去り、天から新たな光りが射してくるのを実感し、喜びをかみしめた。

でも、ここカトマンズに来てテマリが最愛のラルと、この数年の間にいかに壮絶かつピユアで、難解な恋におちていたか、をそれこそ感覚的に知ったのである。それは壮絶を通り越し彼女ならでは、の逞しい精神力と行動力、そしてラルを思う熱愛、つかんだら離さないロマンスだった。

二人の愛の結晶、いや魂はこの地で見たラルのしぐさ一つひとつからもうかがわれた。ラルの両の目から放たれる強い光り、からだのしなやかなこなし、フランスの名優アラン・ドロンをしのぐ端正なマスク、いつも前向きで控えめな姿勢、相手の立場を見極め最優先させる丁寧な受け答え、家族愛、さらには周りを明るくさせるユーモアと笑顔といったら半端じゃない。

実際、最初はテマリがラルに惚れラルがテマリに吸い寄せられたのか。いやいや、逆でラルがテマリに惚れテマリがラルに夢中になっていったのか。真相のところは二人にしか分からない。もしかしたら、全部が当てはまるかもしれない。

こちらに来て以降、二人とは町角のレストランとかカフェショップとか、日本料理の店とか、時には大家族一緒に暮らす夫妻の自宅にまで招かれた室内で……。雑談がてらカトマンズの詩や俳句をはじめとした文学論や新聞、放送のこと、日本の話などをあれやこれやと話し合った。

あるときテマリが陽一に向かって「私、実は何人かの日本の男性に求婚されました。皆さん、ステキな方ばかりでしたが、どうしても一歩、踏み込めないところがあって」と告白調に言うと、ラルも負けてはいない。「ヨウイチさん、ボクなんかテマリが〝オヨメサンになってください〟と求められた男性の数に比べたら、三倍ほどの女性に言い寄られました。皆、とてもよい方ばかりでしたが、ボクの方もテマリと同じで惜しいことにハヤマッテ、ぜ〜んぶお断わりしてしまいました」と笑ってみせる。

こんな二人を目の前に、陽一は雑談のなかで交わされる断片のひとひらひとひらを貴重な二人の歴史だと思い、そうした言の葉の数々を自ずと拾い集めている自分自身を感じていた。

——ヨガの旅のガイドとして、ある日突然、ヒマラヤ連山直下のカトマンズでテマリの前に現れ出たラリ。ラリは日本人観光客に対してはむろん、テマリに対してもとても親切で底抜けに明るく陽気だ。同じ旅行業界に従事し、そんな彼にテマリの心が次第に魅かれ以降、テマリの頭から〝カ・ト・マ・ン・ズ〟の五文字と〝ラ・ル〟の二文字が離れなくなっていったのも事実のようだ。恐らく、陽一にはとても知り得ない環境のなか、その後も力を合わせ幾多の困難を乗り越えてきたからこそ、二人の「今」があるに違いない。

陽一は二人がここまで辿り着いた奇跡についてあえてそれ以上にくどくどと聴くことは差し控えた。聴くよりも、むしろ自然体の会話や動作のなかで二人の歩んだ道を頭にとどめておこう、と単純に思った。

朝の出勤時。テマリはラルの腰を抱きかかえるようにしてしがみつき、バイクの後ろに飛び乗って共に仲良く出かける。ヘルメット姿のレーサーさながらの男の背中には、グリーンのワンピースと真っ赤なスカーフがとてもよく似合う、髪を靡かせて愛する男、ラルを信頼し切ったテマリの姿があった。その光景は当初、とても違和感をもって陽一の胸に迫ったが、陽一自身、ラル夫妻の自宅から街中までをスシルの運転するバイク後部座席にしがみついて体験した時、この国の気性というか、そうしたものがなんとなく分かる気がしたのも事実だ。

イイ歳を重ね、バイクの後ろに乗せられ疾走していると、ナンダカ英雄になったようで陽一自身、この国の気風に心身とも染まり、同化してゆくような、そんな気持ちにかられゆく自分を痛いほど感じた。

かといって、疾走する目の前はどこまでも延々と危ないデコボコ道が横たわっているのだ。その危険な道こそがテマリとラルにとっては、さらなる前進、より幸せな門に通じているのかもしれない。デコボコ道の波動が二人の胸に調和し、無言の音を奏でて応援してくれているのだ。

6

日本に比べたら豊富な水に乏しいこの国では、井戸を掘っていったん汲み上げ、それをリゾートホテルの各客室に給水しているのだろう。

屋上ベランダ隅一角のあちこちには、何十トンも入りそうな巨大タンクがいくつも並んで備えられている。同時にカラフルな花々が屋上に特設された花壇の要所で花を咲かせている。陽一はカトマンズ盆地の一角、ヒマラヤ連山を見はるかすホテルの最上階、四階屋上レンガ造りのベランダ一角に立ち、ふと訳もなく思いに耽っていた。

「人間だれだって、世界中の人々が見えないところで苦しんで、苦しんで、苦しみ抜いて生きている。見えない神さまは、全ての人間に平等に〝幸せ〟を与えているのだ。だから不平不満を言うのではなく、いつだって現実の自分を肯定して前を向いて歩いていかなければ。

苦しみのあとの達成感が大きいほど、笑顔も大きくなる。テマリだって。ラルだって。

口にこそ出さないが、私と接している何げない表情の、その向こう側の空間で人知れずどれほどの悩みや苦しみ、悲しみが横たわり、勇気が必要だったことだろう。特に日本を離れたテマリの場合、電話の向こうで古里を思い何度も涙を流したに違いない。だが俺は、おそらく、そんな彼女の苦労を何一つ知らない……」

眼下には民家ベランダを何十メートルにもわたってスロープ状にまたいで干された洗濯物が、まるで万国旗が揺れるかの如く十字型に張り巡らされ、一帯を吹きわたる〝かぜ〟たちにより、ユラユラ、ヨロヨロとひらめいている。どこかほかのアジアの国で見たような光景である。

陽一は、こちらに来てからというもの、テマリやラル、スシルらからカトマンズについてのいろんな知識を教えてもらい、多くを学んだ。デコボコ道をただ一人黙々と歩きながら、時にはバイクを運転して疾走するスシルの背中にしがみつきながら、世界の果てのどこにいようが、普通の平凡な日々ほど大切なものはない、との思いも強くした。

彼らの説明によれば、ネパールは地理上では亜熱帯地域に属するものの、七〇メートルの平地から八〇〇〇メートルを超えるヒマラヤまで極端な標高差のなかにあり、このなかで実に百三十以上もの民族が七十以上の言語を話して混然一体となって住んでいるという。世界の最高峰である八八四八メートルのサガルマータ（ネパール語）、エベレストも聳えている。

そしてネパール全土からいえば、北海道の二倍ほどの広さのなかに二千七百五十万人が生活しており、なかでも近年カトマンズの人口はホテルや民家などの建設ラッシュが進むに従い急速に増え、今や日本の名古屋と同じくらいの人口規模で、やがては三百万人を超える勢いだという。

当然、その分、撒き散らされる砂塵や土埃が多くなることは目に見えている。人々はそうしたなか、きょうも喧騒と轟音、雑踏のなか、からだを寄せ合うように生きているのである。実際、テマリが日本からの観光ガイドの仕事で初めてこの地を踏んだ十数年前、街を行き交うクルマは数えるほどだった。だが、ここにきて車の通行量は日常生活の足ともいえるバイクも含めて格段と増えてきた。

陽一は街を歩きながら、隣国であるインド人の多くも信仰しているというヒンドゥー教について断片的ながら少しずつ知識を得ていった。これまで陽一が見聞きした話を総合すれば、ネパール全体では八〇%の人々がラルたちと同じこのヒンドゥー教を信仰しており、次いで仏教が一〇%、残りはイスラムやキリスト教などだという。

さらにこの国では国民の階級がブラマン（お坊さん）チェトリ（王族）バイシャス（商人）スートラ（汚い仕事）の四つのカーストに分かれてはいるが、実際のところは六十四にまで細分化され、ネパールの場合、このカーストそのものが無秩序に、ごちゃまぜになっているのが現状なのだ、という。

ところで、ヒンドゥー教であるが。

教徒でもあり、神々のこととなると、ことのほか詳しいガイドのスシルによれば、主な神は、宇宙の創造を司る神ブラフマー（ボンテン）と守る神ヴィシュヌ、そして宇宙の寿命が尽きたとき世界の破壊を司る神シヴァの三つの神からなるそうだ。これら三大神はそれぞれ神妃を持ち夫婦とも多様に化身するとされ、なかでもヴィシュヌ神は多数の分身を有し、〝化身〟は日常茶飯事。創造と破壊の神で首にトラの皮をまとったシヴァ神の化身こそ、マハーカーラと呼ばれる大黒天だという。

話を聞くうち、ネパールの宗教にますます関心と興味を抱いた陽一はスシルの案内でガンジス川上流のバグマティ川河畔にある、ヒンドゥー教のシヴァ寺院が建つパシュパティナートを訪れてみることにした。

訪れた日は前夜から降っていた雨も上がり、空全体に白い霞がかかり、街全体が洗われたような、そんな清浄な日だった。パシュパティナートには朝早くから多くの巡礼者が詰めかけ、親類縁者なのだろう、河畔のあちらこちらの沐浴場（ガート）では死者を悼む輪のなかで僧侶が何やら読経を唱え、水を使った儀式が行われていた。

河畔をさらに上にまで歩むと、今度は河畔の石台に遺体が乗せられ死者を焼く黒々とした煙りが天に向かってどこまでも流れていく姿が一種異様な焔の生きものとなって陽一に迫るのだった。聴けば、この国では死者が出た場合、河畔の火葬台でマキをくべて死者を焼く習わしが大半で、次いで土葬、水葬、鳥に遺体を食べさせる鳥葬の順で死者をあの世に送り出す、とのことだった。

ヒンドゥー教の河川崇拝の場としても知られる、ここガンジス川上流の河畔。陽一は黒く、どこまでも果てなく立ち上ってゆく死者の霊と魂のような焔を傍目に巡礼者の一人として聖水とされる母なる川ガンジスの女神、ガンガーに向かって手を合わせた。そしてバグマティ川に向かって跪き深い祈りを捧げると、いつのまにそうなったのか。得体の知れない霊が自身の心身にまといつき、気がつくと自らが様々な化身に変化してゆく、そんな不思議な感覚にとらわれてゆくのだった。いつのころだったか。オレは確かにこの地に住んでいた……。

目の前の川の流れを見ていると、そんな妄想が次々と陽一を襲ってきた。

そういえば、何かの本でいつか目にして読んだことがある。パシュパティに建つシヴァ寺院のシヴァは破壊神だったのだ。一つのものがいくつもに変身し、化けてゆく。陽一はハタ、と立ち止まり「化身」とはほど遠い現実世界に想像を巡らせてみる。

と、そのときだった。目の前に大きく浮かんだのが、日本にただ一人残してきた久恵である。久恵は、今ごろ日本でどうしているだろう。もしかしたら、久恵も化身させられ、痛みの只中にいるのかもしれない。

陽一のいない日本で魂が漂流していなければ、よいのだが。陽一は、遠く日本を離れ、あらためてテマリとラルの絆の深さに思いをはせた。

7

平成二十五年九月二十九日の朝。町なかを楽しそうに飛び交う小鳥たちの囀り。これをかき消すように、テマリの高い声がヒマラヤ山麓の一室に響きわたった。

「タパイン、タパインってば！

きのう陽一さんのお供をして私みたいにこの国でネパール人と結婚し生活している日本人女性、シャヒ・奈々恵さんにお会いし、いろいろお話を聴いたのだけれど……。彼女も夫の行く先々でいろんな問題を抱え、一つひとつ克服してきたからこそ今があるみたい。

とっても幸せそうだったわ。私にとっては同志みたいな。そんな気がした」

自宅レンガ造りの四階建てビル最上階お参り堂での朝の感謝のお務め、プジャを終えホッとしたところでテマリはラルと二人だけの部屋に戻り、額にマリーゴールドの赤いハートの形をした花びらの染みをつけたまま、〝タパイン〟の四言に力を入れた。

ラルが〝ティミ〟と応えて笑顔で近寄り、テマリを優しく片手に抱いて頬に口づけをした。

いつもならラルと呼んでいるのに、きょうのテマリの心境はあえて〝タパイン〟と呼んでみたかった。いや、叫んでみたかった。異国での孤独感がそうさせるのだろうか。二人はラルが日本語教師であることもあり、二人だけの時はいつも日本語で会話し、旅行ガイドなど仕事に関しては英語やネパール語を話す。でも、きょうの彼女は違った。

この国では相手を「あなた」と呼ぶ場合、ハジュールとかタパイン、ティミと親しみを込めて呼ぶが、けさのテマリはあえて丁寧語のハジュールではなく、ラルを〝タパイン〟と呼んでみたかったのだった。

「一体、何ごとですか。テマリさん」

いつもはテマリと呼んでいるのに。何があったのだろう。ラルも状況を悟ってか、テマリさんと〝さん〟を強調し一瞬、威儀を正すような仕草でジェスチュアたっぷりに両手を広げておどけてみせた。

それによると、シャヒ・奈々恵は千葉県我孫子市出身。テマリとは、ほぼ同じ年恰好だが、ここまでの道のりは、テマリと同じように山あり谷あり、それこそアラシや地吹雪のする猛吹雪のトンネルだって突き抜けてきたのだ、という。

その日。陽一が宿泊するリゾートホテル近く、タメル広場一角にあるお洒落なカフェレストラン「ニューオリンズ」で、奈々恵はこの国に来るまでのいきさつについてポツ、ポツとひと言ひと言、マッチ箱に火でも点けるように、語り始めた。奈々恵は、もうすっかり自分の習慣となったネパールの高級茶ブラックティーを飲みながら。陽一とテマリは、ヨーグルトの一種であるアップルラッシーとバナナラッシーを飲みながらのひとときだった。

奈々恵の口が思いのほか滑らかだったのは、同じ境遇で、ここカトマンズで頑張るテマリが目の前に座っていたからにほかならない。テマリだけには、これまで歩んだ苦難の道を聴いて欲しかったのかもしれない。それは何度も何度も消え入りそうになった灯を、そのつど「負けるものか」と、自らの意志で吹き込んで点すといったような、そんな口調で進んだ。

国境を越えた愛などといえば聞こえはいい。

でも、奈々恵にとって、それはもはやあとには一歩も引き下がれない、土俵際で爪先立っているような、そんないばらの道でもあった。陽一とテマリはポツ、ポツと思い出しでもするように、見えない〝火〟を噴き出しながら話す彼女の口元に耳を傾けた。

話はこうである。

「あたし、夫のマノジとは東京の青学短大に通っていた十八のころ、大学をまたいだテニス同好会に入ったのがきっかけで知り合いました。元々、学業に秀でていたマノジはネパール国家の奨学金を得ながら米国マサチューセッツの大学を卒業後、東大大学院で日本語を学んでいました。この世の彼を初めて知ったのはそのころでした。

互いの趣味でもあるラケットを手に交遊をかわすうち、あたしは向学心に燃えたマノジに会うのが楽しく、そのひたむきさに次第に魅かれ、気がついたときには愛を誓う仲までになっていました。でも、それからが大変でした。

彼が米国に戻り金融関係の仕事についたところで私もあとを追うようにして渡米し結婚。二人の子に恵まれましたが、夫の家庭の事情もあって急遽、カトマンズに帰ることになりました。そんな訳で七年前からはとうとう王族でもあるマノジの家族の一人として、ここカトマンズで過ごすようになったのです。夫には弟二人、兄一人、妹三人がおり、米国時代には兄を除く全員を呼んでボストンで生活させ、学業までさせる離れ業までやってのけました。むろん、あたしもボストンでセクレタリーを養成するコミュニティカレッジで学び秘書資格を取得、現地のシティバンクに就職して無我夢中で懸命に働きました。

そんな訳で私のカトマンズ生活も長くなりました。今は中三の長女、中一の次女、そして夫と楽しい日々ですが、ここまでくるには人知れず苦労もしました。夫の家系が王族なので、それまで呼んでいたマノジを、こちらに来てからはある日突然のようにラジャ（キング）と呼び改めたばかりか、毎朝起きたら夫の母の足にチャンスをうかがって跪き、電気が点いたら明かりにまでも跪く、そればかりか王家らしく言葉遣いは絶えず、丁寧語を遣わなければならない。日常語として使っていたあいさつ〝ナマステ〟も王族なので〝ダルスン〟と言わなければ……。それこそ、あたしにとっては気が狂いそうな毎日でした」

奈々恵は、ここまで一気に話し、しばらく遠くを見て黙り込んだ。

あとは推して知るべし、だった。

案の定、ネパールで始まった大家族との同居暮らしにどうしても馴染めず、耐え切れなくなった奈々恵は一年後、マノジだけを残して子連れでいったん日本の東京に逃亡。しばらくは米国時代の経験を生かし日本の外国為替の銀行で働きながら生計を立てるという日々が続いたという。

そして彼女は今しみじみと、こう振り返ったのである。

「それでも、カトマンズから日本に逃亡して一年後に再び戻れ、こうして家族そろって今の幸せをかみしめておられるのは、夫のマノジがどんなときにも〝気がすむまで日本にいて、好きなようにしたらいい。僕はいつだって、いつまでもナナエを待っているから〟と温かくあたしを包み込んでくれていたからこそ。今あるのはマノジのおかげです。こんなに好い人、どこにもいません。幸せって。人間と人間の心の結びつきだ、と思います。たったひと言が、どんなに辛かったことも吹き飛ばしてしまうのですね。主人は、五十に近いですが、エコノミスト兼大学講師として家族を大切にしてくれています」と。

見ると奈々恵の目頭には熱いものがとめどなく、あふれていた。

苦労を思い出したのか。目の前でしゃくりあげ涙ぐむ奈々恵。

彼女が、ここ「ニューオリンズ」まで陽一とテマリに会いに来てくれたとき。奈々恵はヘルメット姿で四人乗りのスクーティーと呼ばれるバイクに乗り、デコボコの坂道をたくみに乗りこなして颯爽と目の前に現れた。カトマンズの普通の女性と何ら変わらない。聴けば、米国からカトマンズに来た当初は、このスクーティーに幼かった二人の子を乗せ、買い物に飛びまわったものだという。免許はネパール国内のホンダの教習所で。資格取得の実地試験はポールの間を、足をつかないでまわればOKという簡単なものだったが、何度も挑戦するうち、やっととれました、と笑った。

今一番の楽しみは太極拳とヨガの修得です、そう屈託なく笑顔で語る奈々恵は、もうすっかりカトマンズの女になり切っていたのである。陽一にとっては、傍らで苦労をわがことのように聞くテマリの顔がまぶしく輝いて映った。

そして。テマリといえば。奈々恵の辛かった日々を自らのそれと重ね、彼女にとっては運命的な日となった、あの日のことに頭を巡らしていた。日本から姿を消すきっかけとなったあの忘れられない出来事を……。

8

その年の五月五日午前──。

ラルは、ただ一点を見つめて歩きに歩き続けていた。

自宅を出て十分ほどは経ったろうか。ダルバール広場まであと少し、少しである。カトマンズの目抜き通りの両端に並ぶさまざまな店。視界を、色彩を放ちながら一つひとつが流れてゆく。プジャの祈りに、と道路端に店を構えカラフルな花々を売る女たち。果物店。野菜市場。夥しい陶磁器が並んだ店先。チュンデビ寺院。スーパーマーケット……。

それだけではない。

この地方ではヒマラヤ山麓に住む子羊のあごひげで作られたという手触りのいい色とりどりの高級カシミヤのスカーフなどが並ぶ洋服店、本屋さん、ブラックティーで知られる高級茶店、ヒマラヤ・タブレジョン産ガーネットの首飾りなどが置かれた宝石店、カフェレストラン……。

路上に氾濫した夥しいバイクはむろん、人を乗せた何台ものリクシャーともすれ違う。だが、今のラルの目には何一つとして入らない。めざすのは旧王宮広場の一角。頑丈な木彫りの門で閉ざされ、なかに生きた少女が〝生き神〟としている、クマリの館前である。

これより先、前日。

ラルは日本人観光客のツアーガイドに忙しいテマリの携帯電話に思い切って電話をしていた。「あなたの誕生日である明日、午前十時にクマリの館前であなたにお会いしたい、どうしても会って話をしたいことがあるのです」。いつも冗談めかして話す、ひょうきんなラルにしてはあらたまった物言いに、テマリは引きずられるように「えっ、ハイ」と答えていた。誕生日はいつだったか、何げない会話のなかから、テマリがホロリと漏らしたその日を覚えていたのだった。

旧王宮広場に着いたラルには、ある決意と覚悟があった。

広場に着き、今度は深呼吸でもするように広い敷地内をクマリの館に向かって一歩ずつ近づいていく。テマリは、やはり約束通り旧王宮広場の一角、クマリの館前にいた。その日は黄色いスカーフに赤いドレス、髪には彼女の好きなブルーのリボンがあしらわれていた。約束はいつもしっかり、守る。テマリのいい点である。正面、視線の先では木彫りの館が頑丈な扉を閉めたままで、その周辺では人びとが屯してモノ珍しそうに小窓のなかを覗くなどしていた。生き神に化身した少女は今ごろ、この館内のどこでどうしているのか。

ラルがそっと後ろから近づき背中に両手を置き「テマリ！」と呼んだ。

振り向く前から「ラル、きたの」と答えるテマリは「何か急な用事でもあったの」と続ける。ラルは、その受け答えを聞くや、その場に恭しく跪き、神なる右手を差しだし中腰となり、頭を垂れてこう言った。

「世界でただ一人しかいないボクのテマリよ。満三十歳、心からおめでとう。ボクはあなたを欲しい。結婚したいのです」

突然のプロポーズにテマリは顔を赤らめ戸惑いながらも「ええ、ありがとう」とだけ答えたものの、あまりに急で唐突なのでどう返事をしてよいものか、判断ができない。それでもテマリは、それ以上は何も聞かないで「ありがとう」と自身を確かめるように答えていた。

そのときだった。

クマリの館周辺がパッと明るく煌めいたかと思うまもなく、窓の隙間が一瞬放たれ、光りを帯びたなかから鼻から額にかけ赤い化粧が施された少女が顔を見せ「オ・メ・デ・ト・ウ」の言葉を投げかけた。思ってもいなかった祝福の声、確かにそのやさしい声が聴こえてきたのである。

このクマリの館。陽一がこちらに来てからテマリに最初に案内されたとき、異次元に住む少女の不思議な生活につき、あれやこれやと話を聴いた。それによると、このクマリはネパール国内で満月に生まれた初潮前の少女から選ばれる。現在のクマリ、すなわち生き神さまは二〇〇八年十月七日に当時三歳で選ばれた少女で、毎年九月に行われる大祭ではネパール国王が、このクマリの館を訪れ跪いて祝福を受けられる、とのことだった。

クマリに選ばれるには家柄がよく、顔立ちが美しく健康で優秀な知能の持ち主、またどこから見ても傷がない――などの条件を兼ね備えていなければならない。そして、生理を見ると〝神様は血に穢れがあってはいけない〟から、とお役御免になる……。

その生き神さまが二人の頭上から「オ・メ・デ・ト・ウ」の五文字を浴びせられた、だなんて。テマリには、とても信じられない。

それはそうと、テマリは自ら企画したヨガツアーの際、初めて訪れたカトマンズで知ったラルとの縁をこれまで大切にしてきた。そして、その後も日本人観光客をカトマンズに案内するつど決まってラルに案内役を頼んだ。ラルはいつも誠実に対応してくれテマリのカトマンズでのガイド業も順調に伸びていった。

気がつくと、そうした日数が増えるに従いテマリの心にラルに対するある種、亡き父に抱くような【慕情】とでもいおうか、そんなものが膨らんできたことは事実だ。

こうした感情はラルとて同じだった。ラルはラルで片言のネパール語を駆使しながら観光地の案内に飛びまわるテマリの姿をまぶしく、かつ好ましく思い、自らも日本人観光客に対する現地案内にやりがいを感じていた。そしてテマリの活躍ぶりを間近に見るにつれ、日本語を学んできた事実につくづく「良かったな」と思うのだった。

こうしてラルとテマリは日本からカトマンズへの旅行客が増え、両国の友好関係が深まるに従って少しずつガイドという共通の仕事を通して親密になっていったのである。そして海を離れたテマリを思う気持ちがいっそう大きく膨らんだのが何を隠そう。その年に日本で起きた東日本大震災だった。二〇一一年（平成二十三年）三月十一日に予告もなく起きた。

ラルは多くの命が大津波にのまれ、福島第一原発事故で家族離散が相次いでいる日本の悲劇を、日本語を学んでいる関係もあり、カトマンズの日本人向けの衛星放送で聴いたが、なぜか、あのとき、日本にいるテマリのことばかりが思い出されて仕方なかったのである。

地震が発生した場所こそ東日本の〝トウホク〟で、テマリのふるさと〝ナゴヤのイナザワ〟とは違うが、その後も月日が過ぎ去るに従いラルはテマリのことをいつも思う自分に気がついていた。同時に自身の心のなかにいるテマリの存在をはっきりと感じとるようになっていったのである。クマリの館前でア・リ・ガ・ト・ウとだけ応えたテマリにラルは、こう切り出した。

「ボクは君にとっての生涯の〝ラブバードに〟なりたい。ネパール観光の代表でもある、あのチトワン国立公園にいる仲のいい鳥たちのように。いつだって君のそばにいたい。たとえ、テマリ。君がいなくなっても、ボクはいつだって永遠に君のそばにいる。この世に生まれてきたこと自体が君と暮らすためだったことに今ようやく、気がついた」

ラルの弾んだ声を耳に、テマリはつがいの鳥のうち一羽が死んだあと、いつまでもその場を離れようとしないでいた、あのチトワンで見た鳥のことを思い出していた。

それから。二人はクマリの館近くの小さなベンチに座り、これまで話したこともない互いの家庭環境などにつきポツリポツリと話し込んだのである。

ラルが正義感のあまり、学生時代に殴り合いの大ゲンカをして前歯を折る瀕死の重傷に遭った過去を告白すれば、テマリはテマリで少女のころ両親を病で亡くし、それでも「負けまい」と語学に励んで新聞社の旅行部門で働くようになったこと、最近では過労で体調を崩し日本でしばらく療養していたが無事回復し、仕事を再開したことなどを話した。

が、まさかラルの口から出た「君のラブバードになりたい」のひと言がきっかけとなり、テマリ自身が住み慣れていた日本を去り、カトマンズで新天地を切り拓くことになるとは、当初は思いもしていなかったのである。

一年後。二人は晴れてカトマンズ市内のホテルで結婚式を挙げ、テマリはこの国の伝統に従ってラル一家との同居暮らしを始めた。むろん、ラルにも言えない多くの壁が目の前に立ちはだかっていたが、テマリはそのつどこれら苦難を一つひとつ乗り越えてきたのである。

相手を生涯思うラブバードになり切る点では、テマリとてラルと同じ気持ちだった。

9

カトマンズはむろん、世界を舞台に活躍するラルとテマリのように。互いに〝ラブバード〟を誓い合うような、そんなやさしさに満ちあふれた、憧れの世界があるのに……。その傍らで人はなぜ、生きものたちに対してこんなにも酷い仕打ちをするのか。いや、しなければばならないのだろう。

陽一には、どうしてもそこが分からない。

ロープに引かれた、まだ幼気《いたいけ》な、子どもの水牛が何も分からないまま急峻な石段を一歩、一歩、飼い主に促されて歩いてゆく。水牛は何を思ってか、少し立ち止まっては歩くのを止め、澄んだ清らかな瞳で遠くを見る。空には真っ青な蒼が広がっている。

思い返すように再び、また歩き始める。こうしたことが何度も何度も繰り返されるうち、水牛は自らの命を落とす屠殺場、地獄へと着いた。生け贄場といえば聞こえはいいが、やはりそれまで一生懸命に「生」を歩いてきた生きものを殺すための殺戮のための非情な場にほかならない。

ここはカトマンズから車で一時間半ほどのダクシンカリだ。ヒンドゥー教の〝怒りの女神〟カーリーとやらが祭られた寺院で知られる。寺院には地元の人々がカーリーに捧げる水牛やヤギ、ニワトリ、アヒル、ココナッツなどを生け贄として家族そろって持ち込み終日、血染めの臭いが辺りの汚れた大気とともに一面に立ち上がり、近郷近在から訪れた引きも切らない大勢の人々で賑わう。

陽一がテマリとスシルの案内で訪れたその日も渓谷の直下、谷底部分の河畔に建つ神社境内は生け贄を持ち込んだ人々の吐息で噎せ返り、夥しいほどの幾条もの線香の黒い煙と読経の声が空高く吸い込まれていた。

この日。生け贄の屠殺場に着いた三人のうち、ヒンドゥー教徒であるスシルとテマリは素足となり、お飾り物を手に屠殺が順々と行われている境内への参拝を許されたが、陽一は異教徒ということで生垣のように囲まれた境内柵の外から次々と神前で生け贄にされてゆく無残極まる現場を目撃することとなった。

やがて。つい先ほどまで陽一たちの目の前を、一緒に歩調を合わせるようにチョコチョコと歩いていた、あの水牛の子が飼い主に抱きかかえられて境内一角の屠殺場に姿を現した。陽一は恐ろしさに息をのんだが、今さらどうにもなりはしない。まもなく屠殺専門の職員が近寄り、首の部分を右手で抑え込み、左の手にしたナタで首を二度、三度、四度……と切り裂く。みるみるその部分が血を吹き上げ、気がつくと首がポトリと路面に落ち残酷極まるシーンに陽一は思わず、目を伏せたのである。

いったん伏せた目を今度はこわごわ上げる。路面に落ちた首と少し離れた場所でつい先ほど引き裂かれたばかりの水牛の体の部分の手や足や胴体部分が、突然の仕打ちに激しく抵抗しそれぞれが生きた証拠で「何か」を訴えるように最期の力をふり絞ってヒクつき波打たせて、しばらくすると何ごともなかったように動かなくなった。傍らでは飼い主たちが焚く線香の煙が、まるで懺悔のノロシでも上げるように、どこまでも立ち昇っている。

まもなく、真っ赤な花びらや黄などカラフルに盛られたお盆を手に衣装を整え素足のお務めを終え境内から出てきたスシルが天に向かって、あきらめの表情で大きなため息をついた。

「ヨウイチさん。生きものを殺して貢いでカーリー（怒りの女神）を喜ばすだ、なんて。やはり僕は信じることができません。人のやることではありませんよ。カーリーは、本当に喜んでいるのでしょうか」と納得できない表情で疑問を投げかけた。

「結局のところは、カーリーではなく、僕たちニンゲンたちが肉を食べたいので神さまに捧げてから自分たちも食べる。そんな自己満足から始まったのではないでしょうか。神さまに捧げてから頂けば自分たちの原罪も許される、そういう理由づけから、この生け贄が始まったのでは。そういうことですよ」と自らに言い聞かせるように続けた。

傍らではテマリも興奮冷めやらない様子で「気がすすまなかったせいもあり、こちらに来てから、これまで一度も見てはいなかったので。一度は見ておかなければ、と思っていたのですが……」と口を閉ざした。あとは沈黙の時が流れるだけ、皆、人としての懺悔の気持ちを胸深くに抑えるほか、どうしようもないといった表情で頷き合った。

そういえば、生きものを殺して生きているのは別にカトマンズの人たちだけではない。人類に共通する、世界中に生きる人間たちの原罪だ、といっていい。

「私たちだって、毎日魚であれ牛や豚、鳥の肉であれ、殺された生きものを食べているのだから。ただ、殺される現場を、これまで見てはいなかっただけのこと。むごたらしさは見ていようが見ていなかろうが変わりはない。どこでも行われていることで、生きものの命を日々、いただいているのだ」

陽一はふと、そんなことを思い自らを断罪するように目を閉じた。

ホテルでの一室。一日の疲れを休め、陽一はただ一人、カトマンズに来てからの日々を振り返った。プロペラ機、ターボプロップのオリンピアに久しぶりに搭乗してのヒマラヤ遊覧では、あれほどまでに憧れていたヒマラヤ連山と、世界最高峰のエベレストをこの目で確かに見届ける幸運にも出くわした。

ただ、生け贄になった生きものたちを目の前に見た今日は、いつもの心境とは明らかに違い、今はある日突然、命をとられた彼や彼女たちの永遠の安らぎを祈るほかない。あの現場を見てしまった今となっては、人間たちのラブバードの言葉もどこか空虚な響きとなって聴こえてくる。陽一はあらためて【ラブバード】と口ずさみ、ラルとテマリの永遠の幸せに思いをはせるのだった。

そして自身にも【ラブバード…】と心の底から、言い聞かせてみた。「オレたちだって、久恵とは今も気持ちは変わらない。互いにこの世で一羽だけの〝ラブバードか〟」。そう思うと、それまですっかり忘れていた日本のことがなぜか、無性に気になるのだった。

帰国して初めて分かったことだが、生け贄を見たその日、久恵は庭の草引きをしているところを蜂や虫たちの軍団に急襲され、一時は右顔面が〝お岩さん〟のように、黒にえになる重傷を負っていた（幸い、一番大切な目の襲撃は避けられ、間一髪助けられ運がよかった）。陽一には殺される現場を見られた生け贄水牛の、陽一に対するせめてもの逆襲のような気がしてならない。

世のなかには、こうした常識では考えられないような出来事が降ってわく。こんなことを思うのは陽一だけかもしれないのだが。

10

平成二十五年十月一日。朝から晴れ。

陽一が慣れ親しんだカトマンズともいよいよ、さらばだ。去る日がきた。

旅の途次、中国広州の空港出発ロビーで見かけたカトマンズ行きの漢字表記は〝加徳満都行き〟。「カトマンズ＝何百もの花束」との記述までが一緒に案内板に記されていた。〈徳〉が満にみたされ、〈花束〉に包まれている都市だなんて。たとえ字面だけにしても何とステキな名前なのだろう、と感激したことを覚えている。

実際、ここでは朝、晩のプジャの祈りのときに日々、女たちが花々を空や大地に向かって感謝の気持ちで投げ与えることもあってか、いつだって至るところ、花で満たされている。事と次第によっては、〝花の都・カトマンズ〟だといっても決して言い過ぎではない。

そして。ここには、ラブバードはじめ、野良犬、野良牛、野生猿……たちと一緒にアラン・ドロンのようなラルだって、刑事コロンボのようなスシル、ミスワールドだといっても決しておかしくはないスタイリストの日本人女性テマリだって、いる。

みんな、みんな。生きているのだ。

この街を何度も歩いて気づいたことがある。

それは「みんな〝心で生きている〟。いわゆる頭ではなく、からだと心で生きているので家族の決まりごとなど少々煩わしいことがあっても、助け合いの精神が徹底しており、いつだって安心して生活ができるのです。みんな本当に温かい方々ばかりです」と、シャヒ・奈々恵さんから教えられたことばを実感したことだ。

それはどういうことなのか。

この国では日本と違い、知人や隣人を見かけたらだれもが決まって「ごはんは食べましたか？」などと声をかける。子どもが泣いたら、みんなで駆け寄って声をかける。「どうしたの」と。バイクで転んだら周りの人がササッ、と先を競って駆け寄り「大丈夫ですか」と言って集まってくる。知らぬ存ぜぬ、などといった態度はだれ一人としてとらない。だから。当然、街なかでのたれ死にする人なんかはいない。日本のように殺しや強盗などがしょっちゅう起こることもない。

実際、カトマンズのアラン・ドロンだと陽一が命名したラルなどそのお手本だといっていい。道すがら知った人を見つけると、駆け寄って握手を交わし雑談を交わすので百メートル歩くのにも結構な時間がかかる。だからカトマンズの人々はこうして隣人を大切にして過ごしているということが痛いほど身にしみたのである。

それどころか、ラルの場合、子どもを見ると抱きかかえ頭を撫で、手を握り、やさしく語りかける。それこそ、日本なら、こんなニンゲン見たことない――がカトマンズでは常識なのだ。やはり、日本の新聞記者の世界でいう現場百回か。現場を見たからこそ、陽一はカトマンズの真に光り輝くところを自らの目で見て現体験したのである。

「ですから、ここカトマンズでは、どんなにひもじくても食いはぐれることだけはありません。そういう人がいたらだれかが、いやみんなで助けます。どこかの国のように見て見ぬふりをする人なんて一人としていません。飢えで孤独死が発見されるなど、とんでもない。とても信じられません」

「お金がない人がいたら、積極的に声をかけて助け合うのです」

「みんな、助け合って生きているのですよ」


でも、そんな心の聖地・カトマンズとの別れの日がとうとうきた。きょうでお別れ、か。もうこの街の人々とは会えないかもしれない……。

秋が深まって。十月半ばともなれば、日本のお正月のように街中が大祭にわくという、ここカトマンズ。旅立ちを前に、いよいよ陽一の耳のなかの風音が高鳴り始めた。この目には見えない〝かぜ〟のひとひら、ヒトヒラ。それらが今となっては、この街を去る、自身の心を揺り動かす挽歌でもあり、ことのほか愛しく感じられるのである。

わずかな期間ではあった。

滞在中はヒマラヤ山麓を吹きわたる、それこそ連山からの〝気〟に全身が染められ、少女の生き神さまであるクマリの館《やかた》、生け贄の女神・カーリーが住むダクシンカリにも歩を進め、自らがこの世のものではない、何者かに化身してゆく不思議な感覚にもとらわれた。自分は実は自分ではない、ことも知った。

そして。あらためて陽一は思い切ってここカトマンズの地を踏んでつくづくよかったな、と思う。いつの日か今一度、別の世でこの地を踏んでみたとき、地底から聴こえてくる音は一体どんなものだろうか、と思ってみたりもした。いやいや、もしかしたら自分は既に別の見知らぬ国に来ているのかもしれない。

陽一が苦しいとき、嬉しいときに決まって吹く、あの愛用の日本の横笛。きっとこの大地の〝かぜ〟を切り、大気をしなわせて聴こえてくる、あの音と共鳴するに違いない。笛の音までが化身するのか。笛の音はあのネパール特有の、どこまでも透き通ったシンギングボールの響きとともにどこまでも調和し融け合って、やがては大気のなかを這いつくばる如くに消え入ってしまうのか。

陽一は離陸前のひとときをカトマンズ空港出発ロビーの椅子に座って待つうち、知らぬ間に寝入ってしまった。帰りの機中でもただ、ひたすらに眠り続け、飛行機を降り中部国際空港から名鉄特急に乗ってまもなく、近くの席に息子と瓜二つ変わらない涼やかな目をした若者が自分に寄り添うようにしていることに気づいた。

「まさか」という思いからか。どちらも声こそかけなかったが、この若者はもしかしたらカトマンズで化身して私についてきたもう一人の私、すなわち化身なのだろうか。それとも、自ら虫に急襲され、私の帰りを心配した妻久恵が夫の最後の安全を見守らせるために放った「日本からの矢」なのか。それは分からない。ただ、不思議な思いに駆られ最寄り駅が近づき目を開けたときには、その若者の姿は既に影も形もなくなっていた。

私の若いときも、きっとあのように涼やかな目だったにちがいない。

【補筆】

満足感の一方で陽一は疲れ果て帰りの機内で眠り続けた。そこで見た夢のなかには陽一がこれまで執筆してはこなかった、もう一つのドラマがあった。ここにその断片を「カトマンズの恋」回想録として簡単に綴り、物語の終わりとしよう。

〈回想その1　カトマンズの日本人〉

テマリや奈々恵さんのようにネパールの男性と結婚したり、ほかの女性のように生涯独身を貫いて生きる日本人女性がほかにも数多い。なかにはシェルパだったネパール人男性との恋に陥りこの国に永住した女性や、日本大使館のスタッフの一員として頑張る女性もいる。

たとえばネパールの有名ホテルの日本食レストランオーナーでもあるマチコさんの場合。この国独特の風習など目の前に立ちはだかった壁にぶち当たった多くの日本人女性からそのつど相談を受けてアドバイスをしてきた。彼女はタイのバンコクや日本の京都などを転々としてきたが、今は日本食レストランオーナーとして日々、日本文化の啓蒙、普及に貢献。皆から敬われ、かつ慕われている。彼女はいつも、こう言ってアドバイスするという。「あなたはここに住めますか」「だれと一緒なら住めますか」と――。

また鹿児島県徳之島出身のポカレル・本田明美さんのネパール国際交流協会での活躍ぶりも見逃せない。私がネパールを訪れたとき、彼女はたまたま日本に帰国中でもあり、残念ながら擦れ違いとなり、会うことはかなわなかった。でも、ネパールで三人の子どもを育て、現在は毎週月曜日にネパールのラジオ放送でＮｉｐｐｏｎ　Ｃｈａｕｔａｒｉ（ニッポンチョウタリ）を担当し、放送を通じて日本とネパールの友好の橋渡しに大いに尽くしている。その努力は大変なものだ。

学校経営にも携わり、現地では〝カトマンズのおしん〟と呼ばれている。なんとなく分かる気がする。

このほか、「桃太郎」や「東京居酒屋」、「Ｋタウン」、「レストラン日本の味　ふるさと」など。カトマンズには、日本人による日本料理店も多い。陽一は滞在中、Ｋタウンにハンケチを忘れてしまったが翌日、若主人の籠谷博樹さんがわざわざテマリの会社まで届けてくれ、とても嬉しかった。

〈回想その2　家族の絆〉

ネパールの人々は大家族制のなかで暮らしており、親や兄弟、兄弟の子まで誕生日のつど、家族みんなが集まり嫁たちで和気あいあい料理を作ってみんなで祝うのが一般的だ。自ずと家族の絆は強く、テマリたち日本人妻たちもそのつど兄弟の嫁たちと一緒になり、食事をこしらえることがしばしばある。

当然、家庭料理も手の込んだ栄養価の高いものばかりとなる。具体的には南瓜の葉っぱで作ったサーグ、豆腐とチーズのあいのこと言っていいパニユウル、トマト煮、豆のダルスープ、カリフラワー、水牛のカレー、ヤクのチーズ、チキンカレー、ほかにリンゴやマンゴーといった果物から漬物まで。ラッシーと呼ばれるヨーグルトもおいしい。

滞在中には、ラルさんの父の七十六歳の誕生日にも招かれたが、ネパールでは満七十七歳になると人間そのものが生き神さまになるとか、なるほど父君の笑顔を見ていると神さまが目の前に座っておいでになる。そんな気がした。それにしてもラルさんの母君の慈愛に満ちたまなざしといったらどうだ。これではテマリもラルを好きにならざるをえない。

〈回想その3　その他のこと〉

カトマンズは周りに海がないので台風はなく、そのせいか、商店街の店先は開店中ずっと開けっぴろげで、店主が入り口に座って客を待つ。災害は少ないが、一九三四年に起きたマグニチュード八・四のカトマンズ大地震では八万戸以上が倒壊し、八千人もの尊い命が奪われた。

カトマンズでは、ヒンドゥー教と仏教の寺院が多く、両者が混然一体となっている。仏さまは元々、紀元前五、六世紀ごろネパールのルンビニで生まれ、その後インドのブッダガヤで悟りを開き、サールナーで初めて仏教の説教をした――というが、このあたりの史実と真相となると対立意見もあって謎に包まれたままで、はっきりはしていない。

カトマンズの街中では世界一周旅行の途次にヒマラヤトレッキングを一人楽しむ女性にも、たまたま入った東京居酒屋で会い、話が弾んだ。また、ネパール文学界を代表する詩人ビスマ・アプレッティさんとネパールペンクラブ会長ラム・クマール・パンディさんの二人とも詩や俳句の話で打ち解け、いっときを共にした。このとき初めてネパールには二カ月に一度、年に六つの季節があることも知った。アプレッティさんは「海」という詩集を邦訳で出版するほどの親日家で知られ、ラム・クマール・パンディ会長もかつて日本を訪れたことがあり日本の俳句には四、五十年前から馴染み、これまでに五千句以上を創作した、との話には驚かされた。

〈回想その4　番外編〉

マグニチュード九・〇の東日本大震災が発生したその年、日本人女性（長谷川裕子さん、アシュトス旅行社オーナー）を妻に持つニルマニ・ラル・シュレスタさん（アシュトス旅行社マネージングディレクター兼カトマンズ日本語学院教師（現校長）／理事、ロータリークラブ会員など）は、カトマンズのロータリークラブ仲間や一般市民に呼びかけ義捐金集めに奔走し、日本の新聞社である中日（東京）新聞の社会事業団を通じ被災地に善意の多額寄金を送った。カトマンズ市民の間では今も「日本の被災者を助けよう」といった声が多い。

11　カトマンズ恋歌誕生とネパール大地震

陽一が、カトマンズを訪れてから早や、五年が経つ。ラルはテマリとの旅行業の傍ら、その後推されてカトマンズ日本語学院の校長にまでなり、多忙な日々を過ごす毎日だ。

この間にこの小説「カトマンズの恋」が誕生し、日本のウエブ文学同人誌「熱砂」で公開されると、日本人女性とネパール人男性の国境を超えた、ある愛の物語に胸打たれた名古屋在住の中国人ソプラノ歌手で作曲家の張柳春さんから小説の作者である私に「ぜひ、詩も作って欲しい。歌にしたいので」との申し出があった。その後、エルヴィス・プレスリーの「ラブ・ミー・テンダー」やサイモン&ガーファンクルの「明日に架ける橋」などの歌詞とカトマンズの鳥・ラブバードに着想を得て、私は一編の詩をしたためた。

この詩をもとに張さんが作曲して生まれた歌曲が恋歌「ラブバード・カトマンズ」で二〇一四年秋に、名古屋の電気文化会館ザ・コンサートホールで開かれた張柳春リサイタルで発表された。「ラブバード・カトマンズ」誕生の波及効果はこれにとどまらず、歌の内容が気に入った平均年齢八十歳の名古屋の「ばあちゃん合唱団」（嶺田久三主宰＝当時八十六歳）が高齢者でも歌えるように音階を低く歌いやすく編曲、詞も差し替えるなどして新たな団歌「愛のラブバード」を誕生させ、翌年の六月には名古屋市女性会館「イーブルなごや」での発表会にこぎつけた。

そればかりか、その後、団員の希望もあり「愛のラブバード」の歌詞をネパールの日本人向け放送局「カトマンズ・チョータリー」の主宰兼コメンテーター、ポカレル・本田明美さんに送り、ネパール語化までしてもらった経緯がある。テマリとラルは、こうした一連の日本でのラブバード運動の高まりに終始、協力的で来日時には決まって関係者を訪ね、時には合唱団のレッスン風景を見学、感激して一緒に歌ったりもした。

カトマンズならでは、の互いに互いを思いやる〈ラブバード浸透活動〉がラルとテマリの国境を超えた「愛の物語」をきっかけに、日本の名古屋とカトマンズを中心に次第に大きく輪を広げ花開きつつあった二〇一五年四月二十五日。今度は日本の東日本大震災の後を追うようにマグニチュード七・八のネパール大震災がカトマンズ北西部七七キロ地点を震源に起き、死者約九千人、全半壊家屋約五十六万戸を出し、全土を打ちのめした。街全体が、未曾有の悲劇に襲われたのである（ラル夫妻の自宅と旅行会社は幸い、レンガ造りの壁面がかなり崩れ落ちたものの、大きな難は逃れた）。

そんな震災不幸のさなかにあってなお、ラルとテマリは手と手を携え、世界遺産でネパールの宝ともいわれるバクタプルはじめ、レレ村やコカナ村、フトゥン村、チャパガウン村などカトマンズ近郊を中心とした多くの町や村にまで出向き、時には現地ロータリアンらとも一緒になって復興支援の手を差し伸べている。震災直後には訪日して名古屋・大須ロータリークラブやインターアクトクラブの高校生からの慰問物資受付にも従事するなど、再三に及ぶ支援の輪拡大に力を尽くす姿が各メディアで広く紹介された。
最近では二人の支援活動に共鳴した中部大学建築学科の学生たちが被災地を訪問。カトマンズ日本語学院の先生らの助けで現地小学校の机や椅子を作製するなど支援の輪は広がる一方だ。まさに、ラブバード同然の思いやりと苦闘、情熱、試練が今も続いているのである。

ここに〈ラブバード・カトマンズ〉と〈愛のラブバード〉の歌詞を永遠の記録として付記しておく。

【ラブバード・カトマンズ❶　作詞／伊神権太　作曲／張柳春】

1

あなたは今　海越え
世界のどこでどうしていますか？
雨、風、雪、涙の間に浮いた
遥かな国へ帰り――
あの日　あなたはそう言った　また会える！
元気で居てほしい、ほほ笑んだ

2

溢れる涙うなづく
私とあなた悲しさも寂しさも
辛さも超えて忘れはしない
静かな小路で優しくキスして抱きしめる
あの日　わたしたちは誓い合った！
愛する気持ちときめきて
ラブバード・カトマンズ！

3

燃える炎は　いついつまでも
二人の思い出　輝き生きている
ヒマラヤ讃歌　この世で起きた、
奇跡の愛を　空も海も知っている
あの日　わたしたちの愛の物語
消えて生まれた虹の町
ラブバード・カトマンズ！

【ラブバード・カトマンズ❷　作詞／伊神権太　作曲／張柳春】
あの日　あなたはそう言った
元気で居てほしい　また会える
ラブバード・カトマンズ！

あなたは今海越え
世界のどこでどうしていますか？
雨、風、雪、涙のあいだに浮いた
遥かな国へ帰り――「カトマンズ！」
あの日　あなたはそう言った
元気で居てほしい　また会える！
ラブバード・カトマンズ！

溢れる涙うなづく
私とあなた　悲しさも寂しさも
辛さも超えて　忘れはしない

静かな小路で　熱くキスして
やさしく抱きしめる
あの日　あなたと誓い合った！
愛する気持ちときめきて
ラブバード・カトマンズ！

燃える炎は　いついつまでも
二人の思い出　輝き生きている
ヒマラヤ讃歌　この世で起きた
奇跡の愛を　空も海も知っている
心の愛メロディー！
あの日　ふたりの物語
消えて生まれた虹の町

ラブバード・カトマンズ！
ラブバード・カトマンズ！

ラブバード　カトマンズ（5回繰り返す）

【愛のラブバード　作詞／伊神権太　作曲／嶺田久三】

1

あなたは今　どこにいますか
あのまちあの角　出逢《であ》ったその日から
私の恋は　はじまった
貴方《あなた》のそばに　いるだけで
幸せいっぱい　幸せよ
だけど貴方《あなた》　帰っていった
カトマンズへ　カトマンズへ
ラブバード　カトマンズ

2

あなたは今　どこにいますか
恋した私は　貴方《あなた》を慕い
貴方《あなた》が言った　あのことば

信じているわ
きっと会える
だから私
カトマンズへ
ラブバード

3

あなたは今
ヒマラヤ眺《なが》め
私の恋は
貴方《あなた》のそばに
幸せいっぱい
見えない海が
ヒマラヤの空
ラブバード

また会える
また会える
貴方《あなた》を追って
カトマンズへ
カトマンズ

どこにいますか
その空眺《なが》め
空を舞う
いるだけで
幸せよ
見えてくる
海の色
カトマンズ

海に抱かれて

ピースボート乗船日誌

プロローグ

美雪よ。

本音を言えば、俺はあのサウジアラビア出身のイスラム過激派テロリストで、アルカイダリーダーだった、ウサマ・ビンラディンの現影《うつしえ》をどこまでも追っかけ、彼がなぜ、米ニューヨークの同時多発テロを起こす気持ちになったのか。それを突き止め、知りたかった。彼とてひとりの人間として生きていた以上、家族や恋人、子どもたちとの平穏な生活、すなわち【平和】を願わないはずはなかったからである。それなのに、なぜ。同時多発テロなどという無謀きわまる行動に出たのか。そこを知りたかった。しかし、そのビンラディンは2011年5月2日にパキスタンのアボッターバードで米海軍特殊部隊元隊員に殺され、今はもういない。生きていれば、人間の真の平和について語りあえたかもしれない。そう思うと悔やまれて仕方ない。

そんな俺の心中を察してか、美雪、おまえは俺に「ビンラディンのことなどもう忘れ、気分を一新して、ならばピースボートによる地球一周の船旅にでも行って平和の探訪をしてきたら。ついでに、きっと社交ダンスも覚えてくるのだよ」と地球一周の船旅を勧めてくれた。ありがとう。だから、これから始まる〈海に抱かれて　みんなラブ〉は、そんなおまえの粋な気持ちを胸に抱きしめ、体験した102日間に及ぶピースボートによる船旅。この船旅のありのままを通じ、船内生活や寄港地での出来事を通じ「平和」とはどんなものかを俺なりに考える旅となった。

そんなわけで、俺は今、太平洋の大海原にいる。2012年5月9日、朝の午前7時半だ。平和への使者たちが乗ったピースボート＝オーシャンドリーム号、3万5265トン、全長205メートル＝の9階デッキで〝うみかぜ〟にふかれて「平和」を書き始めた。

幸せって何なのだろう。船上では『私は今その町で　伊神権太が行く世界紀行――平和へのメッセージ』のYoutubeへのアップも計画している。海からの風が心地よい。朝のうち僅かな時間だったが、横殴りに降った冷たい雨も午後には上がった。

俺は乗船したピースボートでの出来事をこれから日々書きつらね、「平和」と「幸せ」を探求し続け、日本で俺の帰還を待つ美雪、おまえに捧げたい。

本当は、おまえと乗りたかった。でも、脳内出血で倒れて奇跡的に回復した数年後、今度は脳腫瘍で頭の大半を切り開いて間もないおまえが百日以上もの船旅に耐えられるはずもない。新聞社を定年退職するときに、俺の意向も聞かないまま「ピースボートに乗るといいと思うよ。乗らなきゃ」と、いち早く乗船予約をしてくれたのもおまえだった。感謝している。だから俺の船旅は、いつもおまえと一緒だと、そう心に決め、このオーシャンドリーム号に乗船した。

【平成24年5月8日】

午後四時の出港を前に、私は第76回ピースボート地球一周の船旅出航式さなかに、美雪とは事前に約束した甲板上部にある赤色をした煙突の下に立って、岸壁で見送ってくれているはずの美雪を探した。しかし、とうとう見つからなかった。

横浜を出港後、私は甲板最上部デッキに出てスマートフォンから電話したが、なぜか出ない。なんど電話しても「メッセージをお願いします」の声だけが冷たくむなしく返ってくる。私は受話機を耳にあてたまま「それでは、行ってくる。行ってくるから。みゆき」と声を残したが、あとが続かず言葉に詰まった。

アリガトウ、美雪。心のなかで叫び礼を言うのが、やっとだった。寂しさが全身を覆う。とめどなく涙があふれ出る。さようなら。また、会える。きっと。岸壁が少しずつ遠のいてゆく。

プォォ、ヴ、ヴォーッ。プオーッ。汽笛の音に船上にいる私、そして岸壁に立つおまえ。霧のように海面に降り注ぐ雨たち。いろんなものがない交ぜとなって、見えない心が互いに融け合い、〝かぜ〟に流れて海面に消えた。こんなわけで今日からは、私が見、体験した世界をおまえに書き続ける。これは私からおまえに届ける、〝愛の歌〟である。

【5月9日】

午後のいっとき。

無言のままじっと海の一点を見つめている。人はみな、地球というこの星の船員である。泣いたり、笑ったり、悲しんだり、喜んだりする。そうした喜怒哀楽があればこそ、の人生だ。

夜の食事会〝ウェルカム・フォーマル・パーティー〟の後、シャワーを浴びた私は散歩がてら9階デッキにある居酒屋「波へい」へ。ここで会ったのが私と同じ、旧満州は奉天（現瀋陽）生まれで茨城県つくば市から来た中島清明さん夫妻だった。奥方の話によれば、私より十歳ほど上の清明さんはピースボートに乗船する日を何年も前から楽しみにしており、ピースボートに関するありとあらゆる資料をまとめ『あの日　あの時　あんなこと』を出版した、とのことだった。

「波へい」からの帰り道。赤い煙突下のデッキまで行き、持参した横笛を夜の海と空に向かって演奏してみた。吹いたのは「さくら」と「酒よ」の二曲である。夜の静寂《しじま》をどこまでも分け入ってゆく調べ。海原に流れる笛の音には、無常の響きと闇を照らす光りがあった。

【5月10日】

朝から好天である。午前中、ブロードウエイのアロハデッキで今回クルーズディレクター・井上直さんによる出航記念トーク笑「ピースボートの魅力大航海」を聞く。ピースボートの取り組みに「そうか。そうだったのか」とその存在価値を痛感。午後も同じ場所で洋上のモンテッソーリ保育園「子どもの家」アドバイザー・深津高子さんの講演。冒頭、ユネスコ憲章前文を引用し「戦争は人の心のなかで始まる、だから人の心のなかにこそ平和の砦を築かなければならない」と訴える。ポルポト政権下の大虐殺に伴うカンボジア難民の悲劇にも触れ「教育の主体は子どもで、平和は子どもから始まる」と力説されていた。

9階デッキ右舷テーブルの片隅にひとり座り、海を見ている。テーブルには『本日時差が発生します。24時になりましたら、手元の時間を1時間戻してください』と記した案内プレートが置かれている。最上部デッキをひと巡りしたのち、わが船室５０４６号室に戻った。

【5月11日】

午前5時半のデッキ。早朝から、船上の地球村に住む多くの人々が歩いている。私は船体に大きく「OCEAN DREAM」と書かれたあたりの椅子に座り海を見つめる。海は今日も晴れ、白い波頭が海面のあちこちで顔をのぞかせている。私の心を攻めたてる如くサアーッ、さあーっという音たち。一瞬吹く風までが私のなかに入ってくる。二羽、三羽、四羽。白いカモメが上に下に、左に右にと旋回しながら海上を水平飛行をしている。時折、トビウオたちが大きく空高くジャンプし、楽しそうに飛んではしゃぎ、また海に消える。戦争とは無縁の世界である。

【5月11日】

午前5時半過ぎ。オーシャンドリーム号は厦門《アモイ》に入港、まもなく接岸した。高層ビルが霧に煙る。横浜ベイブリッジに引けをとらない巨大な橋が前方にかかり、さすが経済特区ならでは、の大国・中国の底知れぬエネルギーに圧倒される。波止場には「熱烈歓迎」の横断幕。地元舞踊団とミッキーマウス、ドラえもんが私たちを出迎えてくれる。

パスポートを手に入国審査を終え、今回の船旅で初めて異国の土を踏んだのは、午前9時半過ぎだった。日本を発ってから丸四日間、結構、長い道のりだった。これからも寄港地に着くたびに上陸し、その国々の人びとと交流することになる。

この日、私は「家庭でお昼ごはん交流」の第二班に加わり、通訳の呉桂紅さん（23歳）の案内で一般家庭を訪れる前に、「千年古刹　南普陀　大乗精神利有情」といわれる天王殿を見学。その後、中学二年生の林婷《リンティ》さん宅を訪れたが、家ではお母さんが手作りの料理とお茶、スープで一行七人をもてなしてくださった。餃子に炒飯、人参と大根の混ぜ物などなど、どの料理もおふくろの味そのものだった。

会話も弾み、「私は毎日お母さんに電話します。お母さんに電話でき、聞いてくれることが一番の幸せです」「家族みんなが元気なら、それでいい」といった言葉が相次いだ。

【5月13日】

早朝。オレンジ色の太陽の日差しがユラユラと甲板に立つ私を射るように降り注いでくる。眩しすぎて思わず目をそらす。こんどは優しい笑顔で温かく包み込むようにして、かなたの空から胸底までとろけるような、それこそ、金粉でも散りばめたような。海面上に光の道を作ってくれている。かぜが心地よく、海面もシャー、サワサワと音を出している。

海が「ゴンタさん」「ゴンタさん。いらっしゃい」と笑って話しかけてくる。この海のはるか向こうを思う。風が心地よく海面も波に揺れ、軽やかな音を出している。

午前八時から洋上カルチャースクールの社交ダンス〔初級編〕が始まった。恐る恐る会場の8階プロムナードデッキ前方の、スターライトラウンジに出向いた。社交ダンスにはラテン系とモダン系合わせて十数種類あるが、そのうち踊れるものをやっていこうと、前半はブルース、後半はルンバの特訓を受けた。百人前後が見よう見まねのステップに挑んでいたが、私はどうもステップの踏み方がチグハグで、なかなかのみこめないのだ。

夕方からは7階アロハデッキの「男か女？ 決めるのは誰」の講座。講師はクルーズの水先案内人で、昨日、厦門の昼食交流でご一緒した「タイ・トランスジェンダー同盟」のメンバーであり人権活動家でもあるパニサラ・サクンピシャイラットさん〔通称ポイさん〕だった。話は大変面白くかつ考えさせられるものだった。染色体の関係で男とも女とも区別できない、トランスジェンダーいわゆるインターセックスの人が一億人のなかに二千人もいるという事実には驚いた。性同一性障害に関してはニュースでもしばしば耳にはするが、そんなに多くいたとは。

【5月14日】

月曜日。早朝からの雨も今は止み、ピースボート「オーシャンドリーム号」は穏やかな海面を一路南下、現在（午前11時半）は海南島の海上をシンガポールに向かって進んでいる。まだインターネットを使うことができず、電話も厦門到着時にいっとき甲板上で通じただけで、情報伝達の頼りは唯一ファックスだけという状態が続いている。これでは平和のメッセージどころではない。

昨日に続いて朝食後の社交ダンス教室に参加。ブルースはなんとなく分かったが、ジルバの方はからだの動かし方とテンポの取り方が、どうしてもつかめない。午後は〈権太がゆく世界紀行／平和のメッセージ〉厦門編の冒頭の吹き込み、日本語と英語の両方でなんとか終えた。既に映像スタッフのコンちゃんによる吹き込みも終えており、あとは編集し、ユーチューブへのアップ作業を待つだけだ。編集制作は、ビデオ撮影や録音に関心のある有志が集まってチームを編成、ピースボート船内でのイベントを中心に映像や声を収録、ピースボート職員が編集作業に携わっている。

最初の寄港地・厦門で収録した〈平和のメッセージ〉冒頭のナレーションは次の通り。

2012年5月12日早朝、高層ビル群が朝もやに浮かぶなか、私たち九百人の平和の使者たちを乗せたオーシャンドリーム号は静かにその巨体を岸壁に横たえました。「ピースボート」による第76回地球一周102日間の船旅が今月8日に横浜港を出港し丸4日間、この日最初の寄港地、厦門に着いたのです。

私は日本ペンクラブに所属する作家伊神権太です。世界はいま貧困と飢え、病、東日本大震災に代表される災害、さらには戦争……と多くの問題を抱え、それでもこれら悪条件をはねのけて逞しく生きる子どもたちが数知れずいます。そこでピースボートに乗船したのを機会に、世界の人々は「平和」につきどう思っているか。平和な社会とは一体何なのだろうか、をピースボートの寄港する先々の人々や船内乗客の皆さまから拾っていくことにしました。題して「私はいま。世界のその町で——平和のメッセージ言の葉流し」。

私が最初に足を踏み入れたのは、中国は厦門でした。厦門は経済特区だけあり高層ビルが立ち並び、中山路には人があふれ活気に満ち中国躍進のエネルギーを見る思いがしました。私は、その町でオプショナルツアーの「家庭でお昼ごはん交流」に参加。通訳の呉桂紅さんもまじえ、中学二年生の林さんらと母親の手料理を食べ、楽しいひとときを過ごしました。どんな時に幸せですか、と素朴な質問をぶつけると「友だちといる時」「お母さんと食事するとき」「ピースボートの皆さんが来てくれたこと」「家族と一緒で居られること」「お寝坊をすること」などの返事がはね返ってきました。

そして通訳の呉さんの場合は「二年前に大学を卒業し、私は今とても幸せ。だって毎日、母と電話して話を聞いてもらっているのだもの。一番大切なのは家族です」の声が返ってきました。なるほど家族が大切なことは世界共通といっていいでしょうね。私も家族と離れているので家族のことをいつだって心配しています。

私たちはこの日、街の中の寺「天王殿」を見学したり、中山路界隈を歩いてみたりしました。都心の至るところで、わが子の手を引いたお父さんやお母さんの姿に出会い、中には肩車までしてわが子とカッポする父と子が大勢いました。みな幸せそのもので「天王殿」の蓮池の前では生後一年の長男を寝かしていた若い母親が「何といっても、子どもの幸せは私の幸せそのものです」と語ってくれました。平和とは、を考える前に今の幸せを実感する一日となったのです。


【5月15日】

朝食に9階ビュッフェに顔を出したら今治の理容界のドン、すなわち女王蜂のチズさんと一緒になった。「ゴンちゃん、こちらに来なさい」と手招きされ逃げるわけにもいかず、ちいさくなって食事した。

広島の呉から来た笹木夏子さん（82歳）とも同席し、昭和20年5月3日の呉市大空襲の話をうかがった。当時、女子高校二年だった〝なっちゃん〟は一日中、防空壕のなかで怯え、命からがらわが家に帰ったときの様子を語ってくれた。

なっちゃんは家に戻ると半分、あきらめかけていたお母さんが「よかった」と抱きしめてくれ、その日のことが忘れられない、という。話を聞くにつれ、目頭が熱くなるばかり。実体験にはかなわない。だからこそ自らを鞭打ち、平和な世の中を願う一心でこのピースボートに乗船されたのだろう。

戦争告発といえば、シンガポール入国前に行われた「過去の戦争を見つめ未来の平和をつくる」と題した船内セミナー（講師はピースボート・クルーズディレクターの井上直氏）にはいろいろ考えさせられた。１９４２年2月15日から同年8月18日まで〝昭南島〟と呼ばれていたころのシンガポールでは日本兵による現地の人々に対する数限りない虐殺が行われていた事実を映像と日本兵、当時子どもで家族が皆殺しに遭った現地人らの証言を交えてひも解く内容だった。日本人がかつて行ってきた残虐な行為を決して許すわけにはいかない。許せない。許せるはずがない。現地の子どもたちを海岸沿いに後ろ向きに座らせ次々と銃で撃ったり、剣で突き刺して殺すなど、絶対あってはならないことだ。昭南島には日本から船で渡った数知れない〝からゆきさん〟の無縁仏もある、とのことだった。

オーシャンドリーム号は、正午現在、ベトナム沖を南下、ボルネオ島とベトナムの間を一路、シンガポールに向けて近づいている。ちなみに厦門とシンガポール間の距離は1650マイル、約3000キロだという。

【5月16日】

美雪からファクスが届く。「ちゃんと海と空を見ていますか。平和への発信もいいですが、もったいないですよ。対峙してください」と書かれていた。分かった。アリガトウ。

5階レセプションで「旅が平和をつくり　平和が旅を可能にする」のフレーズが目に飛び込んできた。聞けば、ピースボートの運航営業業務を担当するジャパングレイスの社訓だという。

連日情報が閉ざされたなかで、8階プロムナードデッキの一角にようやく日本のニュース（朝日新聞デジタル）が掲示された。

「金環日食　クライマックスは福島　郡山の仮設で観察会」「小沢氏、消費増税法案に改めて反対示す　野田政権と一線」（5月12日）「日中首脳会談　尖閣問題で応酬　野田首相『国民に刺激』」「福島の仮設住宅に花描こう　福島の高校生20人」「白鵬連敗で3敗目　大相撲夏場所8日目」「巨人（ヤクルトに5―1で勝ち）今季初の勝率5割」「広島―中日は

6―6で今季2度目の引き分け」（13日）「円小幅安、ユーロ103円台前半　東京為替市場」「（14日）などなど。「11月1日を『古典の日』にしようという法案を超党派議員が検討している（12日）という報道には興味を引かれた。

【5月17日】

夜明け前。シンガポール対岸の光が遠く微かに、よろめくように近づいてくる。次第に少しずつ陸が大きくなって眼前に迫りくる様は感動的だ。

船体を激しく打つ雨の音。そして雷鳴、光。さらにはスコールの嵐。「もう、これは大変な観光になりますよ」と傍らの女性はつぶやき、デッキを去っていった。

午前六時。船内8階の一部天井に雨漏りが見られる。船内プロムナードのドアを開き、外をのぞくと、苛立ち猛り狂って私たちに向かってくる雨の姿があった。

この日、私は実に三十数年ぶりにシンガポールの地に立った。「『昭南島』の歴史を学ぶ」班の一員となって、日本人ガイド・田中早苗さんらの案内でチャンギビーチ、チャンギ博物館、戦後日本兵が人民を殺害した、いわゆる〝血の罪〟を負債したとされる「血債《けっさい》の塔」、の順にバスで回った。

歴史を学ぶコースに参加したおかげで、昭南島の謂われに始まり、日本中が歓喜した山下将軍とパーシバル将軍の停戦会談時の駆け引き、シンガポール陥落に至るまでの歴史を詳しく知ることができ、戦争の愚かさをあらためて学ぶ一日となった。

道すがら、ガイドの田中さんはシンガポールの男性と結婚し永住権を得て、今は日本よりもシンガポールの方が詳しいということも知った。ガイドの田中さんからは〝FORGIVE　BUT　NEVER　FORGET〟という言葉を教えられた。許す、でも忘れてはいけない――胸に刻んでおこう。

ツアーの途中、私はバスを降り、タクシーでマーライオンの像がある公園に向かった。マーライオンは、わが家の愛猫こすも・ここちゃんに似て、ドッシリと大河のような雰囲気を醸していた。どこまでも雄々しく白い水を吐き出す光景は、この地球上のすべての悪事を吐きだし浄化しているように思える。できうるなら民族間の争いや戦争も吐き出してほしい。美雪と約束した、マーライオンとの対面は無事、果たせた。

【5月18日】

かつて暴れん坊記者だった私が四拍子のブルースや三拍子のワルツ、ルンバなど社交ダンスを踊っている姿を、私の過去を知る人たちが見たらどう思うだろう。信じられない出来事が連日、繰り返されているのである。人生の艱難辛苦を確かめるが如くフォー、ワン、フォー、ワン。ワンツー、ワンツー……と声を出しながらステップを踏んでいる。映画のどんなシーンよりも壮観である。

【5月19日】

日本との時差2時間。オーシャン・ドリーム号は現地時間午前8時前にタイのリゾート地プーケットに静かに入港した。

波はとても穏やかだ。いくつもの島がいつもと変わらない表情で出迎えてくれる。2004年12月26日に発生したマグニチュード9・0のインド洋スマトラ島沖地震に伴う大津波で22万人が死亡、行方不明7万7000人の被害に見舞われた地であるなんて、とても信じられない。

海は何も言わない。沈黙している。黙ったままの海。この海を見たら、人々はどう表現するのか。私は今、この町で。船内一室でプーケットの海を前にペンを走らせている。漁船なのだろうか。緑の島をバックに船が通り過ぎてゆく……。

その穏やかな海にも、それぞれの人なりの喜びや悲しみ、怒り、そして慈愛に満ちたそれがあるに違いない。プーケットの海を目の前にかつて海を感じる心を国内外に、と能登の若者たちと手を携え実現させた「第一回海の詩《うた》」大賞に輝いた当時、中学生だった本藤理恵さんの「海はなぜ広いの」を口ずさんでいた。

うみはなぜひろいの
それはすべてのいのちのはじまりだから
うみはなぜあおいの
それはちきゅうをかこむカーテンだから
うみはなぜすきとおっているの
それはこころだから
うみからいのちははじまった
みんなのうみ　ひろいうみ
そんなうみがボクらに　よびかけている
ずっとずっと　こころのなかで

午後からプーケットのショート観光。プロムテープ岬では偶然にも、海をバックに新郎新婦の記念撮影が行われており、新郎の母親に「コングラテュレーション、テイクヨアピクチュア、プーケット、ツナミ、セイフ」と単語だけを並べて話しかけると、彼女は突然、目に涙をため「サンキュー」「バット、ファーザー、デス」と答えてくれた。母の涙は、父親が津波で亡くなり、生きていたらどんなに喜んだろう、というものだった。

【5月20日】

日本が遥か遠くになってゆく。

オーシャンドリーム号は次の寄港地、スリランカのコロンボに向かっている。現在はアンダマン海からベンガル湾に差しかかろう、という海域。スマトラ島とニコバル諸島間を赤い煙突から煙を吐きだしながらヒタスラに進んでいる。

午後、執筆と聴講の合間に天文教室へ。過去の皆既日食と、明朝、日本で観察されるはずの金環日食などについて学ぶ。太陽が海に沈むそのとき、グリーンからブルーの点になる〝グリーンフラッシュ〟を見た人は幸せになる、の言葉が心に残った。というのは、一昨日、この船上で夕日が沈む間、ずっと海を見つめていたが、真っ赤に染まった海に沈みゆくその瞬間を、丸いちいさな球体と化したその姿を私は確かに見たのである。

夜は10階スポーツデッキで「南十字星を見よう」に参加。夜風にふかれ、南十字星や北斗七星、火星を眺め、星空の世界を満喫した。

【5月21日】

早朝。ベンガル湾に昇る赤い陽。日の出の向こうから美雪がほほ笑みかけてくる。それにしても朝からよく揺れる。上に、下に、右に、左に、と再三船体を揺らす。このオーシャンドリーム号とて大海原では木の葉の如し、に違いない。

揺れながら思う。みんなどうしているのだろう。愛猫こすも・ここ、シロちゃんは元気でいるのか。星空が大好きな美雪。金環日食を見ることができただろうか。今、目の前にする太陽が日本では新月に隠され金色のダイヤモンドリングとなって現れる、だなんて。見たら永遠に忘れないだろう。次に皆既日食が見られるのは2035年、私は見ることができるだろうか。

【5月22日】

ベンガル湾の波はどこまでも高く、荒い。こうしている間にも海の息は容赦がない。風たちまでが波たちに合わせる如く船体に突進するように吹きつけている。新聞によれば、どうやらモンスーンらしい。

船は一日中揺れに揺れ、社交ダンスの練習中も時折、下から突き上げてくるような揺れになんども見舞われ、そのつどよろけて倒れそうになった。一・二・三、二・二・三、一・二・三、二・二・三……とステップを踏むうち、なぜか中原中也の詩の一節「ゆあ〜ん　ゆよ〜ん　ゆあ、ゆよ〜ん……」が不思議なリズムとなって私に迫ってきた。

明日のスリランカ訪問のあとは、いよいよソマリアなどで海賊が多発するアラビア海に向かって船舵がとられる。ソマリアに近づくとオーシャンドリーム号にも当然ながら各国の護衛艦が寄り添って航行することになり、緊張は続きそうだ。

【5月23日】

オーシャンドリーム号は早朝、スリランカのコロンボに着いた。

船内新聞によれば、ピースボートが初めてスリランカを訪れたのは1991年1月。初の地球一周となった第10回クルーズのときからだ。以降、現地との交流を重ねるなかで民族間対立から起きた内戦の戦災復興や、2004年の津波被害後の仮設住宅建設に携わったり、支援物質を届ける活動を行ってきた。一方で昨年の3・11東日本大震災発生時にはスリランカから宮城県石巻市に十五人が駆けつけ、支援活動に従事してくれたという。スリランカは日本にとって「遠くて近い国」なのである。

この日、津波や内戦などで親を失った少女二十人が逆境のなか、逞しく生きるヤソーダラ孤児院を訪ねる「『光り輝く島』の子どもたち」オプションツアーに参加。スリランカ政府観光局の政府認定ガイド・ダハナアヤカさんによれば、スリランカは昔から「光り輝く島」と言われていたそうだ。たしかに子どもたち一人ひとりの瞳は輝いていた。

その少女たちが、私たちのために懸命に練習してきた歌や踊りを披露してくれた。なかには、ポンポコリンといったニッポンの歌まであった。

ツアーの参加者たちも、お返しに私のハモニカ伴奏で「うみはあおいな　おおきいな……」を歌った。交流会では、いくつもの輪ができ、簡単な言語や日本の習字、お絵かき、折り紙、おはじきを教えたり教えられたり。なかには、珍しそうに関心を示す子どもたちに自分のカメラで撮影を伝授をしたり、屋外でシャボン玉の飛ばしあいっこをする、など楽しいひとときを過ごす姿も。私は「シャボン玉とんだ　屋根までとんだ……」をハモニカで吹いたあと、日本の「さくらさくら」を横笛で演奏してみせた。

ピースボート側から学用品の支援物資がロクマニヨ院長と園生らに直接手渡されたが、ピースボート女性ガイドの青木友里さんから突然指名された私は、日本からの一行を代表して「私たちは、きょうのこの日を決して忘れることはないでしょう。きょうから、ヤソーダラ孤児院が世界平和への灯の発信点になることを互いに誓おうではありませんか」と挨拶した。

帰船後は昨日、不安定な回線とカードの時間切れの影響で失敗に終わった〈権太が行く世界紀行　平和へのメッセージ　私はいま／この町で〉のユーチューブへのアップに再チャレンジ。四度目にしてやっとアップにたどりついた。

これもピースボートスタッフで映像班キャップの高木應さんはじめ、ボランティアの田中詩乃さん、コンちゃん、そしてパソコンを前に悪戦苦闘している私を前にたびたび助言してくれたアダムや名も知らない善意の若者たちのおかげだ。まずは厦門編に始まり、これからシンガポール・プーケット編、コロンボ編と世界に向けてユーチューブの公開が続いていく。

【5月24日】

木曜日。今日はリフレッシュデーということで船内新聞は休刊。

ここ二、三日の間に船内で急激に様子が変わってきている。デッキ部分の多くが船員によって段ボールや黒いカーテンなどで次々と閉鎖されてきたことだ。

オーシャンドリーム号は午前中にインド最南端のコモリン岬沖を通り越し、アラビア海をひたすらスエズ運河に向け航行中である。船体右舷沖には明らかにそれ、と分かる護衛艦が並走して波を蹴り立てている。この先29日ごろまではソマリアを含む海賊警戒海域を航行するというわけで海賊対策避難訓練もあった。

各船室には「安全のため、夜間（日没~日の出）はオープンデッキスペースへは立ち入らないよう願います」「夜間にオープンデッキのライトが消され、屋外に面した公共スペースの窓なども、光が漏れないようカーテンなどで覆われます。窓付きキャビンの方はカーテンを閉めていただくようにお願いします。」などといった〈海賊対策のお知らせ〉までが投かんされ、少しばかり緊張感が伝わってくる。

9階中央プールエリアで撮影スポットを探して歩いていたら、横浜からお出でのキリンおじさん（いつもキリンのTシャツ姿だから。本名は津江慎弥さん）に声をかけられた。Web版『海に抱かれて』の読者で、ぜひ船内でのドジョウすくい踊りを取り上げてほしいと言う。所作の面白さがその理由。承諾すると、キリンおじさんはその場を立ち去り、すぐさまドジョウすくい踊りの名手なる女性を連れて私の前に再び現れた。

神戸から来た竹村雪路さん、74歳。かつて第70回のピースボートにも乗ったとき、お年寄り用の教室がなかったので〈じいさん、バアサンの芸達者集まれぇ~〉と自主企画を呼びかけ、ドジョウすくいをやったのが始まり。「ドジョウを入れるザルは段ボールを切りとったり、ティッシュの箱を半分切って紐をつけたら、それでいい。あとは手ぬぐいに草履をはいて。みんな、タダや。からだ一本でできるんやから」。今回は既に三回講座を開き全員がほぼ免許皆伝です、との弁だった。

【5月25日】

ソマリア海域に近づくとしばしば海賊が出没するというのだが、海はどこまでも静かで満足そうな、平穏な波音である。考えてみれば、賊が出ようが出まいが彼女（海）にとってはどうでもいいことだ。ちっぽけな人間社会の成せることだ。

きのう美雪からいきなり「ピースボートは海にふさわしい船になりそうですか」のファックスが届いた。こうして海を見ていると、波の方からも、私の方からも互いの心が引き寄せられるようで、これも船旅だからこそ。「なれそうです」と答えておこう。美雪がいつもの調子で海のかなたから、たった一言フワリと投げてくる直球に私は一瞬たじろぎながらも彼女からの「平和」を受け止め「なれそう」と繰り返した。

あさ、太陽に向かひて顔を洗ふ／波の音　かぜの声　空とぶトビウオたち／波は消えることなく生まれくる／かぜの声も、そして私の胸音も、絶えることがない／海かぜにさらわれる私に　君が近づく／私は　もいちど陽に向かひて　目を閉じる／眠る、私はひとり君もひとり／そんな私と君に　海は笑いかけてくれる／何も心配ないから、と（「海を

超え」アラビア海にて）
つたない海の詩《うた》を作ったあと、講演「アラブの春」（高橋和夫講師）を7階ブロードウエイで聞き、そのあと8階バイーアで、少女たちが牢屋に入れられゴミのように捨てられているタイの児童買春の醜い実態を描いた映画上映会に参加した。

【5月26日】

今は午後3時。先日プーケットで買った白いコットンのTシャツを着て、書いている。時差が5時間なので日本なら8時である。アラビア海を一路、西に進み、日に日にスエズ運河に近づきつつある。運河通航予定は6月4日。けさも光に打たれ、波音に打たれ、かぜに吹きつけられて。9階デッキの椅子にただ一人座って流れる水面と空に浮かぶ海を見ていた。ただ黙って、である。

ベーシック、ベーシック。（さあ、ひぃーらいて）ニューヨーク、ニューヨーク…。毎朝、ラテンとスタンダードのステップを踏んでいる。けさも音楽にあわせ、ルンバのステップに始まり、サルサのクロスボデーリードなるものに繰り返し挑んだ。なんだか人間そのものが改造されていくようだ。

ダンスのあとは高橋和夫さんの「ビンラーディン（ビンラディン）殺害とアフガニスタ

ン・パキスタン情勢」についての講演を聴く。ビンラディンと言えば、私は小説「再生」（記者短編小説集『懺悔の滴』所収）で、アフガンのNGOで働く日本の女性と恋仲になったビンラディンが、ニューヨークの同時多発テロ発生後、謎の人物に誘導されて日本各地を懺悔して歩く姿を描いた。

【5月27日】

海賊出没海域を航行中のため、夜のデッキへの外出が禁じられている。先日の星空教室で見た南十字星を、もう一度見たいのに。これでは籠の鳥だ。

今日は、猫ちゃんについて。昨日、シナイ半島の映像を見たが、なんと猫ちゃんたちがいるわ、いるわ。猫王国といってよいほど、町にあふれる光景には驚いた。それが、みんなかわいい。なんでもムハンマド（マホメッド）が無類の猫好きだったらしく、その愛を受けているのだろう。アラブ圏で猫は「清潔なもののシンボル」として崇められている。観光客の傍らで食事をねだる姿がなんとも微笑ましい。

社交ダンスの傍ら平和学習も。「緊迫するイラン情勢」「革命後のエジプト　訪れたのは春か、冬か」「カンボジア地雷問題検証ツアー報告会」のすべてを聴いた。「緊迫するイラン」では、イランとイスラエルの戦争勃発が危惧されるなか、イランで生まれた「石の花」という恋歌がイスラエルの若者の間に浸透しているという。

【5月28日】

ソマリアが近づいているせいもあって、今朝は七隻の護衛艦がオーシャンドリーム号に張りつき、上空も警戒ヘリが飛ぶなど厳戒態勢のなかで航行が続いた。

【5月29日】

ソマリア沖を航行中。少し離れて護衛船団が並走。明日午後には紅海入り口、幅3キロと一番狭い海峡に差しかかり。そこを時速40キロの全速力で航行するらしい。「一昨年の今ごろには、海賊に追いかけられ2時間ほど蛇行して逃げた、その後対策が強化されたんだってよ」と誰かが叫ぶ。口から出まかせでもなさそうだ。恐ろしい、怖い。が、それを承知で一度、ギャング団を見てみたい。「なぜ、略奪をしなければならないのか」。彼らにも事情があるだろう。家族だっているに違いない。インタビューしてみたい。「あなたたちにとっての平和、幸せって。なんですか」と。

昨日の小出裕章さんの原発の話「未来に続くいのちのために原発はいらない　福島で何が起こっているのか」、そして今日聞いた「オバマとイスラム世界」は参考になった。

午後のティータイムで今治市の西坂和子さんから亡き父親の話を聞いた。父・桧垣見一さんは、終戦直前の7月24日に当時勤め先だった神戸市内の軍需工場で空襲に見舞われ下半身が吹き飛んで即死。37歳だった。

「私はまだ2歳だったもの。なにも覚えてなんかはいないわ」と和子さん。「でも、戦争はいやね。戦争がなければ父の大切な命も奪われることはなかったのに」と海の向こうに目をやった。今治は彼女の父親のふるさと。戦争許すまじ、だ。

【5月30日】

昨夜、レセプションを通して船長からの伝言が流された。内容は「本船は安全面を考慮し、海賊警戒期間を5月29日から6月2日まで延長します。今後、紅海を北上していくがこの紅海には、これまでも不審船がたびたび見られるため海賊対策終了日については船長から連絡があり次第、お知らせします。夜間は引き続きデッキに立ち入らないようにしてください」というものだった。まだまだ緊張の海は終わりそうにない。

洋上のタブロイド版「船内新聞」が秀逸。たとえば28、29、30日付紙面。参加者紹介のコーナーには、車いすの奥さまと広島県廿日市市から参加されている二宮清志さん（69）。十四年前に交通事故で娘を失くし妻も一時は意識不明にまで陥ったが、息子に勧められて参加したと記事にあった。着物姿がひときわ目立つ平野珠さん（21）は、着物に詳しい祖母の影響と料亭で働いていた経験から着物の面白さ、奥深さに夢中だという。そして神戸出身の笑顔のど根性女・雪ちゃんこと竹村雪路さん（74）のドジョウすくいの人生劇を見事に活写。28日付トピックでは「一昨日は、イルカの群れが現れました。皆さんはご覧になりましたか」と特ダネ写真入りで報じている。

このほか、船内で開かれる行催事のすべてを紙面化。太極拳、ラジオ体操、ウオーキングにはじまり、各語学講座、社交ダンス、サルサダンス、県民集会、阿波踊り、着物着付、民謡・昭和歌謡愛好会、劇団俳優募集、映画上映、星空教室、太鼓塾、バスケ同好会、南京玉すだれ、ドジョウすくい、洋上カラオケ、バンド練習、フラダンス、合唱、器楽演奏、ウクレレ教室、囲碁・将棋・麻雀教室、オカリナサロン……時間と場所入りでギッシリ紹介。どれにしようか、目移りしてしまう。

きのうの夕方。9階デッキで一人静かに海を見ていた若い女性と話が弾んだ。静岡県藤枝市出身の自称〝オノッチ〟。横浜での5年にわたる助産婦生活を終え、思い切ってこのピースボートに乗ったという。

「お父さんに叱られるか、と思ったら見聞を広めてこい、と言われ嬉しかった。お母さん、寂しいだろうな。でも、元気でいるから。母は6月28日が誕生日なので船内から手紙を出さなくっちゃあ」
夕食では高槻市の牛田日出夫さんご夫妻と同席、ドラゴンズファンというので、アレヤコレヤと話しあううち愛知県清須のご出身だと知った。

【5月31日】

午前6時過ぎ、ソマリア沖を経て紅海をスエズ運河へと続くエジプトに向かって航行中だ。昨日夕刻にはバブエルマンデブ海峡を越え護衛艦の姿もなくなった。8階プロムナードに張られた航路図の前には人だかりができ、皆不安そうにのぞき込む。
日々の社交ダンスのあとは自ずと8階後方バイーアへ足が向かう。昨日は、ここで死の工場でのホロコースト（大虐殺）とナチス親衛隊の実像を描いた「アウシュビッツ」の記録映画を見、7階ブロードウエイでは「パレスチナ問題ってなに」を聞いた。

【6月1日】

昨日のことになるが、6階アトランテックで行われた中村信子さんらによる自主連載企画「長崎・チェルノブイリそして福島」に出席。「原発は人間の生活とは相入れない」「行政の誘致がそもそも間違いだった」「ボクたちはあと何年生きられるのか、という子どもたちの不安はチェルノブイリも福島も変わりない」「原発は原爆と一緒で〝福島がんばれ〟と言われますが、がんばりようがない」の被災者たちの言葉には胸を突かれた。
今日は昼から洋上夏まつりが開かれ、浴衣コンテストや寄港地クイズ、阿波踊りや盆踊りが開かれる。現時刻1日午前5時半を過ぎたところ。

【6月2日】

昨夜から今日未明にかけ、「伊神権太が行く世界紀行　平和へのメッセージ」の第2弾〈シンガポール・プーケット編〉のユーチューブアップを試みたが、画像データが重くなりがちで、あと一歩というところまでいきながら、アップには至らなかった。涙の敗戦投手とは、このことか。映像委スタッフのシノちゃんやアタルさんが午前2時までつきあってくれたのだが。今日一息ついたところであらためて挑戦しよう、ということになった。
この船旅、いつも抱きしめているものがある。かつてアムステルダムでアンネ・フランクの家を訪れた際に購入した英語版『アンネの日記』がそれで、現役の記者時代、出勤の途次に日本語訳本とを交互に繰り返し読んでいた。アンネのような少女を二度と出すまい、と願っていたからだ。

【6月3日】

波と、かぜと、こころが押したり引いたり
寄せくる波と同じように迫りくる
海に目をやる
膨れたり、へこんだり、サァー、さあ～っと駆け抜け何かをしゃべっている
私は今
紅海を進むピースボート、オーシャンドリーム号の船内でこうして座っている
海のかぜが頬に当たり、ズボンの裾を揺るがせ
いつも着ている黒いカーディガンの襟元から私のなかに入ってこようとするものがある
昨夜からきょうの未明にかけ、平和へのメッセージ第2弾〈シンガポール・プーケット編〉
ユーチューブへのアップが思うに任せず、私の心はちりぢりとなった
傷だらけとは、このことか
血が噴き出す
ユーチューブのアップは昨夜に続いて今夜も粘りに粘る

またも傷つき涙の敗戦投手に終わる
が、これによって何かを得ている
どこからか「分かった。分かっているから。アクセスカード料なんて。お金なんて
使うためにあるのでしょ。ぜんぶ、使っちゃいなさいよ」という妖精の声
かぜに流れに近づく
かぜたちは、相変わらず私の頬を打ち続けている。
(6月2日記)

サッちゃん=関西は勤め先の大学で、実は江戸っ子でした=に、すばらしき仲間がいた。その人の名は、八重ちゃん。パチパチ(8月8日)生まれの八重ちゃんは、横浜から、赤い靴？ はいてきたのです。50歳から人生が開け、ホノルルマラソンに過去七回出場したという剛の者。ほかに手品と折り紙の名人でも。現在は、神奈川県社会福祉士会の副会長。そして。その折り紙になんとマリリン・モンローの〝赤い口〟があった、とは知らなかった。しゅうとめさんなどに言いたいことがあったら、このモンローの口を手に鏡に向かって吐き出せばよいのだって、サ。なあ〜るほど。

【6月4日】

昨夜も二枚のアクセスカードを使い果たして「伊神権太が行く　平和へのメッセージ／私はいま　その町で」の第2弾〈シンガポール・プーケット編〉のアップを試みるが、うまくいかず、ピースボートの女性新聞局長〝なっちゃん〟が貸してくれたカードで何度目かのチャレンジ。大勢に見守られながら、カードの残り時間すれすれに滑り込みセーフで成功した。気分がいいので久しぶりに午前1時を過ぎて居酒屋「波へい」に顔を出したのがいけなかった。午前3時ごろベッドに入るもつかの間、午前5時過ぎに「皆さま、本船はスエズ運河に入りました」の船内放送に起こされ、あわててビデオを手に現場（10階デッキ）に駆けつけた。

「現在、リトル湖、グレート湖の順で時速10ノット（18・5キロ）で航行、再び水路に入ります」「左舷に見えてきたのは、第一次世界大戦の慰霊塔です」「まもなく2001年に作られた日本とエジプトの友好の橋です」と矢継ぎ早にアナウンスが流れ、そのつどデジカメとビデオ、スマートフォンを手に撮影。スエズ運河といえど、川幅は木曽川や長良川より狭い。左岸アフリカ側には車が走っており、日本と何ら変わらない。午後にはポートサイドに着岸、3時20分過ぎ船内の全員に上陸許可が出された。

はるばるきたぜ、エジプトへ～といったところか。

スリランカのコロンボを出航して実に12日間の船旅だった。

初めて目にする中東がそこにはあった。砂嵐の影響なのだろう。左のアフリカ側、右のシナイ半島ともに全体に赤茶けた埃っぽい陸が横たわっている。。

ナセル大統領によるエジプトの国有化、イスラエル側の奇襲による六日間戦争、逆にアラブ側の奇襲とアメリカの読み違いなど。中東問題は世界史の中核を占める。私なんぞが書き尽くせるものではない。せいぜい第四次の折には日本でトイレットペーパーがなくなる石油パニックが起き、大騒ぎした日々の記憶を紡ぐ程度だ。

あの時は三木特使（後の首相）が中東を訪れ、なんとか石油危機から脱却した。当時、地方記者だった私は幼な妻の美雪に助けられ、三重県志摩半島を飛び回っていたが、地方のスーパーでもトイレットペーパーを買い求める人々で長蛇の列ができていた。

今日はピースボートが七回目というムラジさんの人生劇場に耳を傾けたい。話は南こうせつの神田川が流行っていたころ。ムラジさん、若き日の村田俊一は福島から東京に出てきていた女性と恋におち、都下のアパートで同棲生活を始めた。

昭和44年、和裁で貯蓄していた奥さまが西新宿に突然、マンションを買ってしまったことから、ムラジさんはこれに刺激され職務に精励。気がついたら、今では三人の子と二人の孫に囲まれ、幸せな毎日だという。

かつての職場は車関係。トヨタ傘下の工場で余分なものは作らない、持たないというトヨタの生産方式を徹底的に植えつけられ、現在ではマンションを二つ所有。子どもたちの住宅購入時にも資金援助している、と胸を張る。

ピースボートには２００５年から乗り始め、最初の三回は奥さまと一緒だったが、その後は本人だけ一人参加。十回参加の偉業達成を目指す。船内では第60回ピースボート乗船時に巡りあった師匠から学んだ南京玉すだれの自主企画をはじめ、朝のラジオ体操、ウオーキングなどを取り仕切り、休む暇がない。

「ピースボートは、皆さまと、こうして親しく話し合えるのが魅力です。友だちがいっぱいできます。女房にも、いつも心の中で『ありがとう』と感謝しています」

ムラジさんの目が、心なしか涙にうるんだ。

【6月5日】

あわただしい一日だった。

午前5時過ぎ、バスでポートサイド港を出発し片道三時間かけてカイロ市内へ。土産物市場をイスラム地区を散策。その後、ナイル川でパルーカ（帆立舟）による風まかせ遊覧を楽しみ、河畔でケバブの食事をしてオーシャンドリーム号に戻ったのは午後8時だった。

〝アラブの春〟の大革命でムバラク政権を打ち倒したエジプトでは現在、大統領選挙のただ中。十日も経てば、新しい大統領が決まる。街には最終決戦に臨むムスリム同胞団リーダーと元首相の二人のポスター写真が氾濫していた。

昨日から今日にかけての取材ノートはまたたく間にメモで埋め尽くされた。要約しておこう。

〔昨日4日〕スエズ運河を通ってポートサイド港に夕刻着く。界隈を歩いてみる。買い物をして、ドル札の封筒から現金を抜き出し、封筒をショルダーバッグに戻すとき路上に落としたのに気づかず、運よくピースボート乗客の中年夫妻が拾われ、私に届けてくれた。

それから。港で一人、待ちに待った猫たちをビデオ撮影していたら、海から手づかみで獲った小魚を手に少年が近づいてき、盛んにビデオを見せてーと言う。ビデオには少年を取り囲んだ五、六匹の猫が映っていた。映った少年とのビデオを見せると、彼はもっと見せろという仕草を見せた。少年は一向にその場から離れず、父親を連れてくるというので、波止場で待っていると本当に父親の手を引いて連れてきた。会釈をすると、父親は「この子はイッチバン、ベスト」と親指を立てわが子自慢。

少年の名はワリ・リーズと言った。彼は連絡先だ、と言ってメールアドレスを書いたメモを寄越した。猫ちゃんたちが神聖なら、少年も同じように清らかな瞳をしているのが印象的だった。

〔今日5日〕カイロの街中で「ニュースペーパー」「新聞」「新聞は」と探し回っていたら、ヒゲを生やした人のよさそうなおじさんたちが入れ替わり立ち代わり出てきて、計五種類もの新聞を差し出す。なんて、やさしい人たちなのだろう。〝アラブの春〟で革命を成し遂げた男たちなのだろうか。いやいや、やさしさゆえに平和を勝ち取ったのだ。イスラム地区を歩いていると、男も女も、子どもたちもみんな親しげに笑顔で「ハロー、ハロー」と言いながら手を振ってくれる。ロマンチストで、人恋しげな澄んだ目をしている。アイ・ラブ・エジプト！　私はエジプトがいっぺんに好きになってしまった。

〔昨日、今日を通して〕カイロ大学文学部で日本語を学んだ女性通訳のサマルさんにはミスル（エジプトの意）について多くを学んだ。９８９年に建てられたモスクのこと、オスマントルコ帝国時代やムハマダ・アリ時代（１８０５年即位）のこと、さらにはイスラム地区で住む人々の生活習慣などいろいろと説明を受けた。

「礼拝は、サウジアラビアの方を向いて」「男は四人まで結婚できるが、その前提条件は……」「エジプトは、かつてオスマントルコの支配下にあり、スカーフの着用などトルコと似ている」「エジプト人は、スンニ派」「地震がないのでレンガ造りの家が多い」「オレンジのきれいな花はジャカランタと呼ぶ」「ガソリンは10リットル当たり3ドル」「砂漠のなかに高層マンションがドンドン建つ」「エジプト人は、酒はだめ、豚肉はダメ」「農家では鳩を飼って食べる」という具合だ。

彼女はこうも言った。「戦争だけはしないでほしい。そのためには今こそ、子どもたちに対する教育が大切です」「ムスリムも、前政権の残党もどちらも不安」。本音である。

夜遅く、わが船室5046号室に戻るや、思わず自由律俳句が口を突いて出た。

今はそこにしか帰れない港の船

【6月6日】

自由律俳句を二句追加。

帰れない帰りたいわが家

一日の仕事を終え陽が沈む

自由律俳句の旗手・尾崎放哉の名句に〈咳をしてもひとり〉があるが、船内はこのところ風邪引きが目立つ。私はレセプションでうがい薬のイソジン（一本420円）を購入し再三のうがいを心がけている。
午後、エジプト最後の講演「世界遺産と私〜モン・サン・ミッシェル編」（講師：久保美智代さん）を聴く。「戦争は人の心のなかで生まれるものであるから、人の心のなかに平和のトリデを築かなければならない」というパリ・ユネスコ憲章が印象に残った。

【6月7日】

地中海（エーゲ海）に浮かぶギリシャのミコノス島。ビーチから見る海はどこまでも深く透き通り、碧く、そして白かった。時折吹く〝かぜ〟、波の音に紛れて私の肌や食事にとまる蠅の一匹一匹が歓迎してくれる。この風景を独り占めするのはもったいない。隣におまえ、美雪がいてくれたら、と思う。

（これより先）朝食を9階スペースのいつもの指定席で食べ、空を見る。

——これは。この船内は一体何奴なのか。現代の箱船。人間社会の寄せ集め。ガラクタ。芥《あくた》。はみだし連の集まりか。いや、ピース（平和）を餌に傷を舐めあう〝狂人たちの船〟かもしれない。運命共同体ともいえる船内生活。そうした環境下で「何か」が、人々を同一物に同化させていく。同じ色に染まらせる。ニンゲン、本来それぞれの色でいなければならない。のに、だ。そんな不安を感じざるを得ない。私こそ、ガラクタ・はみだし記者の最たるものだ。

深夜未明まで歌って踊り、同じ方向に向かう男や女たち。みんなでやれば怖くないのか。黙って人間観察を、食堂のウエイトレスや居酒屋、デッキや船室の掃除、避難時の救助艇の整備点検に追われて黙々と働く東南アジアの各国から来た船内従業員のアリたちほど、すぐれたものはない。私なんぞとは比べものにならないくらい人間的だ。有事のとき、アリたちは百万倍の力を発揮するだろう。闇雲に騒いで傷を癒せば、よいというものでもあるまい。……

今日はミコノス島内のビーチを訪れ、七変化する透明な海の美しさに見とれた。二十歳《はたち》の美雪と二人で逃亡記者生活を始めた志摩の海、そして共に駆け抜けた石川県能登半島、以前に彼女と尾崎放哉の墓を訪ねた瀬戸内海に浮かぶ小豆島の海を思い出させた。海は何も言わない。心のなかに入り込んでくるだけ。

大勢いる船内　却って私はひとり　　権太

【6月8日】

朝、オーシャンドリーム号はギリシャのピレウス港に接岸。自由行動の日でもあり午前中、知人らに「現在はギリシャにいます。船旅は順調ですので、ご安心ください」と簡単なメールを送った。

その後、タクシーをチャーターしてアテネオリンピックの際のスタジアム、アテネ市内の町流し、小高い丘の頂上に広がるパルテノン神殿の順に訪れた。それにしてもパルテノンは底知れない建造物だった。人は、なぜ、これほどまでに神殿へと向かうのか。確かに、その威光は凄まじい。古代建築の勇壮美を前に言葉もなく立ち尽くし息を呑むばかりだ。

タクシーの運転手はディミトリスさん、50歳。生粋の〝アテネっ子〟で元銀行マンだったが、不況のあおりでタクシードライバーに転身したという。神殿見学のあと、共に食事をしたが、さすがに元銀行マンだけあって英語も堪能で経済には敏感だった。

「オリンピック開催がギリシャ経済を破綻させた」というのが彼の持論。では、今後の経済立て直しを誰に期待するか、と問うと「第一にオバマさん（米国大統領）、次にプーティンさん（ロシア大統領）」との答えがはね返ってきた。そしてスペインとイタリアの経済もギリシャと同様に低調で、フランスとドイツは大丈夫だ、との見解を披露してくれた。日本で知っているのは「ＴＯＫＹＯ」だけだった。

【6月9日】

午前10時（日本時間午後5時）。ピレウスからイタリアのカターニアに向かう。

昨夜届いた美雪からのファックスによれば、「6月8日、東海地方は梅雨入りしました」とのこと。さらに今月出張でヨーロッパを訪れる長男とは、日程が合わないので「落ち合うのは無理」という報告。「社交ダンスは帰ったら教えてください」とも書かれており、自由律もいいが一度方向転換してみたら――と、〈涙目に映ゆ空と海みかん色　美雪〉なる俳句が添えられていた。

いやはや、船内生活を過ごす怪女ときたら半端じゃない。その一人が東京・文京区から来た江戸っ子、ノブさんである。私よりふたつ上の女盛り。ピースボートへの乗船は二回目だが、これまでに旅した国は数え知れない。家族で飛行機による地球一周も経験。最近はロンドン、ケアンズ、キューバ、釜山と一カ所に一カ月から三カ月留まる滞在型に旅の内容が変わってきた。いつも独り旅で「借金と貯金をするのが嫌いなだけよ。もちろん、夫の理解もあってのこと」。

そんなノブさんが〝旅女〟になるきっかけは、独身のころシベリア鉄道にあこがれ、ユーラシア大陸を横断したこと。「小田実さんの〝なんでも見てやろう〟の時代でね。私もその気になっちゃったの」。

小田さんと言えば、ベ平連（ベトナムに平和を！市民連合）の小中陽太郎さんを忘れてはなるまい。「えっ、小中さんですか。アタシ、あの方が大好き。あのさわやかな話しっぷりが、とてもステキです」。私も嬉しくなってきた。

結局、ノブさんとは一時間以上も話し込んでしまった。

「この世のなか、悪いことは人のせいにしてしまいがちだけれど。結局は、みんな自分のせいなのよ。『ものの見方考え方』（高橋庄治著）という本があったけれど、それアタシのバイブルなの。自分を思い切って変えてしまったわ」


【6月10日】

この日朝、地中海のイオニア海を経てイタリアはシチリア島のカターニアに着岸した。カターニアはイタリア南部、長靴で言えば付け根部分にあり、人口三十万人のシチリア島第二の都市だ。かつてはエトナ山の噴火で多くの地域が火山灰に埋まった。世界的作曲家ペッシーニを輩出したことでも知られる。

私は今日、その町を歩きに歩いた。途中、インターネットカフェを見つけ、入って〝IGAMI　GONTA〟を検索すると「伊神権太が行く世界紀行」が音声とともに鮮明に映し出され、感動が全身を包み込んだ。平和へのメッセージは発信されていた。

私はカフェの店主に名刺を渡し「このユーチューブの存在を広めてほしい。世界平和を広めたくて。船で世界中を回っているのです」と説明すると、彼は感激した面持ちで親指を何度も突きたて「あなたがこの〝イガミゴンタがゆく〟のゴンタさんですか。OK、OK。オッケエィ」と答えてくれた。


【6月11日】


地中海を一路、西へ。オーシャンドリーム号は次の寄港地、ポルトガルのリスボンに向かって航海を始めた。

船内新聞から引用。

「1994年以降、ピースボートが頻繁に訪れる国のひとつになっているイタリア。……第67回クルーズで訪問した際には『ヒバクシャ地球一周証言の航海（通称・おりづるプロジェクト）』に参加した10名の被爆者がバチカンの列聖のミサに参列。そのことがローマ法王の演説の中で取り上げられるという場面もありました。また（前回の）第75回クルーズでは、中東に非核地帯および非大量破壊兵器地帯を作ることを目的に、ピースボートが中心となり中東の市民活動家を呼び集めました。そして行われたのが、軍縮会議『HO

RIZON（ホライズン）2012』です。この会議は、イタリアのチビッタベッキアで2日間に渡って行われ、イスラエルとイランの市民が一緒に参加するという大きな成果を収めました」（6月10日付）

イスラエルとイランの市民交流。今、世界の平和にとって一番望まれていることをこのピースボートはやってのけたのである。

雲が流れ空も流れ
海がながれ私の心もながれてゆく
たどり着くのはたったひとつ
美雪、おまえという波止場だ

【6月12日】

このところ日の入りが遅く、今日は午後9時7分、日の出が6時9分だから、ずっと明るい陽が続いているということで、日本ではとても考えられない。沈みつつある太陽なのに、これから昇ってくるのではと、そんな錯覚すら覚えてしまう。

現在、オーシャンドリーム号はマルタ島沖合からアフリカ大陸をかなたに望みつつ、リビア、チュニスの北の海域を経て正午過ぎにはフランスの南方マヨルカ沖合をかすめ、アルジェリア、モロッコ、スペインのジブラルタル海峡へと向かう。

昨日は、7階ブロードウエイでピースボート・井上直さんの「なぜ隣人を殺したのか?～ルワンダ虐殺と関東大震災～」をNHKテレビの番組映像付きで聴いた。それによると1994年4月、国営ラジオ局「千の丘」の扇動もあって、わずか三カ月間に八十万人もの人々が隣人から殺された。フツ族がツチ族を皆殺しにし、家族間でも多くの虐殺があった、という。

虐殺の構図はけっして他人ごとではない。

1923年9月1日に発生した関東大震災でも日本人によるデマや誤報がきっかけとなり、三千人以上(推定)の朝鮮人が殺された。その大量虐殺がナチスドイツによるユダヤ人虐殺、さらに最近ではサラエボやボスニア・フェルツゴヴィナ、アイルランドでも起きている、という事実。虐殺の連鎖は留まるところを知らない。ニンゲンたちは、なんて愚かな生き物なのであろうか。

【6月13日】

今夜、7階ブロードウエイで社交ダンスの発表会があり、私はワルツを踊らなければならず、落ち着かない。

発表会を前に最後の練習に励んだあとは、実録「脱原発世界会議　2012　YOKOHAMA」のビデオ映像を鑑賞し、いろいろ考えさせられた。


【6月14日】

昨夜の洋上ダンスフェスティバルは社交ダンスありロックダンスありMXダンスあり、とそれぞれに味わいがあって、大成功に終わった。なかでも私たち社交ダンス（サルサ、ジルバ、ワルツ）は誰もが初心者からの旅立ちで、新しい人生にふさわしい颯爽とした踊りだった。

今日、船内8階フリースペースで黙々とボランティアで似顔絵を描いている若者を見つけた。名古屋芸術大学卒業生で愛知県北名古屋市在住の伊集院一徹さん、24歳で、色鉛筆から絵の具まで、すべて自己負担。おまけに似顔絵代も無料で、ただ献身奉公するのみ、といった姿勢が船内の人々の喝采を浴びている。一人当たり十～十五分をかけ、これまでに五十～六十人を描き上げ、喜ばれている。

ほかにもチョットいい話がいっぱいある。本クルーズ最年長の参加者は山口県山陽小野田市から参加の92歳、秋本君枝さん。たまたま食堂で見かけ、「今日の船内新聞で紹介されていましたね」と声をおかけすると、照れくさそうに会釈された。ピースボートは3度目で、北極圏を訪れたくて参加を決めたという。好奇心の塊のような女性だ。

東京都日野市から参加の伊藤志津子さんは二度目のピースボート乗船。寄港した先々で、意気揚々と単独町歩きを敢行する。名刺に「安全で美しい地球を次世代へ」の標語が。「日々、生まれ変わって新しい女になるのがアタシのモットー。ダンスから南京玉すだれ、落語…とやることがいっぱいです。午後には〝船上師匠〟の古今亭菊千代さんの弟子として初夢亭一門会に出演しなければ……」

ここでも女傑怪女は健在である。

【6月15日】

午前4時半、日本は午後零時半である。船はジブラルタル海峡を超え一路、大西洋を北上、ヴァスコ・ダ・ガマで知られるポルトガルのリスボンは目の前だ。

昨夜は、平和へのメッセージ「伊神権太が行く世界紀行〈スリランカ編〉」の声の吹き込みを終えた。あとは、映像班による編集作業が終わるのを待ちアップする手順である。原稿の方はエジプト編を書き終え目下、ヨーロッパ前編を執筆中である。

午前9時半過ぎに下船し、円天井が特徴の黄色のリスボン・サイトシーイングバスに乗り、市内巡りに出た。リスボンは古代フェニキア人の時代から港町として栄え、7つの丘からなる。イスラム文化とキリスト文化が融合して今日に至っている。印象深いのは、1756年にリスボン大地震が起き人口二十七万五千人のうち、三万人が亡くなり、復興と再生に力を注いだフンバルト公爵の像が現代人にも畏敬の目で見られていることである。権力を誇示するかのようにライオンを従えた勇姿には圧倒される。

前にも紹介した、交通事故で車椅子生活を余儀なくされたむつみさんと清志さんの二宮夫婦と昨晩、夕食を共にする機会を得た。

「事故はお互いさま。娘は亡くなり、妻も長い間意識不明に陥り私も首の骨二本を折りました。一時は家族が破滅する寸前でした。でも、相手のご家族も苦しんでおられるのです。今は、憎しみ怒りではなく、助ける気持ちで互いにおつきあいをしています」

そう語る清志さんは信念の人である。

ピースボート仲間のサッちゃんとヤエちゃん二人の提案で、二宮夫妻に船内有志による手作りの「平和のツル」が贈られた。添えられたメッセージ――船に乗り合わせた仲間はお二人から、たくさんの勇気と希望を頂いています　尊敬と感謝、そしてお二人の今後を祈って「平和のツル」をお届けします　6月吉日　ピースボート第76回クルーズ同船の有志より――とともに。

【6月16日】

今夜も日の入りは午後10時21分で、ここのところは昼なのか夜なのか分からない幻想的な白夜が続いている。

それにしても昨夜から今朝にかけ船はよく揺れた。無限の波たちを相手に、宇宙のけし粒にも当たらないオーシャンドリーム号はよくぞ、と思えるほどに波乗りを楽しんでいる。ダンスじゃないけれど、波と船が友だち同士の如くじゃれあっている。

今は次の寄港地、スペインのビルバオに向かっているが、タイミングよく「バスクに平和を」（講師はビルバオ人の平和活動家イニーゴ・アルビオルさん）を聴きに7階ブロードウエイへ。民衆がその周りで自由と平等について語り合った、とされる〝ゲルニカの木〟で知られるバスク地方。スペインから独立を許されなかったバスク自治州がテーマなだけに、聴いておかなければと出向いた。バスクは、分離独立を掲げる武装組織「ETA（バスク祖国と自由）」が2011年10月、40年以上に及ぶ武装闘争の終結を宣言した。

【6月17日】

――空を見たくて空を、雲を見たくて雲を

9階後方の居酒屋「波へい」屋外のデッキでメロンのかき氷を口に含みながら仰ぎ見る。美雪の「海ばかりでなく、空も、雲も見なくちゃあ」といった声が〝かぜ〟に吹かれて飛んできたからである。

それまで北上していたオーシャンドリーム号は、イベリア半島をほぼ直角に航路を変え、白い鮮やかな航線が東に向かって蛇行する様は感動的であった。小雨混じりの曇天が昼過ぎから晴れ上がりウソのような好天に恵まれた。無言のうちに波たちはキラキラと白く輝き、まるで戯れあっているようだ。これが平和、幸せ――。

私は艶やかな穂波のなかから、美雪の声が聞こえてくるのを感じていた。

【6月18日】

1936年4月26日に世界ではじめて、いや人類最初の無差別空爆を受けた悲劇の地バスク自治州ビスカイヤ県のゲルニカ市を昨日の午後、訪れた。ゲルニカ平和博物館、『ゲルニカ』の壁画レプリカ、バスク議会、ゲルニカ・ルモ市役所の順で訪れ、市役所では平和活動団体「ゲルニカ・ゴゴラッス」の代表と空爆生存者による証言を聴いた。

私たちは午後3時半、悲劇から平和都市に生まれ変わったゲルニカの地に一歩を踏み入れた。坂が多く、教会の鐘が町中に響き渡り、落ち着いた美しい町で、まるで長崎の町を歩いているような錯覚を覚えた。

平和博物館では日曜日にもかかわらず、女性スタッフらが温かく出迎えてくれ、その日（4月26日）に一体何が起こったのか、を分かりやすく説明してくれた。平和には「協定」「内心」「環境」「日常」の四つの平和があり、結論として「平和への道はない、平和そのものが道である」とマハトマ・ガンジーの言葉を引用した。

引き続き、無差別爆撃を怒ってピカソが描いた『ゲルニカ』（壁画レプリカ）を見学し、バスク自治州の人たちが古くから自由と人権を話し合ったという〝ゲルニカの木〟がある建築物（現在は地元の県議会議場として使われている）とその周辺を散策した。〝ゲルニカの木〟に祈ると願い事がかなうと言われており、私は「世界平和」を祈った。

市役所では、この4月にゲルニカ市と長崎市と結んだ平和協定について説明を受けた。協定は「市民を犠牲にするいかなる爆撃、紛争を許さない」「核兵器廃絶を求める」「平和の大切さを広める」「新しい世代にも平和の大切さを継承していく」の四原則に基づいていること。私は、空爆生存者の男女二人による証言に素直に聞き入った。

「あの日、私は木の下から爆撃機を見ていました。そこには、ほかにも大勢逃げてきた人たちがロザリオを手にお祈りしていました。爆撃が止み町へ行くと、そこは一変。焼夷弾で炎上し、焼け野原と化していました。多くの人々が亡くなり、爆撃の前と後では本当に

変わってしまいました。私は、これからも世界に平和が訪れるようこうした活動に力を注いでいきます」（イゴネ・オラエタさん）

「もう一度、必ずここに来ます。長生きしてください。待っていてくださいね」

と私が話すと、彼女は目に涙を浮かべ、その場に立ち尽くしてくれていた。

「アイ、ウエイト、ユー。アイ、ドント、ファゴット、ユー」

【6月19日】

船内生活も一カ月以上になり、たくさんの人と知り合い、親しくなった。温かく、かつ鋭い目で見守ってくれるサッちゃん・ヤエちゃんコンビ、世界を漫歩するノブさん、何でもゴザレのイトウさん、原発反対の旗手・ナカムラさん、ダンス教室の先生キョウコさん、北海道のシノちゃん、横浜を出港したその日に誰よりも早くお会いしたゴッドマザーことチズさん、ベレー帽がお似合いの和ちゃん……と数え挙げたら切りがない。

【6月20日】

英国海峡を越え、フランスのル・アーブルに来た。

平和のメッセージ〈スリランカ／コロンボ編〉をユーチューブにアップしようと、早朝からタクシーでル・アーブル市内に出るがかなわず、いったん船内に戻り、延々三時間かけて悪戦苦闘のうえアップに成功した。

外出時間に限りがあるため定期周遊しているピースボートのシャトルバスに飛び乗り、再びル・アーブル市へ。この町は第二次世界大戦で空爆により廃墟と化したが、見事に復興、世界遺産にも登録されている。町で出会った少年少女に「平和って。何だと思う」と聞いてみた。その中の一人が即答した。「ジス・イズ・ザ・〝ラブ〟」。平和は〝愛〟だ、なんて。分かりやすい、すばらしい。未来が輝いて見える。そうだ、互いに相手を思いやる愛があれば、戦争なんて起きるはずもない。


午後2時までかかってユーチューブ〈伊神権太が行く世界紀行　平和へのメッセージ／スリランカ・コロンボ編〉のアップになんとか成功した。

美雪から台風上陸のニュースが届く。和歌山、愛知、静岡、東北地方を縦断、6月の上陸は実に十五年振りとのこと。〈雨風の強き台風静むるを今も昔もじっと待つ我ら〉の歌が添えられていた。

昨晩の夕食は大津の女性と同席。琵琶湖とカイツブリを懐かしく思い出し話が弾んだ。〝海〟といえば、琵琶湖も立派な湖《うみ》である。気づけば、デッキに立ち尽くし「我は湖の子さすらいの……」と琵琶湖周航の歌を口づさんでいた。

【6月21日】

午前6時過ぎ霧雨に包まれたドーヴァー海峡を進み、正午ごろには、イギリスのティルベリーのロンドン・クルーズ・ターミナルに着岸する。ここからロンドンまでは車で五十分、電車だと四十分の距離にある。

【6月22日】

自由行動の日。ティルベリー・タウン駅から電車でロンドンを経由しカティサーク駅へ。駅近くの広場ではイギリスの核軍縮や核兵器廃絶運動に取り組むNGO団体、CNDやICANと、ピースボートとの交流会が開かれた。日本からは原爆生き証人の男女二人と東日本大震災の被災地・福島からやってきた若い女性一人が「ノー、モア。ヒロシマ、ナガサキ」「ノー、モア。フクシマ」を訴え、イギリスのNGO団体が反核の署名運動を展開し、その一部始終をこの目で確かめることができた。

21世紀を核廃絶の世紀にしたい――。

ピースボートの井上直クルーズディレクターはじめ、全スタッフの核廃絶に対する並々ならぬ情熱をあらためて強く感じた。会場には西ヨークシャー州ブラッドフォード市在住で、ブラッドフォード大学で核問題と平和活動を研究テーマとした平和学を学ぶ日本人留学生（福岡出身）の姿もあった。生き証人が体験談を話す場面では、世界中から集まった核廃絶を願う多くの人々が三重、四重の輪を作って聴き入っていた。

【6月23日】

昨夜遅くティルベリー岸壁を離れ、次の寄港地であるスウェーデンのヨーテボリに向かっている。船は右に、左に、と木の葉のように大きく揺れている。

二日間のイギリス滞在は中身の濃い充実したものだった。かつて同僚で、今や中日新聞（東京新聞、北陸中日新聞）のヨーロッパ総局長として日々、ヨーロッパ各地の記事を報道している有賀信彦記者とグリーンパーク駅で再会できた。

「ここロンドンは街並みの空間など、どちらかと言うと大いなる名古屋に似ています」

「王女は土、日曜日には、ほかの宮殿に移られます。日本の皇室でいえば、皇室の御用邸（別邸）といったところでしょうか」

「あっ、近衛兵が見えます。支局長（私は元大垣支局長だった）は運がいい。公式なセレモニー以外には、なかなか見られない光景ですよ」

「赤は英国のシンボルです」

バッキンガム宮殿を見ながら歩くうち雨が降り出した。

「イギリスの男性は、誇り高き人間でこの程度の雨では傘はさしません。傘をさすこと自体あまりかっこよいものではないからです」

と話す有賀記者に習い傘をささないまま歩き続けた。そういえば、美雪も少々の雨ごときでは決して傘をささない。そうだったのだ。空に対する畏敬の念、あるいは〝憧憬〟、美学なのだと勝手に解釈・理解した。

有賀記者と別れたあとは町ゆく人々に「単純に、平和ってなんですか」と手当たり次第に片言の英語で聞いてみた。台北からお母さんと来たという女子大学生は「母親と一緒にこうして居られること」と語ってくれた。母親の存在こそが平和のシンボルである。

【6月24日】

北海に入ってからの海はよく揺れる。船内を歩いていても、右にフラフラ、左によろよろ。ヤバイっ。と、思ったら今度はドンと下から突き上げてくる激しさだ。手すりを握って歩かないと転んでケガをしても不思議でない。

「現在、船が揺れています。危険ですので十分注意してください。オープンデッキに出る際には、ご注意ください。テーブルの上などに置いてあり不安定なものは床に置いてくださるようお願いします。ドアを開閉するときも危険ですので指をはさまないようにしてください」といった船内放送が再三、流された。私たちはただ神に祈るばかりだ。

思えば昨日は沖縄慰霊の日。船内では「ひとつの平和を願う」をスローガンに8階中央アゴラで戦争体験者が「語り継ごう　戦争の愚かさ」の演題で、それぞれの戦争体験が語られた。

また、持続可能なスウェーデン協会理事のレーナ・リンダルさんは、環境先進国スウェーデンの徹底した男女平等と環境への取り組みを紹介していた。

この日の航路説明会によれば、「現在は北海を航行中。油田が沢山あり、船舶の航行が輻輳、船はオイルリングや浅瀬を退避しながら航行しています。海の真ん中で油田の燃え盛る火が見えることもあります」という。

「その後はスカゲラック、カネガッテの両海峡を越えてスウェーデンのヨーテボリに着き、次の日はノルウェーのオスロ。ここから現地のフィヨルドパイロットが乗船して世界遺産のソグネフィヨルドに入ります。八～九時間をかけU字谷の美しいフィヨルドを約100マイル（180～190キロ）にわたって遊覧し、引き続き流氷地域専門のアイスパイロットが乗船し、北緯66度33分のアイスランド・レイキャビクを目指します」とも。

【6月25日】

早朝、北欧最初の都市であるスウェーデンのヨーテボリ港に着岸。まず目に留まったのは風力発電の巨大な風車群、そして大気が澄みきった透明感のある町の表情である。

午後3時半から「～核のない持続可能な未来へ　フクシマからのメッセージ～」をテーマに地元メディアに向けて開かれる洋上記者会見が楽しみだ。

昨日は午前中に田中優さんの「3・11後の世界～厳しい現実と未来への希望～」が開かれ、午後4時からは前日に続いて「スウェーデンのエネルギー事情」（レーナ・リンダルさん）についても学んだ。そのなかでリンダルさんはバイオエネルギーへの活用方法に触れて「アメリカも日本もやがて新聞が絶滅するとの予測がある。これまで新聞製作に使っていた紙をバイオエネルギーに役立つ日が間もなくきます」と発言したときには、目を丸くした。本当だろうか。いや、あり得るかも。

【6月26日】

オーシャンドリーム号は早朝、オスロ港ヴィッペタンゲン埠頭に着岸した。午前9時を過ぎたところだ。空は快晴、陸や民家群、海面、雲、緑など。目の前に北欧ならでは、の世界が広がっている。

昨日の午後、洋上記者会見に出向いたところ、いきなり地元テレビ局のカメラマンにつかまった。「ピースボートに乗ったわけは」と質問され、私は「平和へのメッセージを世界の人々に発信したくてこの船に乗ってここまで来ました」と答えた。さらにマイクを突き出し「それで、メッセージは？」に対して次のように答えた。

——フランスでは小学校の上級生と思われる少年が「ピース・イズ・ラブ」と答え、英国で会った台湾からの女子大生は「オルウェイズ・ウィズマザー・イズ・ピース」と話してくれた。そして、ここヨーテボリのショッピング街で会った英語教師ら多くの人々が「ノー・モア・ウォー」と言っていました。戦争も、原発事故による放射能汚染もない地球社会にしたいですね。

——（スウェーデンは）空気が美しい。おそらく人々の心も美しいに違いありません。


【6月27日】

オスロは空も、人の心まで、どこまでも澄みきっていた。至るところ女神や子にかたどられた妖精などの彫刻があふれ、その町の高台で私は持参した横笛を手に「さくら」と「酒よ」を吹いた。

昨日は丸一日、美雪のいっぱいの笑顔を胸のふところに入れ、北欧を代表する町・オスロをゆったりと歩いた。白い優雅な海鳥が地上すれすれに何度も何度も水平飛行し、私を歓待してくれている。レジスタンス・ミュージアムを横目に、真っ先にノーベル・ピースセンターに足を踏み入れた。

ピースセンターはオーシャンドリーム号が停泊する場所から歩いて十分足らず、電車通りに面したシティーホールを超え、ほんの少し歩いた一角にあった。館内には２００９年のノーベル平和賞に輝いたオバマ米大統領をはじめ、歴代受賞者の功績と写真が展示されていた。ほかに戦争の愚かさを痛烈に批判する兵士や家族、女性の数々の写真も。館内正面にはミャンマーにおける非暴力民主化運動への功績が認められノーベル賞を受賞後、実に21年目にしてつい最近、６月16日にオスロの市庁舎前で受賞演説をしたアウンサンスーチーさんのジャンボ壁画が掲げられ、無言のうちに平和の尊さを訴えている。ピースセンター男性職員のアンドレスさんにビデオを向けると、「ピース・イズ・マイワーク」「ノー・ウオア」と簡潔明瞭な答えが返ってきた。

ピースセンター横の屋外レストランでオスロ自慢のハンバーガーとビールを食したあとは旅愁に浸りながら陽が落ちるまで散策を続けた。横笛を奏でたあと、船に戻る道すがら突然、雨に見舞われた。

近くの軒下に避難し、バッグから携帯用の折り畳みの傘を出しているところに、一人の女性が飛び込んできた。しばらくそのまま降る雨を見ていると、綿帽子のような、ちいさな花びらがキラキラと輝きながら〝ひとひらひとひら〟舞い降りているではないか。

私たちはうっとりと〝雨の花〟に見入っていた。小降りになったところで、私は彼女に傘を差し出した。彼女は「サンキュー。アイム・フロム・インドニージア。イコノミッカルレイディー」とだけ言い残し、私から離れていった。

【6月28日】

「ただ今、午前5時半です。本日はゆっくり壮大なソグネフィヨルドとネーロイフィヨルドをお楽しみくださぃ」

ブリッジの船内放送に起こされ、船室を出て海を見た。なるほど、この船を挟み込むようにして島々、いや峡谷なのだろうか。そうしたものが見て取れる。まるで影法師のようだ。かなたの島々がピンクに染められ美しい。別世界の、北極圏ならではの〝うみ〟が目の前に広がり、時間の経過とともに、峡谷の大パノラマは迫力を増してきた。

オーシャンドリーム号は、当初30日に予定されたアイスランド・レイキャビクへの寄港日時を一部変更し、あえて遠回りをして立ち寄ったノルウェーのソグネフィヨルドおよびネーロイフィヨルドを遊覧航行中である。

環境活動家田中優さんの講話「温暖化を止める未来のエネルギー」を私なりに要約しておこう。

——日本の地熱発電の技術力は突出しており、世界の地熱発電の六割は日本の技術に負うところが多い。

——九州大学が風レンズ風車を開発し、青森市民も風車を自力で建てた。

——神戸大学の大学院生が考案した浮かべるだけの波力発電が話題となっている。

など自然エネルギーの現状を数々と紹介され、認識を新たにした。田中さんは「私みたいな存在は、資源エネルギー庁の〝お尋ね者リスト〟にも入っています。でも、今こそ、社会全体を自然エネルギーに変えるべきとき。日本は世界最高の技術を持ちながら宝の持ち腐れも甚だしい。日本社会は経済界をはじめ、大学やメディアまでが〝原発マフィア〟に汚染されてきたが、福島原発事故を機に少しずつ変化が見られ、7月1日からは日本でも自然エネルギー買い取り法がスタートした。2014年以降には家庭向け電力も自由化の方針が経済産業省により示された」と述べた。〝お尋ね者〟の話は、なかなかどうして中身が濃い。

【6月29日】

北欧航海も後半に入り、昨日は世界最大のフィヨルド「ソグネフィヨルド」と「ネーロイフィヨルド」遊覧一色の一日となった。いずれも世界遺産。壮大な峡谷美をじっくり、ゆったり堪能すればよいものを、私は写真を撮り、ビデオを回し、あげくにスマートホンの動画にも収録するなど、フル回転の一日となった。

その合間に、プーケットでお世話になったその女性とばったり会い、フィヨルドの景観美と〝かぜ〟たちに頬を打たれながら、あれやこれやと雑談し楽しいひとときを過ごすこともできた。彼女は来月19日に一時離船し空路、ペルーへ。マチュプチュの遺跡を見たのち、28日にプエルトケツァルで合流する予定だという。南米アンデスの「コンドルは飛んでゆく」を連想してしまった。私の大好きな歌で、実に羨ましい。

【6月30日】

船全体が大海原でダンスをしている。大変な揺れようだ。そのうえ視界不良とあって、危険な状態が続く。船内では、このごろ足をくじいたりして松葉杖を片手に歩く姿をちょくちょく見かける。またもや、ドンドン、ドーンと凄い音を出して揺れ始めた。地震が常時起きている感覚である。バイキングでせっかく食べようとした朝食を大揺れで配膳ごとひっくり返してしまった。危険が伴うためエレベーターもすべてストップし、階段の手すりを伝って行き来している有様だ。

視界不良のなか、それでも進むオーシャンドリーム号である。

人の縁とは不思議なもの。同郷（岐阜県）の元小学校教師、戸田智子さんがそう。戸田さんは、子どものころ岐阜市内の白山小学校に通っていたと話され一層親近感を覚えた。白山小学校は、親と早く死に別れ家庭の貧しかった私の父（故人）が小使いとして人生のスタートを切った場所である。父は、その後独学で国家公務員の上級職をパスし、満州国税局に赴任。戦後、引き揚げてきてからはマルサの男として活躍。名古屋国税局管内の四日市、千種両税務署長を務めたあと、監察官室長を最後に退職、税理士を務める傍ら中国残留孤児に日本語をボランティアで長年、教え続けた。

「私、お父さまにどこかでお会いしていたような気がします。奇遇ですね」と戸田さん。尊敬する父の話題が、北欧のこの海の上でまさか出ようとは……。彼女の前で思わず、「オヤジ、元気でいるからな」とつぶやいていた。

【7月1日】

昨日は揺られながらも朝の社交ダンスに出、午後は先にポーランドを訪れた人たちの報告会「アウシュビッツ・ツアー報告会」の様子をのぞいた。8階左舷スペースでは「アウシュビッツの感想文・写真展」が開かれている。夜は洋上シネマ、冷酷非道なナチスドイツに追われるピアニストを描いた「戦場のピアニスト」を見た。

そして今日。日本との時差はまた一時間延び、九時間である。大荒れだった天候も昨日の午後には晴れ、再び快適な船旅が始まった。夕方には、予定より一日早くアイスランドのレイキャビクに着く。

また、今日は居酒屋「波へい」で働く〝アリ〟の33歳の誕生日のはずだ。売店でお祝いの品を求め、先にノルウェーのピースセンターで買っておいたペンと一緒にプレゼントしたが、なんと誕生月を一カ月勘違いしていた。それでも、アリは大変な喜びようでプレゼントを受け取ってもらえた。〝アリ〟は能登半島時代にお世話になった若者にそっくりで、一目見て以来、ずっと気になる存在だったのだ。

【7月2日】

白夜のなかを人々が行き交う。レイキャビクは、音もなく、止まった町だ。

半夏生——。日の出は午前3時、日の入りは午前零時前。

「ずいぶん海にてこずっているみたい。答えは一つじゃないもの」と美雪からファックスが届いた。「わたしはわたしの〝うみ〟」とも。そうだ。私には私の海がある。

現在、午前5時30分を過ぎたところだ。思えば、遠くへ来たものだ。今日は、堅苦しい名前だが「自然エネルギー最先端のアイスランドから学ぶエネルギーの未来」なるオプショナルツアーに参加することになっている。午前8時半過ぎには出発する。


【7月3日】


午前11時40分オーシャンドリーム号は、大西洋のアイスランド沖を北上。まもなく北緯66度33分の北極圏に入る。その後、進路を南西に変えてカナダ沖・ニューファンドランド島沖を目指す。再び長い航海が始まる。

さて、オプショナルツアー「〜エネルギーの未来」だが、最初にエットリダーシュトッドのダムと水力発電所を見学。次いで、トップスディンに足を延ばし、旧発電所が芸術家や音楽家、文学者らのために再生された施設を見学した。

引き続き、約一時間をかけてクヴェラゲルディへ。ここではバナナやトマトなどを地熱で栽培しているグリーンハウス、さらには白い油煙が常時たなびく地熱公園を見学後、近くのレストランでアースクッキングとして知られる地熱料理を食べたが、それがまたおいしかった。

満足感いっぱいに、次の訪問地ヘットリシェデイ地熱発電所を訪れたが、ここでアクシデントが発生。片時も離さなかったビデオ機器が忽然と消えてしまったのだ。先のレストランまで戻ろうと、ツアーのバス運転手ストルトラさんに相談すると、彼は「ノー、プロ－ブラム。私が行って探してきます。あなたは見学していてくださいよ。きっと、ありますから」と言い残し、すぐさまバスを発車させた。一時間後、ストルトラさんは喜色満面の笑顔で、大きな手につかんだビデオを私に差し出した。落とし物としてレストランに預けられていたらしく、善意の拾い主が届け出てくれたようだ。「この国に悪い人は一人もいません。国中が平和なのですよ」とストルトラさんは話してくれた。

ストルトラさん運転のバスで隣同士となったのが、私と同じ愛知県江南市出身の男性（70歳）で、以前は空調・発電設備の仕事に従事していたという。道理で、地熱発電システムについて、かなり専門的な質問をされていて「スゴイお方だな」と感心したのである。

【7月4日】

昨日、オープンデッキで流氷に囲まれた海を見つめクジラを目撃したまでは良かったが、それがたたって声が擦れ、ノドと頭が痛く最悪の体調となった。このため、ずっと船室で寝ていた。夕食の時間ぎりぎりに4階ビュッフェに駆け込むと、隣の席にいた女性が按じて薬を部屋まで届けてくれた。おかげで症状は快復の兆しにあるような……気がしないでもない。鈍感な私である。。

かつて政財界に少なからず影響を与え、日本の進むべき道を示した三鬼陽之助さん（故人）の妻たかさんの満101歳の誕生日が今日である。北極圏の海からはるか日本の方角に向かい「おめでとうございます」とお祝いを申し上げた。そのたかさんのお孫さんが私の長男の伴侶。二人の結婚披露宴の席で陽之助さんは、私の隣に座られ「(新婦を指して)この子は、私の部屋からお茶の水に通い、今日まで一緒にいてくれて可愛くて仕方がない。その子が結婚だなんて。とても、うれしい。ここに集まっていただいた皆さま全員が健康で幸せになれることを祈って」と、乾杯の音頭を取られた日のことが思い出される。実に簡潔明瞭きわまる挨拶だった。

【7月5日】

時差はさらに開き11時間。オーシャンドリーム号は現在、グリーンランド沖を航行している。前方に大陸が、その手前には氷山が見える。

たかさんの誕生日の一方、昨日は洋上メールで訃報連絡があった。かつての記者仲間だった加藤幹敏さん（中日新聞元編集局長）が七夕誕生日を前に亡くなった。享年62、早過ぎる死であった。

悲しみをこらえ、私は地球のことを考えて行動する一日〝アースデー〟を見て回った。船内8階前方スターライトに脱原発や福島キャンドル、災害ボランティア、体験ブースなどが開設され多彩な催しが行われた。パレスチナに〝希望の光を〟とパレスチナ難民に役立てる難民支援プロジェクト「サナアプロジェクト」の紹介コーナーもあった。災害ボランティアのブースでは、昨年3月11日に起きた東日本大震災発生をきっかけに出版された『石巻通心』創刊号（ピースボート災害ボランティアセンター）も販売されていた。


【7月6日】


ついに時差が12時間まで開いた。グリーンランド沖に達したオーシャンドリーム号は、今度は大西洋を南に向かって南下し始めた。

体調が優れず、昨夜は咳が出て寝つかれなかった。頭も、目も、ノドも何もかもが痛い。〝フォーマルデー〟は遠慮しておこう。改まった席は大の苦手なのに、体調の悪さに背広を着るだなんて、なお疲れる。そう決めていたところにサッちゃんから部屋に電話があった。

「今日は〝フォーマルデー〟なのだから。ヤエちゃんたちも来るから、権太さんも一緒に食事しない。午後6時、4階のレストラン前で待っているから」

あ〜あ。もはや逃れるわけにはいかない。覚悟してトランクを開け、上下揃いのスーツを取り出し、咳き込みながら身支度を始めた。

【7月7日】

「ところで箱舟はいかがですか。まだ潟にはオリーブの葉を持ってきてくれませんか。きょうは七夕句会があります。せっかくだからゆかた着ていきます。こちらは瀑のような雨です」

美雪からファックス。美雪らしい、美雪ならでは筆運びに安堵と恋しさに苛《さい》まれる。

昼食の席では、三重県松阪市から来た中年男性富山さん、金沢からの若い女性栗田さんと知り合う。二人とも温厚な人柄で、地元の話を真摯に語ってくれた。特に富山さんは、同じダンス教室のメンバーで、私なんぞ足下にもおよばないテクニックの持ち主である。

【7月8日】

乗客たちから期待されていたニューファンドランド島沖の遊覧は、一日中濃霧に閉ざされ実現しなかった。船は、どこをさまよっているか。ジャパングレイス担当者の説明によれば、既にニューファンドランド沖は通り過ぎてしまったようだ。

映像チームによる夜を徹しての画像編集が終わり、昨日午後からずっと、「伊神権太が行く世界紀行　平和へのメッセージ／私はいま　その町で〈エジプト編〉」のユーチューブアップにかかりっきりとなった。インターネットへのアクセスカード（一枚１００分、３５００円）を継ぎ足しながらの延々十時間以上に及ぶ作業で、またもや日付を超えてしまった。カード切れ寸前に着物姿で通りかかった酒井友梨香さん（愛称リッツ、福岡県）が「大変ですね。カードありますから。使ってください」と貸してくれたのは天の助け。やり直すことに。でも、アップの目盛りが進まない。三～四分に一％進むぐらい。そばにいたパソコン博士ラリオくん（長崎市）が「少しパソコンの場所を移動させてみましょう」の提案に従うと、急に目盛りが動きだしアレヨアレヨという間にアップが完了。ホッと胸を撫で下ろした次第である。

船内８階の新聞閲覧場に行くと「エジプト大統領　ムルシ氏」「選管発表　イスラム勢力で初」（朝日新聞6月25日付）の1面トップの見出しが飛び込んできた。

――エジプト大統領選挙管理委員会は24日、穏健派イスラム団体ムスリム同胞団系列の自由公正党党首ムハンマド・ムルシ氏（60）の当選を発表した。同国で自由な大統領選挙が行われ文民が当選するのは初めて。イスラム主義の大統領も初。軍部は民政移管前に立法権などを握り直すなど、自らの権限を強化している。新憲法起草などを巡り、同胞団などとの主導権争いが続きそうだ。

【7月9日】

船はカナダ沿岸からアメリカ合衆国沿岸へと、大西洋をさらに南下し次の寄港地である南米・ベネズエラを目指して進んでいる。

そんななか、四国の美容師連のドン、玉井千鶴子さんに「ゴンちゃん」と呼びかけられた。「知ってる? 船内エレベーターが落ちたこと」チズさんの話は、こうである。

――朝食から帰ろうとした際、7階エレベーターのところで七、八人の人が集まっているので何事か、とのぞいてみると、エレベーターがドスンと抜け落ち、中に夫婦が閉じ込められている。夫婦は助け出されたが、夫は肋骨の骨を折り、妻もケガをしたようで、エレベーターの箱は落下したままで大きな空洞に箱舟が浮いているみたいな状態だった。しかも奥さんが緊急の非常ベルを鳴らしてもすぐに対処されなかったらしい。助け出されても、診療室は休診で、九百人もの命を預かる船で休診日があること自体が大問題。それにエレベーターの事故の顛末がアナウンスされることもなかった。不安を抱えたまま船旅を続けられない。

チズさんは話すほどに四国弁を交えながら興奮、とうとう「ゴンちゃん、こんなことって。許されていいの。天井から雨が漏れる、風邪が蔓延する、など言いたいことが山ほどある。このぶざまな管理体制に抗議しなきゃあ」とまで言い切った。

私は事態の重要さを検証してみる必要があると思い、ジャパングレイス窓口を訪れ、職員に「乗客を不安に陥らせないためにも事情説明は当然、すべきだ」と上申する一方、船内新聞の女性スタッフの一人に「こういうときは、簡単でいいから事実関係と今後の対応を報道しなければ。新聞の使命を果たしてほしい」と忠告した。

【7月10日】

ピースボートにも表と裏はある。それを知っておくことは大事だ。船内では、日々あれやこれやイベントと講座が開かれており、ある面で〝ジャンボカルチャー船〟の様相を呈しているが、率直に言って閉ざされた箱船に変わりはなく、人間たちの足掻《あが》きが見え隠れする。そうはいっても誰もが平和な世界の実現を願って、この船に乗り込んでいる。そのことだけは確かだ。

【7月11日】

この船はダメだ、いや案外良いではないか、と言ってみたり。これが私流である。言いたいことが言えない社会は世も末。この箱船の問題点は真摯に指摘し、良いところはどんどん評価していきたい。

そういう意味では、女性平和活動家リサ・サリバンさんが提言する「非暴力的抵抗の力～SOAW（スクール・オブ・ジ・アメリカズ・ウオッチ）の草の根運動～」はすばらしかった。スクール・オブ・ジ・アメリカズ（SOA）は、ラテンアメリカの人々を対象とした軍事訓練学校で、米国ジョージア州の米軍基地内に施設があり、アメリカ国防省が運営している。卒業生たちの多くは自国の軍事政権に身を置き、自国民の虐殺や拷問に手を染めたと言われている。こうしたアメリカの抑圧的な外交政策に一市民として反対しているのがリサさんたちで、SOAの動きを監視するとともに閉鎖に追い込む市民運動を展開している。「暗殺者学校」とまでいわれたスクール・オブ・ジ・アメリカズ（SOA、その後、西半球安全保障協力研究所に改称）に存在理由はあるのか、その存在理由に正義はあるのか――〝平和〟の本質は、市民自らが声を上げ、動かなければ始まらない。「信念を持ち続ければ、扉は開く」「平和の美名に、油断してはいけない。用心深くしている必要がある」リサさんの名言である。

午後2時半過ぎ、米国フロリダ半島沖のバミューダ島海域を航行中。朝から好天に恵まれ、洋上大運動会で盛り上がっている。

【7月12日】

フロリダ半島沖からプエルトルコ沖へ、大西洋を南下するに従い日に日に温度が高くなってきた。気温27度、水温30度。大半が半袖姿だ。

そうしたなか、昨日は本当にステキな方にお会いできた。長崎原爆の生き証人、北野久仁子さんで、先月イギリスに寄港した初日にカティサーク駅近くの公園で開かれた核廃絶集会で原爆生き証人として被爆体験を語った、まさにその女性だ。横に座らせてもらうだけで、全身がホンワカと温められる。

「二度と原爆のような不幸を繰り返してはいけません。そのためにも私は、生き証人として、これからの人生を語り部として生きていきます」

【7月13日】

7月13日はフランス革命記念日、パリ祭前夜。この日がパリ祭の前日であることは父が生前、「俺の誕生日はナ。パリ革命の前日なのだから」とよく話していた。だから私は7

月13日を忘れない。

　ダンス教室の午後の部は「ペア参加に限る」ということになり、私はOさんとペアを組む。先日の教室で、近くにいた彼女にお願いしたところ「いいわよ」と一つ返事で受けてくれたのだが、彼女は今回の船旅でたまたま結婚相手を見つけ、既に同じ船室でその男性と新婚生活を始めているというではないか。ダンスはダンスと割り切ればいいのだが、お相手の男性に申し訳ないような、少々複雑な気持ちだ。


【7月14日】

　オーシャンドリーム号はバミューダトライアングル海域を南下、バハマ諸島海域も超え、昨夜の間にカリブ海に入った。メキシコ湾流（暖流）を進んでおり順調なら、このままカリブ海を縦断して明日の朝にはベネズエラのラグアイラ港に到着する。中南米が、もう目の前だ。アイスランドのレイキャビクを出航してから十二日間をかけて実に7778キロ（4200マイル）もの距離をクルージングで南下してきたことになる。

　中南米への寄港を前に昨日は、7階前方のブロードウエイで平和活動家リサ・サリバンさんの「ラテンアメリカ諸国の新たな選択〜地域統合〜」を聴いた。

　1960〜70年代の軍事独裁時代から80〜90年代の米影響下の経済制裁時代、そして2

010年代の統合時代へと移り変わる中南米諸国四十年の苦難と忍耐、成長の歴史をボランティアの若者一人ひとりがキューバやエルサルバトル、ホンジュラス、ニカラグア、ベネズエラ、エクアドル、ペルー、ボリビア、ブラジル、パラグァイ、アルゼンチンと〝国の役〟に扮し演じていく手法はわかりやすく、なかなかの出来だった。

リサさんは、長年続いた軍事独裁のあとも、米国の抑圧と国際通貨基金や世界銀行の身勝手な出資下で苦しんできたが、最近になって「アルバー」と言われる米州ボリバリ同盟や、南米諸国連合、「セラック」と言われるラテンアメリカ・カリブ諸国共同体が設立され、中南米諸国は新しい時代を迎えようとしている、と話を結んだ。

【7月15日】

今朝、ボリバリアーナ・デ・プエルトスに着岸。ベネズエラの女性や子どもたちの歓迎の踊りと、にこやかな笑みに癒やされた。

というのも昨日、楽しみにしていた八木啓代さんとリサ・サリバンさんの対談に失望した思いを引きずっていたからだ。テーマは「ラテンアメリカの教訓から学ぶべきこと ～ワーキングプア、消費税増税、TPP問題を考える～」だったが、八木さんの「日本のマスコミは政財界にコントロールされ何も書けない」といった一方的な発言に、私は納得がいかない。福島原発の報道で、どこのメディアもメルトダウンを書かなかった、と断言するが、ドキュメント方式で書いてある社もあれば、いち早く「メルトダウン」を取り上げた社もある。八木啓代さん、あなたは新聞のどこを読んでいるのでしょうか。八木啓代さん、新聞社の名前や新聞記者、弁護士の友人から聞いたなどと少々饒舌過ぎやしませんか。これまで彼女を評価していただけに残念でならない。躓きの石とならねばよいが……。

対しリサ・サリバンさんの日本へのアッピールには感動した。

「日本で尊敬するのは憲法9条です。それに引き替えアメリカは戦争を持ち込んだり、軍を持ちかけたりしています。私はラテンアメリカに三十五年住んでいて、アメリカのやることに胸を痛めています。少なくとも、日本は軍を使って制圧することはない。世界の人々は日本を見習うべきです。（中略）確かに平和をひと言では語ること難しいでしょう。でも、平和の質的な面では、日本の皆さんは大変よいものを持っている、と思います」

【7月16日】

昨日の昼前、一人でベネズエラのラグアイラ市内に出てみて気づいたのだが、銃を肩に掛けた兵士が二人一組となり至るところで治安にあたっていた。また、国民的英雄でもあるチャベス大統領のポスターや紹介パネルが町の隅々で見られた。新聞にもチャベス大統領の顔があふれ、もはや彼はこの国の象徴「ベネズエラの顔」である。

わが子をあやす夫婦連れに出会い、シャッターをパシャパシャ切り、その場で画像を見せるとすごく嬉しそうで私までが、なんだか楽しくなってきた。言葉は何ひとつ解せないが、身ぶり手ぶりのジェスチュアでだけ、コミュニケーションは成り立つ。人間の心の会話を大切にしたいものだ。

夜は、港に近いフェスティバル会場で歓迎ムード一色のなか、地元バルガス州市長と市長が出席し「ベネズエラ&日本　友好と連帯のフェスティバル」が開かれた。冒頭、市長が「平和のメッセージを携え、平和の使者として、世界各地を回られるピースボートの皆さん、ようこそ。皆さんのこの行動が世界平和をもたらします。ここで互いに大きな手を広げ、『平和』の抱擁をしたく思います」と挨拶した。一方、ピースボート共同代表の吉岡達也さんは「日本の市民として感謝します。今回のピースボートには四人の福島県民も乗船しています。原発事故が起きたフクシマで今、何が起こっているのか、をきちんと世界の人々に伝えたく思います。命をもっと大切にする世界にしましょう」と力強くメッセージを伝えた。

【7月17日】

平和の使者を乗せたオーシャンドリーム号は昨夜9時過ぎ、多くの思い出と友情に包まれ「Ｆｒｅｅｄｏｍ」が流れるなか、次の寄港地であるパナマのクリストバルに向かって出航した。

本日付船内新聞に元共同通信中南米記者で詩人の伊高浩昭さんの記事が掲載されていた。それによると、ベネズエラでは10月7日に大統領選挙があり１９９９年以来、政権にあるウゴ・チャベス大統領が四選目に挑み、連続二十年の長期政権を目指す。彼は21世紀型社会主義建設を掲げ、建国の父、シモン・ボリバールの遺志を受け継ぎ改革政策を実施。これに対してチャベスに政権を奪われた旧支配階層（富裕層）は今年2月、初の野党統一候補としてエンリケ・ガブリレスを指名し一騎討ちの様相で、両陣営の熱気は高まる一方だという。


【7月18日】

長丁場の船旅には様々な出来事がつきものだ。昨夜は、船内生活で意気投合した高年カップルの〝結婚〟披露宴が船内レストランで執り行われた。晴れて一緒になられたのは元東京都庁職員の尾崎夏子さん（65歳）と元会社員酒井功一さん（62歳）。いずれも独身。二人はスリランカでのオプショナルツアーで知り合い意気投合、交際が続いた。ところが、もともと胃潰瘍の症状があった酒井さんがアイスランドのレイキャビクで吐血してしまう。船内医に船内入院を勧められたが、尾崎さんは「私が酒井さんの看病と介添えに当たります」と自ら志願。点滴スタンドを室内に持ち込み、三日三晩付き添った。それがきっかけで、尾崎さんは4人部屋を引き払い酒井さんの船室（1人部屋）で同居を始めることになった。酒井さんは「この人は私と同じで死んだらお骨を海に流してもらいたいそうです。〝千の風〟になりたいのですよ。最初、初めて会ったとき、ボクより十歳ほど年下だろう、と思っていましたが。まさか姉さん女房だったとは」と破顔一笑。尾崎さんも「入籍などはせずに、互いに気ままに。自由な形の新しい時代の夫妻でいたいですね」と話す。いずれにせよ、お二人には心から祝福を贈りたい。おめでとう！

【7月19日】

海から臨むパナマ。緑が多く高層ビルが建ち並ぶ洗練された都会で、湾内には多数の船が碇泊している。オーシャンドリーム号は、そのパナマの大西洋側、クリストバルに予定通り午前10時に着いた。明日はいよいよカリブ海からガトゥン湖沿いにパナマ運河を経て太平洋に出る。

パナマと言えば、１９４１年にアメリカ合衆国によって開通した全長約80キロに及ぶパナマ運河が有名だ。十年に及ぶ難工事では日本人土木技術者・青山士を含め、多くの人々の血と涙の結晶があったことを忘れるわけにはいかない。これは岐阜県大垣市在住の作家で、私も懇意にしている三宅雅子さんの小説『熱い河』に詳しい。

パナマ運河は各閘門《こうもん》の開閉とそこに貯める水位を調節し、船を階段状に上昇・下降させる「開門式」に特徴があり、26メートルもの高低差を超えていくところが圧巻である。

クリストバル到着後、私はオプショナルツアーの「先住民族の人びとと出会う」グループに参加。港をバスで出発し、先ごろ開通したばかりの高速道路経由でボート乗り場へ。ボートに分乗してエンペラ族のコミュニティを訪問したが、景観を見ながらのボート行は夢紀行のような錯覚にさえとらわれた。ボートを降りると、そこは裸の風俗習慣が当たり前のエンペラ族の集落で、到着するや踊り、笛、太鼓の器楽演奏で手厚くもてなされた。

昼食をごちそうになったが、葉っぱにくるまれた蒸しごはん、焼き鳥、パイナップル、バナナ、洋ナシジュースのおいしかったこと。集落内を散策してみると、エンペラ族の住居は茅葺きで通気性も確保され居心地はよさそうだった。

【7月20日】

私は見た！　何を！　パナマ運河通航を！

ギリギリの水路幅のなかを慎重に、ゆっくりと。一歩一歩、体操の選手が平均台をこなすように少しずつ前に進みながら、太平洋上のアメリカ橋に出てしまうまでの八〜九時間に及ぶドラマ。右舷、左舷の両サイドを線路上を走る機関車とガトゥン、ペトロミゲル、ミラフローレンス閘門の調整に支えられながら通航。まるで軽業師のような熟達の通航劇には、感動した。

壮大なドラマは午前5時半過ぎ、船内一斉放送の「ブリッジよりご案内申し上げます」で始まった。デッキに出ると、右舷側と左舷側の両側に、パナマ運河と並行して機関車の線路が敷かれた巨大な閘門が視界に迫った。機関車とオーシャンドリーム号の船体はそれぞれ巨大なワイヤーロープでつながれ、常時平衡感覚が保たれている。機関車が並行して走るのは船体のバランスの安定化が狙いで、機関車自体は船の力で動くそうだ。最初の閘門が「ガトゥン閘門」を無事通過した。アナウンスがひっきりなしに流れる。

——ブリッジよりご報告申し上げます。これより本船はペトロミゲル閘門に入っていきます。全長1・5キロ。高低差は10メートル、通過所要時間は四十分で、今度は一段だけ階段を下りることになります……。

——本船はいよいよ、小さな湖へと入っていきます。本日最後の閘門となりますので、ぜひお見逃しなく、ご覧ください。

――次は最後の閘門、ミラフローレンス閘門です。全長1・9キロ、高低差16メートル。通過時間は約一時間で水門の扉一枚当たりの重さは500トンです。この閘門は太平洋に抜け出るため、太平洋の水位に合わせなければなりません。

とのアナウンスを随時流してくれ、助かったのも事実だ。

【7月21日】

クルーズのハイライトの一つ、パナマ運河通航を終えたオーシャンドリーム号は現在、次の寄港地であるニカラグアのコリントに向かって進んでいる。日本との時差はまた広がり、これまで最高の15時間となった。午後8時半を過ぎたところだから、日本は22日の午前11時半過ぎとなる。

昨夜は、船室内のシネマキャビンでフランス映画「SALSA」を見たが、フランスの天才ピアニスト、レミがクラシックピアニストの道を捨て大好きな音楽・サルサを弾くためにパリのラテンバンドを訪れるが、彼らが望んでいたのは白い肌のレミではなく、キューバ人ピアニストだった。そしてキューバ人になりきろうとするレミの前に、この映画のもう一人の主人公であるナタリーが現れ、二人でサルサを踊るシーンなど、なかなか迫力があった。

伊高浩昭さんの「ニカラグアを語る」で出てきたのが、ニカラグアが生んだ世界的詩人、ルベン・ダリオの生涯。だが、なぜか、私は日本を代表する放浪詩人、長谷川龍生さんを連想してしまった。龍生さんは私の師であり、文学の世界で私をここまで導いてくださった。その龍生さんは、ダリオの詩をどのように語るだろう。

【7月22日】

オーシャンドリーム号はニカラグアのコリント港埠頭に昼過ぎ着岸した。港前広場には地元小中学生はじめ大勢が詰めかけ、吹奏楽の演奏で歓待してくれた。わが子の手を引く家族連れの姿も見られた。それにしても、過去に貧困や圧政などを背負ってきたというのに。ラテンの人たちは何故《なにゆえ》にこれほどまでに明るく陽気なのだろう。国際親善とはこういうことなのか。ここには平和がある。

午前中に急遽、ピースボートのクルーズリーダー・井上直さんが中南米の水先案内人伊高浩昭さんとピースボート共同代表・吉岡達也さんにインタビューする「国家元首たちの素顔」なる企画が実現した。明日、ここからバスで片道三時間の距離にあるニカラグアの首都マナグアで開催される「ニカラグア・ニホン平和と友好のフェスティバル」にはオルテガ大統領も隣席するとあって、多くの乗船者が国家元首の予備知識を得ようと熱心に耳を傾けていた。

【7月23、24日】

23日は終日、首都マナグアの革命広場と近くのホテルで行われたニカラグア・オルテガ大統領主催の歓迎会に出ており、オーシャンドリーム号に帰ったときは日をまたぎ、午前2時を過ぎていた。

昨日23日は昼過ぎに、コリントの港をバス約十台で出発。国家警察車両の物々しい先導でマナグアの歓迎フェスティバル会場へ。現地あげての彩りも鮮やかな民族舞踊を楽しんだあと、場所をホテルに移してオルテガ大統領夫妻とピースボート乗客との平和に関する意見討論会が行われた。

詩人でもあるオルテガ大統領夫人が「平和のメッセージを携えてのニカラグア訪問に心から敬意を表します。ようこそ」と挨拶。日本からは原爆の生き証人や福島原発事故の被災者も登壇。なかなか改善されない福島原発の厳しい現状などについてピースボート側から報告があったあと、両国とも力を合わせ「核のない世界」実現を目指していくことを誓い合った。

オルテガ大統領は、ちょうど三十三年前の7月19日こそ、独裁政権を打ち破って自分たちが立ち上がった記念すべき日であることを強調、「これからは〝世界市民〟として、核のない、原発のない、平和な社会づくりに力を合わせましょう」と呼びかけ、ステージから下りてピースボートの乗客一人ひとりの手を握り「共に平和の使者になりましょう」と声をかけて回った。

【7月25日】

早朝、グアテマラのプエルトケツァルトに入港してほどなく美雪からファックスが届いた。それには例によって少女の如き、拙き字で「Ｄｅａｒ　ごんたさま　今までのなかで一番おもしろいものをＦＡＸします」と書かれ、毎日新聞夕刊の憂楽帳「ツバメの巣問答」が添えられていた。彼女らしい思って何度も読み返し、デッキに出て日本に電話した「目は大丈夫？」と開口一番に尋ねる。つい最近、スーパーの帰りに虫が目に入り、ポンポンに腫れて痛みがあると言っていたから、心配だった。

「まだ痛い。痛いよ。まだ腫れが引かない」と美雪の返事。もともと言葉数の少ない彼女のこと、あとは私が一方的に喋るのを黙って聞いてくれているだけだった。

【7月26日】

プエルトケツァル滞在二日目。私はオプショナルツアー「中米の小学校で交流」に参加。午前7時半にバスでビジャ・ヌエバ地区のエミリオ・アレナレス・カタラン小学校を訪れた。子どもたちと踊り、ジャンケンポンや「幸せなら手をたたこう」遊び、けん玉などで楽しい時間を過ごした。浴衣の着付けや折り紙、書道などもあった。運動場ではサッカーの練習が行われ、子どもたちは皆真剣そのものだった。

船内に戻ると二日連続で美雪からファックス。「あなたは一番感謝しなければならない人を忘れていますよ」とあった。それは大垣で一人がんばる次男坊のことだ。「あの子は何も言わない。でも、どれほどあなたのことを心配してくれているか。守ってくれているのだから。忘れちゃダメよ」と文面は続いた。子の愛もまた強し……涙がこぼれ落ちた。

【7月27日】

ジャパングレースの代表、狭間さんによる今回船旅最終の航路説明会が7階前方のブロードウエーであった。それによると、寄港地は残すところメキシコの二カ所のみとなった。29日マンサニージョ、そして8月2日にエンセナーダに入港する。両港の間は1800キロ離れており、実に2時間もの時差があるという。これから航行するのは寒流なので寒い、長袖の衣服をしまわないように、とのアドバイスもあった。エンセナーダを出港すると横浜まで二週間に及ぶクルージングが延々と続くが、航路は北から北緯47度30分、同41度、同35度の三通りがあり、どのコースを選ぶかは検討中だが、恐らく41度のコースが取られるだろう、とのこと。日本との距離は５０４７マイル、キロに換算するなら１・85キロを乗じればよい。

【7月28日】

朝の社交ダンスでジルバ、チャチャチャ、ルンバを踊って一日がスタート。午前中はパブロ・ロモさんの「メキシコの人間安全保障」を、昼からは長崎から訪れた北野夫妻による「広島・長崎から世界へ『ヒバク証言』～おりづるプロジェクト紹介～」を聴講した。

自国の利益ばかりを追求するアメリカという巨大国家が、いかに多くの国の内政にチョッカイを出し世界の国々を苦しめているか、あらためて思い知った。アメリカはどうしてこうまで口出しをするのか。平和を妨害しているのはアメリカではないのか。

今日は少しうれしい話がある。

メールをチェックしていたら、学生時代の友人で現在、中国の大学で日本語教師をしているユヅル（川口譲さん）から私が送ったピースボート航海の途中経過に対する返信メールが入っていた。厦門《アモイ》で一般家庭を訪れ交流した話題を〈平和のメッセージ〉としてユーチューブで世界に発信したが、それを教材にして、平和の大切さを講義したという報告だった。苦労に苦労を重ねた洋上でのユーチューブアップが、報われた思いだ。

【7月29日】

オーシャンドリーム号はメキシコ第一の商業都市・マンサニージョに着いた。マンサニージョは白い建物が目立つ、とても美しく落ち着いた町並みだった。時折、首筋をなでてふきわたってゆく〝かぜたち〟、どこか白い民家群と吸い込まれるような、地中海に浮かぶミコノス島でのビーチで見た「透明な青」を思い出させた。

海岸沿いの公園にはどこから飛んできたのか、海の小鳥たちがチッ、チイッ、チィ、チッ、チイッとリズムを奏で「おまえもわたしも同じ地球市民なのだから」と言わんばかりにヨチヨチと近づいてきた。

そして。私は、この町で「孤児院『小さな天使の家』訪問と子どもたち」という名のオプショナルツアーに参加した。この小さな家は親と死別したり、捨てられたり、虐待に遭ったりして逃げ場を失った子どもたちや、親の経済的理由などから入所した8歳から18歳までの五十五人が生活していた。１９９４年にアメリカ人女性が私費を投じて十九人からスタートさせ、二年後には正式に国の認可を取得。現在は地元ロータリークラブによる資金援助や地域社会の支援を得て施設運営が続けられている。この交流オプションには、かつて三重県伊勢市や伊賀市で英語教師として暮らしたことがあるアイルランド生まれのサムくんが通訳ガイドとしてひと役買っていた。

私にとっても忘れられない出会いと別れがあった。ひとつは芸術家志望の18歳のリカルドくんに会ったこと。『天使の家』中庭広場ではメキシコの伝統料理ホソーレを共に食べながら私の似顔絵まで描いてくれた。施設の女性職員セラヤ・リオンさんとは、どういうわけか最初から気が合いハグをし、互いに抱き合うほどに別れを惜しんだ。セラヤさんは平和について「周りの人といい関係を持ちながら生活し、他人を尊敬すること」と単純明快に語っていた。

【7月30日】

昨夜、マンサニージョを出港し、第76回ピースボート最後の寄港地であるメキシコのエンセナーダに向かって進んでいる。8月17日の横浜帰航まであと一息。海の流れが、なぜかしら疾風のように映って見える。感傷的な私。

【7月31日】

7月も今日で終わる。船は太平洋上、カリフォルニア半島を北上している。洋上のインターネットは本当に気まぐれだ。昨夜も衛星回線の調子がよくなく、深夜から未明にかけアクセスカードを使って何度も試みるが、やっとつながったと思ったら時間切れでログアウトになり、またやり返す。着信メールを読もうにも、ことごとくログアウトになってしまい、どうしようもない。ファックスが一番手堅いことを痛切に思う。

このままではラチがあかず、いったん自室の5046号室に撤退。二時間ほど寝て今度はパソコンを反対側の右舷側に備え、窓辺に映る真っ暗な海を前に再びチャレンジ。すると意外や今度は簡単にインターネット接続でき、テキストだけはなんとかアップに漕ぎつけた。というわけで、相も変わらず日々、バタバタしている。

このところ、企画や講義をできるだけ絞り込んで聴くようにしているが、社交ダンスだけは違う。美雪との約束があるからだ。それこそ執念で毎日練習に励んでいる。ジルバ、チャチャチャ、ルンバは下手なりになんとか踊れるようにはなったが、ワルツとタンゴがこれほどまでに奥の深いダンスだったとは。あらためてスゴイ芸術だと思う。

【8月1日】

明日の朝には最後の寄港地であるメキシコのエンセナーダに入港する。寒流の影響がもろに出て、今朝はぐんと冷え込み寒いくらいで、愛用の黒のカーディガンをひっかける。

昨日のこと。先日、船室ポストに投函されていた「7月31日　夕食ご一緒して下さいますように（4Fレストラン　PM5・30に）私の誕生日です。よろしく　506室　阿部祥子」の招待状のその日が訪れた。誕生会は、これまで年齢不詳だったサッちゃんが「あたしねえ、すごく幸せ。やっぱり、こうしてお祝いをしていただくとうれしい。人生は今日で七回り目に入りました。よって72歳で～す」と衝撃の告白をしたあと、カチューシャの白い帽子をかぶってケーキのローソクの灯を消し、92歳の最長老秋本さんがワインで「おめでとう。ハッピバースデイツーユー」の音頭をとって始まった。楽しい会食となったがサッちゃんは、相変わらず自分の過去や現在については何ひとつ触れない謎の女性（某大学で教鞭に立っている、とだけはお聞きしたことがある。大学の客員教授らしい）で、そこが神秘的でもある。彼女は、勝手に「あたしはね、ゴンタさんのお姉さんなのだから。あなたは弟なのよ」と決めつけてくるが、姉上の晴れ姿を見ると弟呼ばわりも、まんざらでもない。不思議な女性《ひと》だ。

誕生会は引き続き9階の居酒屋「波へい」に場所を移動し、有志によるサッちゃんを祝う会へと流れた。さすがは人気者。CC（Conversation Cordinater）のジョナサンはじめ、純平、純平の友だちでもある九州は博多からきたカメラ館の上原シホさん、ピースボートの腕利きツアリーダーの中山友里さん、さらには福島原発事故の被災地から訪れた早川さん……とみんなでサッちゃんを囲みワイワイガヤガヤ、楽しいひとときがアッという間に通り過ぎていった。

一夜が明け、今朝の社交ダンス教室を終えたところで私の先生の一人、津江慎弥さんに呼び止められた。ステップがなってない、いつになったら覚えられるの、と叱られると思い一瞬ドキリとしたが、そうではなく横笛を手に「伊神さん。これグアテマラのプエルトケツァルで買ったから。使ってください」とやさしい言葉。日本の横笛より穴がひとつ多く八つだったが、デザインが凝っていて重厚な作りだった。素直に頂戴しておこう。大切にしたい。

船内では、九州北部豪雨の報告と義援金集め、エンセナーダから福島の子どもたちと一緒に乗船する、ベネズエラオーケストラメンバーの音楽教育システム「エルシステマ」のドキュメンタリー映画上映会、さらには講演会「ベトナム戦争〜人々の力が戦争を止める〜」などが開かれている。

【8月2日】

オーシャンドリーム号が最後の寄港地であるメキシコのエンセナーダに入港したとき、

数え知れないほどの海鳥たちがデッキすれすれに飛行し私たちを歓迎してくれた。海鳥たちは人間を怖がるどころか、親しげに近づきのぞき込む仕草でチッチッと鳴き、羽を広げ、ヨチヨチ歩きをしていた。その嘴《くちばし》と、まなざしに温かな神秘性を感じたのは私だけだろうか。岸壁の一角では、何匹ものアシカたちが巨体を空に向かってくねらせていた。

エンセナーダで私が参加したオプショナルツアーは、港からバスで十五分ほどの海に面した草原と砂丘で行われた「メキシコの子どもたちとボランティア体験！」だった。私は〝サッちゃん〟と共に、ガールスカウトの中学一年生イワナとクラウディアの計四人で清掃活動を体験した。「この姿を美雪が見たら、きっと驚くに違いない」と思い黙々と励んだ。

活動のあとはメキシコ料理に舌鼓を打ち、原野の一角で輪になってメキシコの遊びや日本のじゃんけん列車、通りゃんせ遊びなどを楽しみ、最後はいつもの「幸せなら手をたたこう」をみんなで歌い、交流を終えた。

夜。エンセナーダで乗船するベネズエラ青少年オーケストラのメンバー八人の到着が遅れ、当初午後6時40分に予定されていた出港式が午後10時10分に始まった。ピースボートのクルーズディレクター・井上さんの元気いっぱいの掛け声とともに、これまでの全寄港地がデッキに集まった全員でカウントダウンされ、この町「エンセナーダ」の名前を叫び終わると、出航曲「Ｆｒｅｅｄｏｍ」のメロディーが夜の海に深く、広く、流れ始めた。

【8月3日】

昨夜遅く、エンセナーダを出港したオーシャンドリーム号は一路、横浜に向かい太平洋横断を始めた。寒流を航行しているせいか、大変寒い。船内ではエンセナーダから乗船したベネズエラ青少年オーケストラ八人と福島FTVオーケストラの高校生八人の紹介に続き、「音楽は国境を超え」をスローガンとした共演会と交流の集いがあった。また「こんばんはサルバドール〜懐かしの映画音楽の夜〜」もあり、なごやかな時間が過ぎていった。


【8月6日】

朝一番で8階後方プールエリアへ。「PEACE DAY」関連企画の「広島原爆の日の集い」に出席するためだ。最初に、メキシコのエンセナーダから乗船しているベネズエラオーケストラ・エルシステマと福島からのFTVユースオーケストラの高校生共演による『カノン』の演奏、被爆者代表の挨拶と続いた、広島に原爆が投下された8時15分、オーシャンドリーム号の汽笛がボオーッと鳴り響くなか、全員で黙とう。最後に「青い空は青いままで」で始まる歌詞の「青い空は」をみんなで歌った。

この日は「広島原爆の日の集い」や関連企画として「『もう二度と』を歌いましょう」、

映画「フラッシュ・オブ・ホープ（百三人の被爆者が参加した証言の船旅ドキュメンタリー）」の上映もあった。

【8月9日と幻の10日】

9日朝、社交ダンス教室が行われている8階前方スターライトへ。いったん船室に戻り、8階の後方プールエリアに出向いた。午前10時45分から「PEACE　DAY」開会式を兼ねた「長崎原爆の日・追悼セレモニー」が行われたためだ。

追悼セレモニーは、長崎原爆の被爆者を代表して中村京子さんが「憲法9条を守り、もう二度と戦争をしないでほしい」と呼びかけ、若者たちによる「原爆の詩」の朗読、「もう二度と」の合唱、そして六十七年前に原爆が投下され、運命の日となった午前11時2分、オーシャンドリーム号の汽笛の合図とともに全員で黙とうが捧げられた。

引き続き「PEACE　DAY」の開会式では、若者たちがバトンリレーをする形で「原爆」「学徒」「悲しみ」「愛」「晴」「願い」の順で「原爆の詩」朗読した。

若者たちよ
君たちは　平和がどんなに尊いか

あなたたちは平和がどんなに幸せかを
もっともっと知ってほしい
そして語りついでほしい……
地球に丸い輪がまわる
まわれまわれまわれ　緑の地球よ
まわれまわれまわれ　まわれ
平和の地球よ　いつまでも

「原爆の詩」が最終章へと読み継がれるや、私のなかにも熱いものが走る。

ほかに「地球一周を通して見えてきた世界」をはじめ、「これからお父さん・お母さんになる人へ　～知ってほしい放射能のこと～」「ある少年隊員の告白　～731部隊の真実～」「『僕が出会った復興者からのメッセージ』」「平和や憲法9条などについて語り合う『ピーストーク』」、さらに夜に入ってからも「つなげよう　～それぞれのPEACE～」など平和をテーマにしたイベントが盛りだくさん展開された。

ところで、今日9日は日付変更線の通過日。「8月9日24時」を過ぎた瞬間、日付「8月11日」となり、事実上8月10日は消滅する。消えゆく8月10日が刻々と近づく。

【8月15日】

昨夜の午前零時をもって日本との時差は1時間に狭まった。九百人の〝平和の使者たち〟を乗せたオーシャンドリーム号は、日本の野島崎を目指して一路、太平洋上を進んでいる。今日は終戦記念日であり、朝早くから船内7階ブロードウエイで上映された洋上シネマで三船敏郎主演の映画「日本のいちばん長い日」を見た。東宝の創立三十五周年記念映画で太平洋戦争が終結し、天皇陛下の玉音放送が流れるその瞬間に至るまでの近衛師団の最後の抵抗など、知られざる激動の24時間がリアルに描かれていた。

映画鑑賞のあとは、8階後方プールエリアで行われた終戦記念セレモニーに出席。セレモニーは、ボオーッという汽笛の合図で参加者全員が先の太平洋戦争で亡くなったすべての国の犠牲者に黙とうし、続いて社交ダンスでお世話になっている津江慎弥さんが乗客を代表して挨拶、津江さんの知人が読経するなか全員が頭を垂れ、手を合わせて海に向かって平和への誓いを新たにした。次にピースボートの歌姫・谷村さんの指揮で「霊よ安らかに」との願いを込め「ふるさと」を合唱した。

午後は全員参加の横浜港下船説明会、下船に当たっての荷物の運び出し手順と注意事項、さらには17日の下船の順序などが事細かに説明された。

ジャパングレイスの狭間俊一事務局長によれば、「本船は2万7000マイル以上、実に五万キロの地球一周の船旅をしてきました」と言い「今日の午後6時半には、進路を一気に271度変えて日本に向かい、明後日の午前6時から6時半ごろには、横浜に入港予定です」と続けた。

またピースボートのクルーズディレクター・井上直さんも「三浦半島の観音崎が見えたら、あ〜あ、日本に帰ってきたんだ、とうれしくなってきます。そして横浜のベイブリッジをくぐり抜けるときには、ゴールインするような気持ちになりますから、不思議です。敗戦から六十七年たち、われわれは今こうして世界を回っています。みなさん、世界一周で得た創造力で世界をもっともっといい方向に導いていきましょう」と締めくくった。

私にとっての平和をおさらいするなら、昨夜遅く船室で見た映画「シャル・ウィ・ダンス」にヒントがあった。感動的な内容で「ダンスは愛だ」とつくづく思った。愛はダンス。なら、ダンスは幸せ。愛と幸せは平和への扉。夜がふけてゆく。将来を担う若者たちの、ギターの弾き語り、歌声がどこからか聞こえてくる。

【8月17日】

5月8日から102日間に及んだピースボート（ジャパングレイスのオーシャンドリー

ム号）の船旅は今日で終わる。しかし、平和を求める旅に終わりはない。

平和って、何ですか？
――人の心の中に平和のトリデを築かなければならない。（パリ・ユネスコ憲章）
平和って、何ですか？
――平和への道はない、平和そのものが道である。（マハトマ・ガンジー）
平和って、何ですか？
――許そう！　でも忘れない。（シンガポールにて）
平和って、何ですか？
――ピース・イズ・ラブ。（フランス、ル・アーブルの少年）
平和って、何ですか？
――平和、それは母と一緒にいられることです。（台湾女子大生）
平和って、何ですか？
――笑いのなかにこそ平和がある。（ピースボート映像チームスタッフ）
平和って、何ですか？
――旅が平和をつくり平和が旅を可能にする。（ジャパングレイス社是）

平和って、何ですか?

——あなた、ね。平和の船旅が実現できたのは奥さまの愛があってこそよ。感謝なさい。

本当よ。(と〝サッちゃん〟)

平和って、何ですか?

——この問いの答えは、永遠に尽きない。だが、しかし平和を考えることは希望につながることを私は学んだ。私はいつも平和を考えていたい。

17日朝。オーシャンドリーム号は横浜港に無事、入港した。波止場へは前夜から泊まり込みで美雪が出迎えにきてくれていた。彼女の姿を見つけるや、私の両の目からはとめどなく涙が流れた。平和のうちに新しい生活が始まる。

海に向かいて——前・後編

脱原発社会をめざして

前編―瞬《まばた》き

二〇一六年三月十一日。

あの東日本大震災が起きて丸五年が経つその日の朝。私は新幹線「のぞみ」の自由席に乗り、名古屋から東京に向かっていた。視線をあげる。と、そこには新聞社の電光ニュースがこれでもか、と先を争う如くに流れ、私の両の目の視界をこじ開けでもするように活字が疾風《はやて》となって、次々と飛び込んできた。

「原発事故のあった福島では九万八千五百人が避難生活をしています。昨年、帰還が解除された楢葉町では帰還した住民は六%」「東日本大震災から五年。南三陸町の防災庁舎には早朝から遺族らが訪問。献花台に花を手向けて祈りを捧げた」など。痛ましい現状が生き映しとなって私の脳天に突き刺さり、迫ってくる。半面で「一向に改善されてないじゃないか」と画面から目を逸《そ》らす。

その日、私は東京電力福島第一原子力発電所事故の発生に伴い、放射能汚染で被災したふるさと浪江町を逃れ、埼玉県のシラコバト団地で避難生活を過ごす人々による東日本大震災の追悼式に出席するため新幹線に飛び乗ったのである。あの大震災、巨大津波と原発事故から五年の月日が流れたが、家族を失ったり、引き裂かれて散り散りとなった被災者たちはいまも呻き続けている。

二〇一五年四月二十五日。ネパールで大地震が起き地球が大揺れしたかと思ったら、今度は鹿児島県屋久島町の口永良部島新岳がマグマ大噴火を起こし噴煙が九千メートル以上にまで高く膨れ上がり全島民が屋久島に避難、翌五月三十日夜には東京都小笠原諸島の西方沖深さ五九〇キロを震源とする震度5強の地震が起き、新幹線が一時運転を見合わせたり、六本木ヒルズや東京タワーでエレベーターが止まるなどパニック寸前に陥った。

箱根の山もいつ大事に至るか予断を許さない。危うい現況にあり東日本大震災が起きて以降というもの、御嶽山の火山爆発に代表される噴火が各地で続発、日本じゅうが何か自然の祟りの如きものに襲われ、日本いや世界じゅうが戦々恐々としている。この機に及んで、それでも原発が必要だ、というのか。第一、大噴火にどう対処するのか。具体策は何ひとつとしてないのが現状で、原発の存在なぞ火山がいったん大噴火し牙を見せれば限りなき人災を誘発し、人間社会などは一瞬にして破壊され尽くしてしまうだろう。

なのに。それでもニンゲンたちは自爆テロ同然の原発エネルギーにあくまでこだわり、頼ろうとしている。私には、そこが分からない。いったん事故が起きてしまえば、人間の手では制御できない。放射能汚染を止めることができない科学の大罪を分かっていながら、なぜ再稼働をさせてしまうのか。そこが分からない。

1

「あぁ～、きれい。なんて美しいのだ。この世のものとは思われない」

その日。私は木曽川を隔てて愛岐大橋ひとつをまたいだ岐阜県側の各務原市で市内を流れる新境川の桜堤を、サクラ吹雪に打たれながら、ただ黙々と歩いていた。時折、背を伸ばし、重心を右足や左足に交互に乗せ、ワルツやブルース、ルンバのステップを踏んでみる。なんとも粋な、サクラの花びらを浴びながらの行進である。社交ダンスの仲間たち、といっても五、六十代が大半だが、その人たちと約束していた花見の宴の会場である川沿いの市民広場に向かう道すがらで、頭のなかは東日本大震災の被災地仙台生まれで大震災の前年秋に私の住む尾張の地、木曽川河畔の江南に移住してきたトシコさんのことが、まるで蛇がトグロでも巻くようにして渦巻いている。

顔から、胸から、頭のてっぺんからも。至るところから降り注いでくるサクラたち。それこそ、両手、両足にまで散り始めたサクラの花びらたちが春の嵐の〝かぜ〟に乗って容赦なく私の全身に吹きつけてくる。身も、心も、不思議な赤みを帯びた白に染められていく。これほどの花吹雪におそわれたことが、かつてあっただろうか。少なくとも私が知る限りの意識のなかでは、こうした経験は思い浮かばない。払っても、払いのけても花弁のひとひらひとひらが、これでもかと全身に執拗に吹きつけてくる。顔をあげると、そこにもまた一面白い花弁に埋め尽くされ、漂いながら川面を流れていく白い集団が確認できた。これら花々のなかに私の知らない生が、そして大宇宙が宿されている。そこにも戦争とか飢餓、大津波、放射能汚染といったものがある。そんな気がするのだ。

目の前の桜堤。そして堤防道路の路面も白一色にまぶされ、私は雪国の冬を思い出し、ただひたすら思い、追い求めて歩いている。以前、新聞社の地方記者時代に暮らしたことがある、雪に包まれた能登半島七尾市の小丸山公園を歩いているような、そんな錯覚を覚えた。と同時にこんなに素敵なステージのなかで、これほどの幸せ感に包まれ生きていていよいものか、人として何ひとつ役立つことをしていないのに、美しいおとぎの国にも似たユートピア（理想郷）にいてよいものか、と今度は逆に不安の如きものが脳裏を走ったのも事実だ。

今こうして生きているこの世は現世とは違う。もしかしたら異界、前世いや後の世かもしれない。私はソメイヨシノの楽園と化したその桜堤をできることなら、そのまま、いつまでもどこまでも抱きしめて、歩き続けたく思っていた。


歩きながら、ふと思う。

平成二十三年三月十一日午後二時四十六分ごろ、三陸沖を震源にマグニチュード9・0、震度7〜6強の巨大地震が起き、東日本一円の海岸線が大津波にのまれ直後には福島第一原発事故のダブルパンチに襲われた被災地の桜たちは、今はどうなっているのか。そして大津波や放射能汚染で被災し行き場を失った人々も、どうしているのだろうか、と。多くの人々の顔が眼前に浮かび、つぶてとなって容赦なく私の顔に迫り平手打ちを食らわしてくる。

おまえたちばかりが、ぬくぬくとした暮らしをしている。一体全体、被災者の身になってみたことがあるのかどうか、と。白いサクラの花々の集団は春嵐に誘われるように、なおも私のからだと心を氷雨となって打ち続けた。

東日本大震災が日本の大地を襲ったとき。私は名古屋の新聞社七階にあるプロ野球中日ドラゴンズ公式ファンクラブの事務局に一人のスタッフとして勤務していた。激しい揺れに見舞われたのは、スポーツ紙に随時、連載中のファンの声紹介コーナー・ファンクラブ通信の原稿執筆を終え、次にファンクラブのマスコットキャラクターである〝ガブリ〟を主人公としたコラム「ガブリの目」執筆を前にひと休みしよう、とデスク席を前に立ちあがった、まさにそのときである。

大きな室内、いや社員を乗せたビルが、突然まるでノアの方舟でもあるかの如く右に左に、と大きく揺れ始めた。震動がなかなか治まらない。気がつくと事務局にいた七、八人のスタッフ全員が総立ちとなり、互いに顔を見合わせ揺れが治まるのを、祈る思いで待った。あの日のことは、ここ名古屋でも昨日のように覚えている。

ビルの場合、テコの原理というか。高ければ高いほど揺れの度合いが増す。ファンクラブ事務局は新聞社本社ビルでも最上階部分にあった。それだけに、大気を大海原に例えるなら、方舟に乗せられ波乗りでもしているような錯覚に陥ったのである。被災地には、矢も盾もたまらない気持ちで震災が起き二週間が過ぎた、その年の三月二十六、二十七の両日訪れた、と記憶している。

二〇一一年の三月二十六日早朝、既に第一線の新聞記者を離れていた私は敢えて言うなら名もなき退役記者、一人の小説家一匹文士《いっぴきぶんし》として東日本の被災地をこの目で確かめ記録に残したい、との強い思いで自宅を出たのである。そして、当時、東北新幹線の行き止まりとなっていた那須塩原駅からは〝緊急〟と窓ガラスフロント部分に表示された臨時バスに乗り込み、郡山経由でいわき市へ、と向かった。いわきに着いてからは明かりが消えた街なかでやっと見つけたタクシーに乗り運転手の協力もあって宿を探し回り、辛うじて営業を再開していた郊外ホテルを見つけて投宿。翌朝早く、前夜のうちに頼んでおいたそのタクシーで最初に小名浜の被災現場を訪れたのだった。

家という家が津波にさらわれ、廃墟と化したガレキの山ばかりが延々と続く海沿いの被災地。全身傷だらけ同然の惨状を目の前にタクシーを手離した私はただ無言で歩きたい衝動にかられた。車中では運転手が「私の家と家族は無事だったが、同僚のなかには家をそっくり流されてしまったり、死んだ者も多い。どうしようもありませんよね。フラガール名物で知られるフラ・タヒチアンなどリゾート施設の多くも被災しました。漁協も、港も、コンビニも、です。さんざんですよ」と自らに言い聞かせるように口を開いた。

実際、海沿いに走る道の両側は死の町同然で廃墟となった家々の前に横たわるのは津波に引き裂かれ木端微塵となり、その後うず高く積まれたガレキばかりだ。小名浜でタクシーを降りた私は、海に沿って広がる一帯を何かにつかれたように歩き続けた。歩くうちに気付いたものがある。それは、先ほどからずっと私を見下ろすようにして前方、塩屋の岬に立つ白い灯台で、昭和の歌姫として知られた、故美空ひばりさんの「みだれ髪」の舞台で知られる塩屋埼灯台だった。

私はそのまま、小名浜から四ツ倉、豊間……と灯台を仰ぐようにして一歩一歩前に進んだ。風はまだ冷たく冬の海から吹き上げてくるようにも感じた。途中、高台に立ち尽くして海を見下ろしていると、知らぬ間に女性が傍らで並んで立っている。先ほどまで時折うなだれ放心状態で一帯を歩く人を見かけはしたが、これほどの至近距離で立たれると、なんだか怖い。

そんな私に向かって女性は、語りかけでもするように言葉を確かめ、確かめ、ひと言ずつ切り取るよう話をつないだ。

「アタシ、これまで、八十四年生きて、きたが、あんな、怖い体験は初めて。この辺りは人間も、猫、犬、家も、くすり屋、病院も。コンビニ、ほれっ、見て。漁港の岸壁、堤さえも、み〜んな、根こそぎ波にさらわれ、黄泉の国に、持っていかれてしまった」

女性はここまで一気に話すと、よほど怖かったのか、私に一段と近づいて声を吹きかけてきた。

「あのネ。あの日、砂と水のまざった、どす黒い津波が、巨大な壁となって目の前に迫ったときゃ、それこそ津波てんでんこサ、よ。自分の命は自分で守らな、みんな命がけで高い方へ、高い方へと逃げたが、それでも多くが波にさらわれ、命サ失った。うちの父ちゃんの友だちも、走ったけんど、水の方がはやくて。二、三日前に、木に引っかかって、死んでた。逃げまどううち、電信柱よじのぼって、助かった人もいる。

そんで、ここは事故のあった原発から、四十二キロだ。そう、だ。だから心配で、しんばらく、高台にある家でじっとしてた。きょう、横浜に嫁いだ娘が心配して、やってくることになっとる。なんで、こんなに美しい海が。もったいのうて。久しぶりに外出てみたら、あんたさまに会えて、これも縁だよね。んだ、んだ」

私はあのとき、女性の話に耳を傾けながら、海を前に黙って何度も頷き、同時にこの世の人間同士の奇跡ともいえる巡り会いに胸を熱くしたのだった。

あとで知ったことだが、大震災は仙台生まれのトシコさんが、家族の事情もあって、たまたま前年の秋、仙台から木曽川河畔の江南に出戻り同然に引っ越してきてまもない、翌年の三月十一日午後に発生した。

2

それから何日もの月日が流れ去っていった。

その年、すなわち大震災が起きた平成二十三年秋に落合博満監督率いる中日ドラゴンズが前年に続いてリーグ優勝、球団史上初のセ・リーグ連覇を果たしたのを潮時に私は新聞社の記者稼業に終止符を打ち、それまで六年にわたって務めたドラゴンズ公式ファンクラブの会報編集担当というポストを依願退職、作家としての人生を歩み始めた。

かといって、かつて長崎大水害や栃尾温泉郷のダム崩落、中部日本海地震、三宅島噴火、さらには長野・富山連続誘拐殺人、自衛官の小銃乱射など現役記者時代に何度も悲惨な災害や凶悪犯罪など数えしれない事件現場を取材した経験が血を沸かせるのか。東日本大震災の発生後は、最初に足を踏み入れたいわき市の塩屋埼灯台直下に広がる被災地はじめ、その後も現地を何度か訪れている。一方で非常勤講師として大学の教壇に立ち学生を前に講義をしたり、何度も倒れ傷だらけ同然の病身の妻美歩の「わたしは体が無理なので行けない。でも、あなた代わりに行って来てよ」と強引ともいえる勧めもあって「平和とは何か」を自問自答するためオーシャンドリーム号によるピースボートの一〇二日間に及ぶ地球一周船旅を体験したりもした。

そして。この船旅の旅先ではアイスランドを訪れた際、「自然エネルギー最先端のアイスランドから学ぶエネルギーの未来」なるオプションツアーに参加、地熱エネルギーを生かした温室栽培やアースクッキング（料理）のほか、太陽光発電や風力をつかった自然エネルギーの活用方法などについて、その実態と可能性を学びもし、原発がなくても人類は他の再生化エネルギーで十分、生きてゆけるとの確信を新たにした。最近では下水を再利用した全国自治体のエネルギー化への取り組みにも関心を深めている。

トシコさんと思いがけず出会ったのは、私がプロ野球の中日ドラゴンズ公式ファンクラブ事務局スタッフを辞したあと、地球一周の船旅から帰国してまもなく美歩がここ尾張の地方都市、江南市の一角で半ばボランティア同然に営む主に衣料品を中心としたリサイクルショップ「ミヌエット」を開店してまもないころ、だった。店内で美歩主宰の「ちいさな音楽会」が開かれ、私は美歩に頼まれるまま記録としてミニコンサートの模様をビデオに収録していた、そのときだった。キーボードの音に合わせ参加者全員がＮＨＫの復興支援歌「花が咲く」を歌い始めると、歌いながら涙がとめどなく頬を伝う一人の女性が目にとまった、その人こそがトシコさんだった。

彼女は、その日出演者と曲目の司会者として美歩の求めに応じてボランティア奉仕していたが、「花が咲く」のメロディーが流れ始めると、トシコさんは流れる涙をものともせず、歌い続けるのだった。曲が終わると彼女は「アタシ、仙台にいたものだから。この歌が流れると泣けて、泣けてしかたないのよ。でも、何の因果、偶然なのかしら。いろんな事情があって大震災が起きたり、原発事故による放射能汚染が始まってしまった。アタシ、震災が起きるほんの少し前に木曽川河畔のこの街にやってきたの。だから、この歌を聞くと、いろんなことが思い出され、アタシだけが卑怯にも東北の仙台から逃げ出してきたみたいで。泣けて、泣けてしかたがないの」と小声で言って笑うのだった。

だから、なのか私は「トシコさん」と言えば、決まって不思議と塩屋埼灯台で出会った女性のあのふくよかな笑顔と、同時に東日本大震災と福島第一原発事故の放射能汚染に苦しむ被災地の人たちのことを思い出してしまうのである。

その後もトシコさんとは、美歩と一緒に親交を深めるにつれ、彼女の被災地への思いが懺悔の気持ちに支配された、想像以上に強いものであることを知った。またトシコさんの述懐などから、彼女の生まれ育ってきた、波乱に富んだ人生についても私は多くを知るようになる。

トシコさんは、仙台市青葉区の街道に面した旧色《いろ》町、田町で生まれ、幼少期を育った。その町では一番の呼び声が高かった芸妓と、仙台を訪れるつど決まって会いにきた富山出身の軍医サンとの間に戦争末期の昭和十九年に生まれた。だが、実の父親の存在を知ったのは、だいぶ経ってから。三十六歳になり、ある人の仲立ちで生みの父親と会ったときが初めてだった。また、仙台で生まれたトシコさんがその後、どんな経緯をたどって木曽川河畔のこの町で住むようになり、再び仙台に移り住み、大震災を前にふたたび江南の地に舞い戻ってきたのか、となると、その段階ではまだ知る由《よし》もない。

3

この世でトシコさんにまだ会う前。私は東日本大震災が起きて二週間後にいわき市の被災地を訪れたのに続き、その年の六月、翌年二月の順で仙台市、宮城県亘理郡山元町、南相馬市などを訪れ、津波にのまれたあと、復旧工事と復興が進む被災地を見て回った。

このうち二月の被災地行は名古屋の名鉄バスセンターで仙台行き夜行高速バス「青葉号」に乗っての強行軍で、翌早朝にJR仙台駅近く宮古仙台高速バスセンターに到着したときは、それまでの緊張感がとけ、グタリと力が抜け落ちたことをよく覚えている。高速夜行バス車内では、押し黙ったままの乗客の表情にピリピリしたものを感じ、どこか戦場を訪れるような刺々しい感覚に囚われていたのだ。

その日は仙台駅で簡単な朝食をとり仙石線で多賀城に入り、いったん仙台に戻りJR常磐線に乗り亘理駅で下車、ここから相馬行き普通代行バスに乗り山元町を訪れた。山元町でバスを降りた私は、バス停近くに止まっていたタクシーを拾い、十分な時間をかけ一帯を見て回った。多くの命が波にさらわれ、破壊され尽くした老人ホームの残骸や、家屋の内部だけがスッポリと抜き取られる如くに消え、それでも残った四方の柱だけが必死の形相で空に向かって立つ姿に胸をかきえぐられる。町役場横に開設された災害臨時FM局「りんごラジオ」も訪れた。スタッフによって刻々と流される生活情報の一つひとつが被災者にとって、いかに大切であるかを物語っていた。

そして。それより前の年の六月、私は海に面した家々が全滅状態の仙台市若林区荒浜に足を運んだ。あのときは、まだファンクラブのスタッフの一員で仙台市のKスタ宮城球場で行われた「ドラゴンズ×楽天戦」にファンクラブ所属の被災会員家族八十五人を招待。試合が終わったあと荒浜を訪れたが、何も手つかずのままの一帯を前に手を合わせ浜から歩いて帰ろうとする私に「何も変わってねえだべ。三カ月たっても一緒だよ」と若者が語りかけてきた。ウンダウンダ……と言うようにうなづくと「多くのヒトがいなくなってしまった、だ」この先どうしていいものかと訴えるような眼差しを投げかけられ、私は返す言葉もないまま、ただ根こそぎ倒れている松林の方に視線を向けるほかなかった。

今にして思えば、嬉しかったのは東北地方に住むドラゴンズ公式ファンクラブの招待会員全員から喜んでもらえたことか。会員のなかにはガス、水道、電気といったライフラインが長い間、途絶えたままだったり、原発事故に伴う放射能汚染で避難所生活をしたり、長年住み慣れた家を奪われた人もいたが、久しぶりのドラゴンズとの再会に笑顔で球場に入っていった。

試合はドラゴンズが5―2で逆転勝ちし、岩瀬仁紀投手がプロ野球記録に並ぶ通算286セーブを達成した。敵チームをガブリと食べてやっつけてしまう、との願いを込めてネーミングされたマスコットキャラクター「ガブリ」も応援にかけつけ、珍しさもあってか、大変なもてようで被災者がいっとき身を襲った日常の苦しみを忘れ、一緒に記念撮影におさまる光景があちこちで見られ、事務局スタッフの一人として印象深い一日になった。

ちなみに「ガブリ」の名前は約六千通に及んだ公募作品のなかから、スタジオジブリの鈴木敏夫さんに審査委員長になっていただき選ばれた。

4

あれから、どれほどの月日が流れただろう。

私は日々の暮らしのなかで東北の被災者たちのことを、ふっと呪文にでもかけられたように、よく思い出す。ある日突然に東日本大震災の巨大津波とともに人間社会を襲った福島第一原発事故による放射能汚染の現実のなかで苦しみ足掻き続ける人たちを思うと、息苦しささえ覚える。私如きが思い悩んだところでどうにもならない、のもまた事実である。

そんななか、私は一昨年と昨年、今年と三年続けて震災が発生してまもなく、いち早く訪ねたあの塩屋の岬に立つ塩屋埼灯台直下に広がる被災地を訪れた。現場に立って海上で互いに戯れる波たちと浜辺でくつろぐ海鳥たちと無言の対話を重ねるのと、その後の被災地の復興ぶりを確かめたかった。海に目を凝らすうち何百、何千人……と多くの人々の命を奪った波たち、彼女たちが今も泣いているように見えたが実はそうではない。嘆くよりも「早く日常生活を取り戻してほしい」と逆に私たち人間に訴えかけ、励ましてくれている。そう、無言の叫び——。そして、その波たちのなかにも、あのトシコさんのやわらかな目と、ヒリヒリする感情のような得体のしれない「何か」が含まれている、そんなことを感じたのである。

　昨年、二〇一五年二月二十四日の午後。いわき駅でバスに乗った私は一昨年に続いて同じように「灯台入口」で降り、一帯の復興状況を歩いてつぶさに見て回ったあと、同じバス停前で長い時間、立ちつくした。一時間、二時間、三時間と。黙って大気と〝かぜ〟の流れのなかに身をおき、行き交う工事車両やヘルメット姿の工事作業員、家や土地を津波に持っていかれた被災者なのだろうか、互いに肩を支え合い、脅えた表情で今は失《な》き〝わが家〟を訪れる家族をも何組か見た。崩折れるように座り込んでしまう人を見ると、胸が重苦しく、息苦しくさえなってくる。それでも私は自身に、何としてもその後の被災地の表情をしっかり見ておかなければ、と奮い立たせる。でなければ現代社会の表現者、作家としての存在感がなくなってしまう。

　バス停「灯台入口」とて、容赦はない。何台もの工事用のダンプカーやトラックが資材を背にそれこそ猛速度で埃を撒き散らして目の前を通り過ぎ、行き交っている。車の行き来をみる限りでは工事は前の年に比べると、かなり加速化されている。どれも耳をつんざくようで私など関係ない、と言いたげだ。そんななか、私は目の前に広がる被災地の至るところで十数メートルにわたって嵩上げされつつあることに気づいた。深く傷ついた被災者の心情をよそに、恐らく来年、ここを訪れたときには、待ち兼ねた家がようやく建ち始めているのではないか、と短絡的に思ってしまう自分がいた。太く赤いラインが引かれ、嵩上げ工事をしている光景を、まるで珍しいものでも見るように、しげしげと見つめる私がいた。

ここでふと、前年の三月十日に同じこの場所に立ち尽くして書いたメモを取り出してみた。そこには、次のように書かれていた。

（二〇一四年三月十日午後）

いわき駅からは泉駅行きバスに乗り、バス停「灯台入口」で降り、今回の被災地行で一番の目的だった塩屋埼灯台直下まで歩く。かぜが強く冷たく、とても寒い。ただひとつだけ残された豊間中学校の校舎だけがポツンと建つ豊間、そして四ツ倉地区の惨状。大震災が起きた二週間後、被災地は少しずつではあるが復興が進んでおり、ガレキの多くは撤去され整然とした土地が奇異にさえ映った。

辛うじて流されないで高台に建つわずかな家々もその多くが無人で、復興はまだまだ先だ。流されなかった豊間中。海沿いに連らなる護岸などでは工事車両が行き交い、クレーン車がガレキの撤去にフル稼働していた。直下、薄磯の浜まで歩いたボクは夕陽が落ちる寸前の灯台をビデオに撮りながら感想を原稿なしで録音する。収録を終え寒さのなか震えながらバス停に戻るボクに「お兄さん、大丈夫かい。あたっていきなよ」と灯台に向かう途中に会釈したヘルメット姿の四十がらみの女性に声をかけられ、バスの到着時間までは、かなりあるので暖を取らせてもらう。

(それから三十分後)

ボクは先ほどから、「灯台入口」のバス停前にひとり立ち、目の前に広がる空と海、そして廃墟の跡をのぞみながらバスを待つ。冷たく寒い風が肌をさし、歯がガチガチと音をたてて鳴る。地上全体が雲に覆われ、心までが暗く寂しくなってしまう。その刹那、雲間に顔を隠していた太陽がはるか、かなたの水平線に消え入る直前、ヌッと赤く輝いた丸い玉が水面に浮き立った。海全体がパッと光ったかと思うと、すべてがグリーンの世界に変化し、やがて息絶えるように元の海に戻っていった。これは紛れもなく、グリーンフラッシュ現象で、ボクは全身をたじろがせ、その射光と一瞬の温かさに眩しく瞼を瞬かせ、閉じた。

突然、我にかえる。家という家が波ごと海のかなたに浚われていった跡なのだろう。ガレキというガレキが撤去され、整然となった跡地に緑のネットが張り巡らされている。青い空に浮かんだ上空の雲が少しずつ動いていく。何本もの配線。チュッ、チュッ、チュッ……。風のなかを数羽の小鳥が声をたてて飛び交う。前方の、クレーン車など工事車両が停まる一角に右運転席部分に緑色灯をつけた車が止まり、メガネをかけた若者一人を乗せて、再び発信させ走り去った。

昨日、私が打ったメールに美歩は「腹が減っては戦はできないわよ」と打ち返してきた。確かに朝早くカプセルホテルで用意された簡単な朝食を食べただけでバスに飛び乗り、「灯台入口」から灯台展望台まで歩き通し、再びバス停まで歩いて戻ってきた。腹がグゥーグゥーとなっている。

工事作業員以外、誰一人としていない被災地のバス停前でボクは、じっとバスを待ち続けている。津波から難を逃れた電信柱が立つ。かなたの山ではカラスの声。「警戒強化重点対象地区　不審者に注意！」と黄地に赤抜きで書かれた看板。ここは何処だ！　虚構の世界。

メモから目を離し、現実に戻る。

海の方を眺める。と、そこには物言わぬ白亜の灯台、塩屋埼灯台が一昨年と同じ顔で、何かに耐えるが如く、灯台下の〝美空ひばりの像〟を見下ろすようにして黙って立ち続けている。私は「また、あなたに会いにきました。会えてよかった」と心のなかでつぶやき、頭を下げた。灯台は今や、泣いてなんかはいない。この町が復興してくれることだけを願って仁王立ちとなって生き続けているようでもあった。灯台から放たれる一条の長い光線とすべてを温かく抱擁する輪が溶け合って輝く様は幻想的であった。

あぁ、なんと美しい。私は、夕映えのなかで光の輪に射すくめられ、からめ捕られたかのように放心し、バス停前で立ち尽くし目を閉じ、開いた。と、瞼の向こうには「アタシだけが、被災地から名古屋の方に逃亡してきたみたい。アタシって。とても卑怯で悪い女よね」と独り言を繰り返す、あのトシコさんの顔と姿が大きく迫り、次の瞬間消え去った。

5

現実に戻る。私がこれほどまでにこの地にこだわるのは、なぜか。

かつては本州最大の炭鉱の町として栄え、近年ではフラガールと漁業の町として賑わいを取り戻した、いわき市。その太平洋に面したフラダンスの町の多くが東日本大震災の巨大津波で壊滅状態に。その被災のつぶさを見下ろしてきた塩屋埼灯台の視点で、私は被災地のその後を確かめておきたい衝動にかられたのである。二〇一一年三月二十六日、最初の、いわき入りで耳にした八十四歳の女性が発した「みんな死んじまった、だ。原発事故が怖い」の言葉を、今も忘れることができない。

地図を見れば、いわき市から北に広野、楢葉、富岡、大熊、メルトダウン（炉心溶融）という原発事故を起こした福島第一原発をまたいで双葉、浪江、南相馬……と国道6号を海沿いに原発汚染地域は広がっている。しかも、これら被災地の放射能汚染は未だ解消の手立てが何ひとつ見えないまま年々、深刻化。それぞれの生活拠点を引き離され、一家離散の憂き目も決して珍しくはない。それどころか、富岡、双葉、浪江町など帰還困難区域はむろんのこと、山間地では事故発生後五年が経っても、除染ひとつ始まっていないところも多いと聞く。

その放射能汚染に泣く町のひとつ、楢葉町を私が訪れたのは二〇一五年二月二十五日のことだった。前日、塩屋埼灯台からいわき市内に戻り、震災後にできた駅近くのカプセルホテルに投宿。翌日の午前十時五十一分いわき発竜田行き常磐線に乗って、楢葉町に向かった。

列車は四両編成、何事もなかったかの如く、ごくごく自然に走り始め、草野、四ツ倉、久ノ浜、末続……の順で停車、ホームに人々を吐き出し、吐き出し進んでいく。この光景だけを見るなら、ローカル線に共通した海沿いに走る牧歌的な風景に過ぎない。

だが一度傷ついたこの列車はどこか、が違う。駅に滑り込む際には、大きな深呼吸でもするようにひと駅ごとにゆったりと大気のなかに飛び込み、命がけで停車する様子が痛いほどに分かる。乗客一人ひとりを気遣うように乗せると、再び走り出す、そんな繰り返しでもあったが、車窓からは目を疑うほどの惨状が繰り返し飛び込んでくる。列車から被災地そのものを見るのは初めての経験だった。トクトク音を立てる心臓を止めようがない。この沿線で一体どれほど多くの人々の命や、家屋が流されたのだろう。それを思うと、もはやとても他人ごとではない。

列車は、やがて広野駅に着いたが、車窓から見る町は今でこそ整地されてはいるものの、ブルドーザーが悲鳴のような金属音をたてて行き交い、土たちは明らかに一度は壊滅したと見られる惨めな姿をさらしていた。あまりの酷さに言葉が見つからない。戦時下に東京大空襲に遭ったあとの焼け野原にも似て、痛々しく、まさに傷だらけの町の表情があった。

ふと目をあげると、左手前方にとろけるような太陽があざ笑うように生き残った家々の上に浮かび、雲の下に隠れようとしている。列車はなにごともないかの如く、また走り始めた。いつもと何ら変わりのない雑木林に広大な海。空。山。川。私はいま、被災地のただなかにいる。無言で吼えたててくる波たち。目の前の波たちは大気と一緒になって私の心を攻め立て、一気に私を滅ぼそうとしてくる。

広野駅を出発した列車は木戸駅で止まり、「次は終点のタツタ、タツタです」の車内アナウンス通り竜田駅に着いた。「お出口は左側です。ホーム側電動ドアが開きます」のアナウンスに従い、ホームに降り立つ。改札を出て放射能汚染で全町民が避難し、人がいなくなっている町、福島県双葉郡楢葉町へと足を踏み入れた。

竜田駅前の小さな広場に「ようこそ　ならは町へ」「未来へのキックオフ！　光と風のまち・ならは」と書かれた観光案内図入りのジャンボ看板が人恋しげに立っている。でも、小さな広場には小型ワゴン車一台と運転手が一人いるだけで、寂しさがいっそう際立っていた。

そんななか、看板横には電光掲示板の放射線固定線量計が常設されていた。訪問時点の放射線量は０・２１４μＳｖ／ｈ（一時間当たりのマイクロシーベルト、ちなみに平常値は０・０４）の表示が見て取れる。誰かを待っているのか。運転席の五十がらみの男性に「こんにちは。どうしてここにおいでなのですか」と尋ねる私に彼は、待ってましたとばかりに言い訳でもするようにこう答えた。

「ここナラハは東日本大震災後、原発事故により〝避難指示準備区域〟となっており現在、昼間の立ち入りは出来ても夜、住むことはできません。だから一般の役場業務はいわき市に移して行っています。でも、一方で町民の方々の帰町準備に対する取り組みも進んでおり、離れ離れになっている皆さんへの身近な情報は、町役場に残した復興推進課を通してお知らせしている、といったところが現況です。

で、私がここにいるわけは、帰町準備のほか、家のなかや敷地内など周りの様子を見るために訪れる町民の皆さんの〝足代わり〟となるのが目的で、主に、ここ竜田駅と現在、宙に浮いたままとなっているご自宅の間を送り迎えすることにあります。これだけ夜間の無人状態が続くと、なんだか不気味ですが、皆さんの足代わりになれば。それで充分満足しています。むろん、お役所に頼まれての仕事ですよ。平和な町でしたが、つい先日、初めて泥棒が民家を荒らす事件も起きました」

男はそう言うと「一度、町のなかを歩かれるといい。〝町の息〟が抜かれてしまった家々や通りがどんなに侘しいものか、理解していただけると思います。住宅と雑木林をまっすぐ、まっすぐ進まれると国道6号に出るのでそこを左折すれば、食堂もあるはずです。でも、次の列車の出発時間までには必ず戻ってきてください。最終に遅れたら、一人だけ、この町に取り残されちゃうことになるから」とも続けた。
私は男の親切に「アリガトウ」と深く頭を下げると、町中心部を走る人っ子ひとりいない、この通りを歩き始めた。神秘な地域に入っていくような、そんな気がすると心臓が波打ち、鼓動が足の爪先にまで伝わってくる。一歩、二歩、三歩と、金縛りになった全身が惰性の歩行器にでもからめ取られるように、坂の町を黙々と歩き続けた。

この道を「駅前通り」と名づけよう。二階建て住居、門構えのある立派な平屋建て民家、白い土蔵、広い敷地を持つお寺さんなど。主を持たない家々が音もなく道路に面して建っている。止まれ、の道路標識はあっても歩いている人がいない。車一台通らない町はゴーストタウンも同然だ。歩をさらに進める。と、今度は目の前に立派な瓦葺き民家が飛び込んできた。でも、広い敷地内は至るところ、雑草の生え放題で人間の背丈にまで伸びている。玄関先の窓ガラスが割れたままで、何年も誰も訪れた形跡がないのは明らかだ。「このナラハにも数日前、とうとう民家に泥棒が入り、騒ぎになりました」と男が言っていたが、ここのことだろうか。家の持ち主家族は、突然の避難命令に意を決して、この町を逃げ出したに違いない。伸び放題の草を横目に少しカーブした道沿いに並ぶ薬局や美容院、食堂、小料理屋など数々の店舗跡を通り越すと、行く手を遮断するような雑木林が視界に入ってきた。

歩きながら私は思う。この町は、どこもかしこも息絶え死んでいる、と。町は沈み、音もなく泣いている。夜になっても明かりはない。道路も、住宅も、石垣も。息をひそめているのか。チユチュッチュ、といった、あの雀たちの声ひとつ聞こえはしない。商店街、交差点手前の〝止まれ〟の白い表示、電信柱、自動販売機、路面の日向に映る家屋の影、防犯灯、雑木林の木々たちも。何もかもが、だ。罪なき人々を襲った放射能汚染という人災の代価。それはあまりに大き過ぎる。

立派な家が主を失い、悔しさに耐えかねた表情でひっそりと佇む。ひとり無言で歩く私。屋敷内の庭は、生え放題の草ぼうぼうだ。そんななかに、わずかにピンク色に染まった梅の小さな花びらが、美しい。からだを枝に懸命に張りつかせ、耐えるようにして、可憐な花々を空に向かって咲かせていた。この花たちは生きている。小さな命を風に揺られながら必死に生きている。あどけなき姿、歴史の証言者、その勇姿に目を合わせたとたん、私は身震いをした。夜になり、たとえ月明かりが消えたとしても、町は死んでも、花たちは生きぬいてゆくだろう。そうであってほしい。

国道6号に出た私は、男に言われた通り左に折れ、どんどん歩く。国道だけが聖域でもあるかのように、何台もの工事車両の群れや乗用車が何事もなかったような音をたてて次から次へと通り過ぎていく。メルトダウンしたあと放射線や汚染水を大気や土中、海、水道水に、と至るところに巻き散らしてしまった福島第一原発事故、その事故現場の復旧工事に向かう車両なのか。それとも双葉、浪江、原町、相馬方面から郡山、宮城、岩手へと通り抜け、駆け抜けていく一般車なのか。時折、けたたましい悲鳴にも似たエンジン音と荷台から出る埃ばかりが耳と目に残る。皆それぞれに家族があり、ふるさとがあるだろうに、ならば互いを思いやる心もあるに違いない。

除染された名残りなのだろう。除染廃棄物が入った黒い袋が行く先々の道路沿いに束になって放置されている。処理施設がないからなのか、ゴーストタウンだから放置しても構わないと考えているのか真偽のほどは定かでない。

しばらく歩くと、何台もの車が駐車する広場が見えてきた。一角には統一地方選を前に「自ら考え自らの意志で　良心に恥じない投票をしましょう　楢葉町選挙管理委員会」の看板。国道に面した仮設店舗街の案内板には「楢葉町鐘突堂地区仮設店舗」の表記が。私は「武ちゃん食堂」か、そばうどんの「おらほ亭」に入るか迷ったあげく、〈ど・ち・ら・に・し・ま・す〉と指まかせに、武ちゃん食堂の暖簾をくぐった。メニューから「牛タンそば定食」を注文したが、素朴な味がまた格別だった。

食事のあとは、隣接する町役場庁舎へ。一部職員が残って業務に当たっているが、広い庁舎のなかは閑散としており、人の息が感じられる場所ではなかった。この町の花が「ヤマユリ」であり、木は「スギ」、鳥は「うぐいす」であることを知った。そして希望に満ちた町民憲章に救われる気がしたことも事実だ。昭和五十一年七月二十九日に制定された町民憲章は、四十年の時を経ても色あせることなく、楢葉町民の心の礎となっていると信じたい。

——心とからだをきたえ、楽しい町にします。
——教養を深め、きまりを守り、明るいまちにします。
——仕事に誇りをもち、力を合わせ、豊かなまちにします。
——自然を愛し、心のふれ合う平和なまちにします。
——あしたに希望をもち、若さに満ちたまちにします。

帰りは迫る列車の時間に追い立てられるようにして半ば小走り同然で駅まで戻ったが、列車が発車する寸前、タッチの差で「タツタ」駅に着いたときには、それこそ万歳と叫びたかった。

竜田から、いわきに向かう車中、私は立ち通しで傷ついた家並みを見続けた。家という家の軒先に太陽光パネルと風力計が張り巡らされている、そんな幻の町並みが大きく浮かんでは消え去った。いつのまにか陽は茜色に変わり、海も暮れなずもうとしている。あの塩屋埼灯台が近くに迫った。と、思うと同時に灯台は遠くに消え去り、明かりだけが四方八方に、と海面を照らす。海面にはまたしても、あのトシコさんの顔がトビウオのように飛び上がり「アタシ、卑怯な女なんだよね」と言って笑った。なんで、そんなことないよ。トシコさん、何も悪くなんかないよ。運命なのだから――と私は否定する。

6

何日かが過ぎて――。

それまでの記者生活から一変した素浪人、一匹文士の道にもようやく慣れた私は社交ダンスや横笛レッスン、執筆などの合間を縫って、木曽川河畔に広がる江南の町で美歩が営むリサイクルショップ「ミヌエット」にちょくちょく顔を出す。ミヌエットに行けばトシコさんに会えるかもしれない。会えば、彼女の生まれ育った仙台の話や大震災のことを聞けるかもしれない。彼女は私生児とはいえ、母親がその土地一番の誉れ高い芸妓の子だけあって、天性の芸達者だ。唱歌や童謡を歌わせたら天下一品、人まねなど芸人や歌手のジェスチュアもうまく、店で時折ある「ちいさな音楽会」では名司会者として人気の的である。というわけで、今では老人ホームや老人クラブの集いに引っ張りだこで、この町の歌手としてナンダカンダと忙しそうである。

もしかしてトシコさんに会えるかも、と私は淡い期待をもって足しげく河畔の店を訪れるのだが、店でバッタリ会うというのは、なかなか至難の業だ。そこで、美歩を伴い市内のイタリア料理店で共に食事をしながら、震災への思いを語ってもらうことにした。被災地の話に始まり、原発事故による放射能汚染やら津波被害、何人もの友だちを失った悲しみなど、どう転んでも傷口に触ることになる——と思いつつの食事だったが、健康優良児がそのまま育ってきた感じのトシコさんの返答はどこまでも快活、かつ明解なもので私の杞憂に終わった。

仙台の芸妓置屋の女将と軍医との間に生まれたトシコさんは、八歳になるといろんな事情から仙台とは遠く離れた、ここ木曽川河畔の町に住む生みの母の妹の嫁ぎ先に養子としてもらわれてきた。そして、長い年月を経て二〇〇九年三月、家族のとある事情から再び仙台へ。異父きょうだいの弟と再会し、一時はひとつ屋根の下に住み暮らしていたが、大震災が起きる前年の十一月、再婚を控えた弟を仙台に残し江南に舞い戻った。

確かにトシコさんは、大震災が起きる四カ月ほど前までは仙台市の都心の高層ビルで弟のマコトさんと共に住んでいた。そのころから地震にはしばしば襲われ、七階に住んでいた彼女はそのつど建屋が大海の小舟の如くミシミシと左右に揺れる恐怖に逃げ出したい、と思っていたという。たまたま。そんなところへ弟の再婚話が持ち上がったのでこれを潮どきに「邪魔になってもいけないので、いい機会だ」とばかり、木曽川河畔で空き家となっていた元の住居に戻ってきた。育ての両親は他界しており、育った家を守らなければ、という思いも働いてのこと。ある面で歌の文句にある通り「ときの流れに身を任せて」舞い戻ってきただけ、なのだが……。

そのトシコさん。東日本大震災の話となると、いろんなことを思い出してしまうのか。話を進めるうちに急に途切れ、その日も涙ぐんでしまい「アタシが悪い。アタシが自分勝手で仙台からこちらにきてしまったのが悪かったのよ。アタシが馬鹿なのよ。だから神さまがお怒りになって、あんなにも巨大な地震と福島原発事故を起こしてしまった。アタシは卑怯者。どうにもならない女よ」と自らを責め続けるのだった。

私と美歩を前にテーブルを挟んで会食するトシコさん。ノースリーブの赤いワンピースに身を包んだ彼女は、とても七十歳を過ぎているとは思えない艶のある顔をほころばせ、あくまで明るく若々しく振る舞い、楽しかった日々を振り返った。私生児として青葉区田町の芸妓置屋で生まれ、芸妓さんたちにかわいがられて母と楽しく暮らした幼い日々に始まり、木曽川河畔のこの町に養子としてもらわれて来てからの幸せだった家族生活、結婚後、三人の子に恵まれ自らも運送会社の経理として働き続けた日々、さらには三十六歳になって初めて実の父親に会った瞬間に「アッ、この人大好き」と思ったこと、若くして病死した夫との寂しく悲しい別れ、いまでは大学生の男子はじめ小中高校生と六人もの孫に恵まれていることなどをそれこそ、速射砲の如く言葉を切りながら、笑って話してくれた。

でも、そんなトシコさんにも、育ての親の相次ぐ死、夫の早逝、二男一女の三人の独立を見届けたあとの寂寥感を埋めるべく幼き日々の郷愁――。あの仙台で父親こそ違うが、離婚してまもない弟のマコトさんと暮らすチャンスが訪れた。だが、しかし。その二人の生活にトシコさんは一方的に終止符を打つ決断をする。原因は大地震の前触れにおののき、自分だけがいち早く古巣に逃げ帰った行為が許せないのだ。そして実際に大地震が起きてしまった。〝逃避行〟の烙印がトシコさんの精神を傷つけ、破壊してやまないトラウマ現象の原因となるなど、当初は思いもしなかったに違いない。

彼女は、こんなことも話した。

「アタシ、ビルの高いところで暮らすなんて、こりごりよ。マンションが揺れるたびに怖くてしかたなかった。マコトが再婚する、と言い出したので、これ幸いと思って江南に逃げ帰ってきてしまったのです。でも、まもなくして、あんなに大きな地震が起きる、だなんて。マコトたちは幸い、無事だったけれども。多くの友人や知人が、大津波であの世にもって逝かれてしまったり、除染のゆき届かない原発事故現場周辺に住んでいた人たちは今も避難生活を強いられたりしている。なかには一家離散した家族もいて、なんでこうなってしまったの。みんなアタシが悪い。アタシさえ、あのまま仙台にいたら、天地の巡り合わせで地震なぞ起きなかったはず。アタシが悪い。アタシのせいに決まっている」

大震災のことを話し出すと、それこそ終わりのないトシコさんの姿があった。話せば話すほどに、自然界を畏怖するかの如く温和な顔が一転して鬼の形相となっていくのだった。私はそんな彼女を目の前に、心のなかで「自然は悪くなんかはない。海は悪くない、波だって悪くない。されるがままに自然という彼女たちは生きているのだ。誰も悪くない」と叫ぶのに精一杯である。

同時に、大震災が起きてまもない日に見た、あの波たちの悔恨の情が目の前に浮かんでくるのを禁じえない。穏やかな波たちはあの日、私に向かってこう語りかけていた。「ごめん。ごめんなさい。あたしたちがいたために、多くの人びとの人生を破壊し尽くしてしまった。ごめんね。ごめん」。あの波たちのさんざめきは今も一瞬たりとも脳裏から離れることはない。トシコさんと海には共通した悔恨の情がある。今になってみれば、そんな気さえするのである。

7

昨年の四月十二日。この日の朝。私は東京駅に近いビジネスホテルをチェックアウトし、歩いて東京駅に向かった。交差点を行き交う夥しい人びとを見ながら、ふと、ここが知らない間に放射能で汚染されてしまっていたとしたなら、どうなるのか。人々は、それでも何も知らないまま朝の通勤でただ黙々と交差点を渡るのか、と考えてしまった。原発がある限り、そうしたことが起きないとは言い切れないのだ。

実際、福島第一原発の一、二、三号機がメルトダウン（炉心溶融）した際には、東日本壊滅の現実化が目の前に大きく迫り、当時の菅直人首相や吉田昌郎福島第一原発所長らが対応に飛び回り危機一髪、東日本全域への放射能汚染が食い止められたと聞いている……。

その日の帰り、いつもなら新幹線で名古屋に帰ってくるところを、私はあえて東海道線の在来線を中心に乗り継いで帰ることにした。東京駅から小田原行き普通電車に乗り、小田原で熱海行きに乗り換えそのままJR列車を乗り継ぐコースで、初めての体験だった。

東京午前十一時二十三分発。列車は、品川、川崎、戸塚、大船、藤沢と南下し茅ヶ崎、平塚、大磯、二宮と海沿いに走る列車は、どこか異国情緒めいたものさえ感じた。うとうとと牧歌的な雰囲気に瞼を閉じる。ふと思う。この沿線の大気が福島の原発事故の被災地のように、見えない放射能汚染でスッポリ覆われてしまっていたとしたなら。どこへ逃げればよいのか。雨が降りだした。放射能を含んだ雨かもしれない。

気がつくと私は、いつだったか。いわき駅から定期バスに乗り、被災地のど真ん中ともいえる「灯台入口」まで行ったときの道のりを反芻している。いわき駅を出た常磐交通のワンマンバスは平五丁目↓新川町↓倉前↓平第二十六区集会所↓谷川瀬↓ヨークタウン谷川瀬↓八ツ坂団地入口↓白土入口↓平工前↓平五小前↓中山新店↓小山↓白坂↓神明橋↓神下入口↓洞橋↓馬場鶴ケ井↓仲屋前↓高久小入口↓中谷地↓原入口↓ハイツ入口↓神谷作入口↓西原↓諏訪原二丁目↓沼の川新町↓沼の内↓弁天様前↓切通しを経て、ようやく「灯台入口」に着いた。

この間、大震災の被害に呻く人々の姿のほんの切れ端でも見逃すまい、と私はバス停にバスが着くつど、バス停周辺の模様（表情）を駅名とともに漏らさず取材ノートにメモっていった。それは、被災地に近づくにつれ、自らの心の揺れ動きを推し量る貴重なバロメーターとなった。

メモには、こう書かれていた。

――私は、またしても、やはり。ここ〝いわき〟に来てしまった。そして、またも同じワンマンバスに乗った。

――次は、くらまえ、くらまえでございます。（セットされた車内アナウンス）。

――平工前。ここからは険しい山道に入っていく。平五小前。真っ赤な二重ライン入り帽子をかぶった学童が下校してゆく。

――新しく建て直したのか。立派な二階建て住宅が視界に飛び込む。ここらは家々がそのまま立っているので被災しておらず、普通の新築とみられる。

――弁天様前。カーブ、カーブが続く。被災地が近い。山道を走るバス音に息が詰まる。

――とうとう着いた。見渡す限りの造成地、焼野原同然となった被災地では重機や工事作業員の姿が目立つ。重機は二～三十台、作業員となると軽く五十人は超えるだろう。

そして余白には、こうも走り書きがされている。

――海に面した傷ついた通りに人はいない。でも、僅かに残された家々から微かな明かりが漏れたり、ピアノの音、話し声などが聞こえてこようものなら、その家に魂が吹きこまれているようで安堵のかぜが全身を駆け抜けていくのだ。

――いわきでは大震災発生まもなく現地入りしたときと同じように、バスから降りたあと、物言わぬ塩屋埼灯台直下の四ツ倉、久ノ浜、豊間、小名浜……と家々が大津波にのまれ、一度は破壊し尽された被災地のその後を歩いて見て回ったが、不思議と猫一匹見当たらない。あのときは我を失くして被災現場にぼう然と立ち尽くした主人を慰めるかの如く何匹かの飼い犬の姿や、道路をすばやく横切っていった猫たちもいたはずなのに、いったい、どこに消えてしまったのか。それとも新天地を見つけ人間を見限り、どこかに移っていってしまった、というのか。

東海道線車中で名古屋に向かう私は、先ほどから悄然とした表情で車窓を流れる白い雲や町の風景を見ている。同じ人間でありながら、どうしてたまたま起きた天変地異により人びとの生活がこうもガラリと変わってしまうのか。何度も頭を巡らす。大半の人間は一生懸命その人なりの人生を歩んでいるというのに、だ。これを運命と言わずして、何をかいわんや、である。

列車はトンネルに入る。容赦なく耳をツーンとつんざく。轟音が大きく迫りくる。同時に、被災地の復興現場が目の前に浮かんだ。車窓を、ながれる雲。大井川港。電線。二階建て民家。遠くに霞む富士山。白く赤みを帯びた葉桜たち。自動車学校。ちいさな魚たちが住んでいそうな小川には、子どものころ泳いだあの日々が郷愁として瞼に甦る。沿線の畑にはトラクターが止まっている。線路沿い民家の横に立つ茫々の草たち。福島のように放射線に汚染されていたら、どうするのかと思うともったいない気がする。ここでは汚染とか避難などといったことは関係ない、と言いたげだ。

豊橋に着いた。午後五時二十一分発JRに乗り換える。ここまでくると、急に名古屋が近くに感じられる。プラットホームから見る外は雨のようだ。深々と降り注ぐ雨たち。この雨も原発汚染なぞ関係ない、いや思ってもいない、と言いたげである。

と、車窓ガラスに「復興はまだまだこれからよね」と話しかけるように、あのトシコさんの笑顔が大きく浮かんで消えた。ウン、とうなづくと同時に珍しく携帯受信音がピコピコッと鳴るので開いてみる。トシコさんからで「元気でいますか」との私からの送信メールに対する返信で「おかげさまで元気にしています。ごんたさんもお元気そうで何よりです。ことしは残念ながら春がなかったですね。地球の長い営みからみれば、異常気象だの温暖化だの火山噴火なんていうのは、ほんの瞬きにしか過ぎないのに。私たち人間は翻弄されて大変です。それでも一生懸命に生き抜くしかない。愛おしい人々を小説に書いてください。楽しみにしています」と書かれていた。

8

私は今、つくづく思い出す。

東日本大震災が起きたその年、プロ野球の中日ドラゴンズ公式ファンクラブ会員のお世話をするファンクラブの会報編集担当としてかなり激務のなか、何はともあれ、自分の目と耳、足で現場を見聞きしなければ、とその一心だった。そして第一線の新聞記者として飛び回っていた現場百回精神がまだ頭にこびりついていたこともあってか、休みの日を充てて東北新幹線に飛び乗るようにして大震災発生二週間後には被災地いわきに向かった。あのとき、行き止まりの那須塩原からは「緊急」の張り紙付き臨時バスに乗り、郡山経由で何本もの地割れが走り段差が続くいわきに初めて入った。

二度目は翌年二月だった。名古屋駅の名鉄バスターミナルから夜行バスで仙台入りし、多賀城や亘理、山元町、南相馬市など一帯にも足を伸ばした。続く六月には公式ファンクラブに加盟するドラファンばかりからなる被災者家族をKスタ球場での楽天戦に招いた際、試合後に被災地をじっくり見て回りもした。だが、なんといっても、忘れることができなかったのは、宮城県名取市でのいっときである。

名取へ出向いたのは大震災から三年後だった。前夜、相馬ステーションビルに宿泊した私は常磐線の代行バスで亘理駅まで出、そこから仙台へ。仙台で常磐線の普通浜吉田行きに乗り替えた私は目的地の名取駅で降り、タクシーを拾い被災現場を訪れたのである。タクシーの運転手によれば、海岸線に向かって走る高速道（亘理―石巻間）の海側、東の全域が津波に押し流され、反対側は運良く助かった。「私の家は幸い反対側だったので」と申し訳なさそうに言葉をつないだ。

海に少しずつ近づいてゆくタクシー。気がつくと、何台もの重機が行き交う広大な被災現場が、目の前に現れた。閖上《ゆりあげ》地区である。私は海に突き当たった場所でタクシーを降り海原に目をやる。海鳥たちがなにごともなかったように海面をスイスイと飛んでいる。大きく弧を描く鳥がいれば海面に急降下し魚をかっさらっていくものもいる。普段の光景と何ら変わらない。この浜だけでも二百人以上が津波にさらわれた、だなんて。とても信じられず、悲劇には思わずため息が出た。

再びタクシーに乗った私は、今度は閖上地区が一望できる火折山で降り、山の高台から復興工事のありのままを見てみたが、この地域だけでも三千戸以上が流されたという。高台には訪れる人が絶え間ない。どの人も花を手向け、両手を合わせ亡き人を弔っている。流れきた〝かぜ〟たちが私を責めたてる。「被災地を訪れたおまえに一体何ができるというのだ。気休めだけじゃないのか」そんな叱声を運んだ〝かぜ〟が執拗に私の頬を殴り、打ち続ける。これでもか、これでもか、と。

それから私は、誰一人としていない閖上小学校の屋上に上がり、運動場と校庭を見下ろす。校庭に向けられた拡声器が無残な姿をさらしている。校庭には二宮尊徳像があり、屋上からは閖上地区一円を見渡すことができた。津波で破壊された蒲鉾工場跡が残骸をさらし、宮城農業高校は全部波に押し流され、片鱗すら跡を留めていない。私は目を覆う惨状に言葉もなく、仮設住宅が並んだ横の土産物店街「さいかい市場」に足を延ばし、地酒「浪の音」を購入、名取駅に戻り、在来線で福島へ。福島からは「いわき」行きバスに乗り、次の訪問地である塩屋埼灯台を目指した。

9

今年二月二十三日の午後。

私は、塩屋埼灯台を右上方に見晴るかす四ツ倉地区の白い砂丘を海沿いに歩いていた。一歩踏み出すごとに足はからめ取られ、白い砂のなかに吸い込まれていく。砂のなかに放射能が含まれている、との錯覚に囚われながら、両の足をそのつど一本ずつ抜きながら海を見やって歩く私。白い無数の波柱たちが、終わりのないドラマのように寄せては引き、引きは寄せを繰り返し、傍らでは何台もの重機が競い合うようにして、土を掘り返しては高台の方に運んでいた。

しばらく海岸線を歩いた私は、そのまま町中に入り、黙々と夢遊病者の如く、あちらこちらとさまよった。この町ではあの日、運命の日に家という家が津波に流され、水没し何人もの人々が海にのみこまれて逝ったはずだ。あぁ〜、それなのに。五年を経た、この辺りは信じられないほどの平静さを取り戻している。神々が宿っているようにすら見える。咲き始めた梅の花びらたちも清楚で美しい。

町の通りは、ひっそり閑としたままで、行き交う人々の姿もまばらであった。町全体が耐え忍んでいるように映る。涙さえ枯れ果てている。見えない〝気〟に胸を鷲づかみにすくい取られ、締めつけられる思いで一歩一歩、町内全域を歩いて回ったが、そのうちにこうして歩くこと自体に罪悪感を抱くようになり、いたたまれなくなって四ツ倉駅まで走るようにして戻ったのだった。

この間、私が土地の人と交わした言葉といえば、駐在さんとのそれだけ。たまたま、出くわした制服の巡査さん一人だけ、だった。いかにも純朴そうな五十前後のお巡りさんは私を見かけると、急に近づいてきたあと顔を私に寄せ、憐れみの視線を投げかけ、いきなり前方に立つ神社鳥居を指し示した。

そして「あのさ。つなみサ。あの鳥居、てっぺんまできたんよ。んだ、んだ」とポツリ、口を開いたのだった。この重い事実を突きつけられ、私は打ちのめされてしまった。

町を歩いて見た限り、五年後の四ツ倉のこの地区に限っては、民家が立ち並び、何ごともなかったような佇まいで、安堵しようとした私自身が情けない。

この町は、原発事故の放射能汚染でズタズタに切り裂かれ、かつ、今も除染ひとつされないまま放棄され全町避難が続く帰還困難地域に比べたら、まだましな方だ、と思ったこと自体が大きな罪である。

四ツ倉からはタクシーに乗り、塩屋埼灯台直下の豊間へ。灯台真下で降り海を見ながら、いつものように護岸沿いに広がる被災地を行ったり来たりしてみる。延々と歩を進める。重機による土砂を取り除きながらの嵩上げ工事が進んでいた。これでもか、これでもか、とである。私も歩く。これでもか、これでもか、と。だが、見慣れた光景とは、どこかが違う。なぜだろう。

違和感を感じて二度、三度、四度と何度も護岸沿いに海と被災地を見ながら歩き続ける私。と、右前方の波打ち際に、三羽の海鳥を見かけた。三羽とも海を前に立ち、押し寄せてくる白い波柱たちに「何か」を語りかけているような、そんな風情である。そのうちに一羽が飛び立つと、あとの二羽も順番に飛び立ち、大空に吸い込まれ、かなたに飛んでいく。なにげない海の光景でありながら、どこか崇高。

鳥たちの姿を追いながら、昨年までは確かに護岸に描かれていたカラフルな花々や海鳥、魚介類の絵が消えていることに気づいた。それどころか、これまでただ一つ、巨大津波に流されることなく残り、その後も仁王立ちとなって悲劇の象徴として被災地に立ち続けていた、あの豊間中学校校舎も解体され撤去され、その姿を消していたのである。聞けば、豊間では被災した小中学校の併設校が現在建設中で児童生徒は仮校舎で学んでいるのだという。それにしても、あの被災地、豊間のシンボルともいえる校舎がなくなってしまう、とは。私は、しばらくその場に立ち尽くした。

その夜。私は、常宿としているJRいわき駅前派出所近くのカプセルホテルで一夜を過ごし、翌日は放射能の除染や原発事故の修復作業、嵩上げなどの復旧工事に向かう人々と一緒に、早朝宿を出た。

いわき駅で朝一番の常磐線竜田行き普通列車に乗車。以前よりも落ち着きを取り戻した草野、四ツ倉、久ノ浜、末続、広野、木戸を経て終点竜田で下車した。まだ帰還が許されなかったころに一度訪れたことがある楢葉町のその後が知りたいと思ったからだ。が、次の原ノ町行きJR代行バス出発までの時間が十分前後しかない。このバスに乗らないと次は午後六時二十九分発しかない。私は泣く泣く竜田駅界隈の写真を時間の許す限り手当り次第に愛用スマホで撮り、代行バスに飛び乗ったのである。

「これから一部帰還困難地域を通ります。窓をあけることは禁止させていただきます」まもなくして車内アナウンスが流れた。大きく迫り、まばらな乗客の誰もが緊張した表情で無言に。代行バスは沈黙のなかを、そのまま富岡、大熊、双葉、浪江、南相馬の順で息を殺して国道6号を北上していった。

途中、大熊、双葉町では原子炉のメルトダウン（炉心溶融）と建屋爆発を連続して起こし、取り返しがつかない事態にまで発展してしまった史上最悪の原発事故現場をはるか右方向にかすめて原発の半径二十〜三十キロ圏内を通過、今やすべて息の根を止められ、捨てられたも同然の家々を両側にバスは呻くように通り過ぎていく。

車窓に視線を向けながら、私は何度も息をのむ。かぶりを振る。こんなことって実際にあるのか。どうして。なぜ、なぜなのだ。ここは地獄だ。町という町が機能してない。呼吸をしていない。死んでいるのだ。なおも、目を瞠り、私は次々と視界に入る光景を単語としてメモ帳に書き連らねていった。何度も何度もつぶやきながら。

――富岡町合宿センター。レンタルのニッケン。環境美化推進の町富岡町。双葉地方会館。県立富岡養護学校。双葉ペットセンター。双葉厚生病院。作山機械株式会社……。

なんてことだ。すべてが見えない何者かが、それは放射能汚染という化け物に違いないが。そうしたものに糊塗でもされるが如く、身動きできなくなっている。魂はあるが、魂を吐き出せない。すべてが止まってしまっている。息さえできない。

――誰も立たないバス停。ありふれたガソリンスタンド。国道に面して立つうどん屋。コンビニ。クリニック。診療所。

今も避難指示区域のままの帰還困難区域の町の表情は、どこもかしこも惨めを超えるものだった。放射能で汚染された町中《まちなか》を息をこらして見守る。ここは地獄の一丁目なのか。この土地は、いつになったら息を吹きかえしてくれるのか。一体、誰が、いつ、こんな死の町をつくってしまったのか。犯人は私たち人間にほかならないのだ。そう思いつつ車窓を走る町の風景に言葉ひとつかけることができなかった。

10

二〇一六年三月十一日。

その日の夜。豊橋で乗り換えた私を乗せたＪＲ列車は、ひたすらに名古屋を目指して進んでいる。疲れ切った私の頭のなかは、もはや原発について思考する能力さえもが失せようとしている。深い眠り。一面ガレキの海と化していた被災地。今も破壊されたまま捨てられた町や村。背丈をとうに超えた雑草が生え放題で、除染もされないまま不気味な町に沈むようにして建つ民家。惨状という惨状が網膜のなかを駆け抜ける。大きく浮かび上がる全身傷だらけの福島第一原発。

灯台入口、Ｋスタ宮城と荒浜、多賀城、山元町のりんごラジオ、南相馬、名取、楢葉、広野、富岡、双葉、浪江……。

これまでに訪ねた東日本大震災の被災地の残像ばかりが断片的に次から次に私を襲う。波の花が海に舞う幻影が大きく目の前に迫り、浮かんでは消えていく。どこからか、いつか聞いたことがある「鳴き砂の浜」の砂たちが涙という涙となって私の全身に迫ってくる。

ふと気づくと、今度はどこかしら。微かに生きているモノの怪のようなものが近づいてくる。無言の息、いや気配の如き。横笛の竹を撓わせたようなビブラートの効いた透明な笛の音が迫ってきた。耳を澄ます。と、海のかなたから息と一緒に近づいてくる歌声があった。

遠き別れに　耐えかねて
この高殿に　登るかな
悲しむなかれ　我が友よ
旅の衣をととのえよ

別れと言えば　昔より
この人の世の　常なるを
流るる水を　眺むれば
夢はずかしき　涙かな……

というもので、〝気〟のなかで横笛をふきながら歌っているのは私だった。
私に近づいていた息のようなモノは、つい先日23歳の長寿を全うし天に飛び立った愛猫の長女〝こすも・ここ〟のそれだった。大震災発生まもなく、被災地に出向いたその日から、過去五年の間、彼女はずっと私と病身の美歩を見守り、温かい目で文句も言わず私を被災地に送り出してもくれていた。ただ彼女は死ぬ間際に私の目をみつめ、こうも言った。

「おとん、人間たちも大変だったろうけれど。飯舘村や南相馬の牧場で飼われていた牛や馬たちだって、言葉ひとつ返すことができないまま、殺されたり互いに引き裂かれたりで、皆大変だったのだから。もちろん、アタイたち犬猫のペットだって同じよ。それに比べたら、アタイは幸せ過ぎた。ニンゲンたちは自分たちの科学で作った原子力を制御できないまま使っている。馬鹿げているよ」

瞼の画面は、なおも続く。

今度は「トゥー、スリー、フォア。トゥー、スリー、フォア。ベーシック、ベーシック。……ニューヨーク、ニューヨーク。ハンド・トゥ・ハンド、ハンド・トゥ・ハンド」と軽快なルンバのリズムが流れ、東日本の浜全体に広がって海の彼方から帰ってきた女と男たち、動物たち、鳥、魚、海藻類、植物が手に手を取って、ゆらゆらと踊っているではないか。すべての生き物が波の上に立ち、楽しそうにステップを踏んでいる。そして海面には、夥しいほどの鮮やかな桜の花びらたちが海に浮かんでいる。

男と女、こどもたちは、互いのからだを手や足で結び、交差させている。なかに女が男に身を寄せたかと思う間もなく、こんどは胸をあらわに、背を弓なりに片足を宙に投げ出してみせた。ステップを踏み、手を握り合い「もう離さない。離すものか」とからだを合わせて抱きしめる男と女たち。みな、これ以上の幸せはない、といった表情で笑っている。そのなかには、あのトシコさんもいた。

耳に迫る音曲を聴きながら「いったん起きてしまったことを悔いていても仕方がない。前に向かって進むしかない。でも、制御できない原発は、やはり人間社会から追放すべきか制御できるよう改善してゆかなければ」と、自らに言い聞かせる私。そういえば、誰かが言っていた。「どんなに悲惨で不幸がきわまり、悲しい事態に至っても生きていく以上は、そこに光りを見出さなければ。生ある限り、光りを燃やし続けなければ」と。

私は、夜の空を仰いだ。満天のかなたにはキラリ、月が光る。その月の海では確かに大勢の人たちが踊っている。あの大震災と原発事故のその後を気遣ってくれていた愛猫〝こすも・ここ〟もだ。私の目には確かに、これら「生き物たち」の笑顔が見えた。

後編――トシコさん、風に立つ

今。福島では太平洋に面した塩屋岬に立つ塩屋埼灯台が泣いている。眼下に広がり、何人もの人々をのみ込み、見えない放射能に汚染された「海」「魚」「大気」「かぜ」たちとて同じだ。至るところで泣いている。私にはその号泣が聞こえてくるのである。海面をかすめて飛び立つカモメたちだって。日々、悲しみを押し殺しての水平飛行である。この悲しみの連鎖は一体、いつになったら癒やされるのか。それは神のみぞ、知る。

1

二〇一六年の暮れも押し迫ったその日。日ごろ、尾張名古屋の江南市に住む私はナゴヤに点在する市や町、村とはケタ外れで何もかもが無限大に広がるマンモス都市「東京」に足を運んでいた。二〇一一年三月十一日午後二時四六分に起きたマグニチュード9・0、震度7〜6強の巨大地震、東日本大震災の発生以降、大津波や福島第一原発事故で被災した東北の各地を訪ねるつど、行く先々で簡易宿泊を積み重ねてきた。その土地のカプセルホテルに投宿した回数もかぞえ切れない。

しかし。今夜は自然と高円寺から中野サンプラザに足が向いた。今のところ、放射線の汚染もなければ、大きな地震も起きそうにない。

頭皮から顔面にかけ、火の液体が降り注いでいる。アッチッチッ。チッ！　降り注ぐ火の粉。ここはどこだろう。摂氏百度。ポタポタと煮えたぎった湯の雫が容赦なく、土砂降りの雨の如く裸身の私をこれでもか、と襲ってくる。私は無抵抗のままこれら火の玉、大小の粒という粒を受けながら、サウナ浴室の椅子に座り呪文を唱え、手を合わせる。もしも放射能というものが肉眼で見られ、体感できるものだったのなら。こんなものであろうか。いやいや、そんな生易しいものでもなかろう。放射線は目に見えないところで風にのって吹かれて流れ拡散、人間社会をドス黒く覆い尽くすのだ。いわば愚かな人間社会にあくまで挑戦してくる「見えざる神」の黒い魔手かも知れぬ。野も。山も。海も。大気も。

自然はおろか、男も女もこの世に生きるニンゲンたちはむろんのこと、すべての生き物の社会を「無」に塗りつぶし生き物たちの存在そのものをノー、と否定するのである。

どこからかチャポチャポと、行き場を失った湯水の音だけが熱射線となって、まるで協奏曲でも奏でる如く聞こえてくる。

さっきから耳元で「ごんたさん。ゴ・ン・タ。ごん。ごん。ごんた、ったらあ」と私を繰り返し呼ぶ声がする。「ごん。ごん。ごんた」だなんて。ヒトをなんだと思っているんだか。一体何《なん》だよ。私は夕べの飲み疲れもあって、顔全体をむにゃむにゃした寝ぼけ眼でそう答えてやる。

こんどは女の声が耳に迫った。

「巨大地震よ。原発がメルトダウンし、津波が東京湾に押し寄せてくる。放射能という目に見えない汚染風が大挙して襲ってくるわ。どうしよう。あ〜ぁ、もう耐えられない。逃げられない。どうしよう」

危機迫る声に我に返り、煎餅布団の上に座り直したが、そこにはつい今しがた聞いたはずの女の声もなければ、何ひとつとして姿も見えない。よくよく見ると、カプセルホテルの二段ベッドの下だ。男の、それも見ず知らずの他者と上、下で寝る簡易宿泊所に女など来るはずもない。
そう思いながら、その声は明らかに夢の主だったと分かると、私は拍子抜けし今度は、いかにも薄っぺらな布団を耳元を防ぐように頭からスッポリとかぶったのである。もっと寝なくちゃあ。このところずっと睡眠不足だ。このままだと放射能の汚染風に身も心も溶かされ廃人になってしまう。

こんなわけで、東日本大震災と福島第一原発事故発生後、岩手、宮城、福島と遠征した取材の先々ですっかりカプセルホテルファンになってしまった私は、最近では上京するたびに馴染みとなってしまった高円寺にある都々逸節の小料理屋でいっときを女将と三味線を抱えたお弟子さんを前に「縁かいな」を唄うなどして過ごしたあと、中野商店街のカプセルホテルへ、足を運ぶ。

2

そう言えば、女の声はその後も私の耳に張りついてやまない。

「実を言うと、最近つくづくとしみじみ思うことがあるのです。あたし、ね。名前はトシコって、言うの。人生は波また波、ときには嵐で、流れ流れて今は木曽川河畔の江南市にいます。二〇一一年三月十一日に日本じゅうを震撼させた東日本大震災と福島第一原発事故ときたら。それこそ、数え知れない人々のからだと心を蝕み奪い、傷つけ、そりゃあハンパじゃなかったよ、ね。そうねえ、心も含め被災地の何もかもがみなボロボロ、ぼろ切れのように変わっちゃった。グチャグチャになってしまったわ。

あたし。東北の仙台で大震災と原発事故が起きるホンの少し前まで暮らしていたの。でも、家族の事情など訳あって、こっちへ来てしまった。だから、被災地のヒトじゃないのよ、ね。幸か不幸か、自分では逃亡者というトラウマを抱え、毎日を生きている、のよ。

アッ、そうそう。あたし、実を言うとカソリック、キリスト教徒だったんだ。まだみっつか、よっつの幼いころ、何かの理由で海か池に落っこちたところを母に助けられた。どうしてだか、理由はよく分からない、の。でもあのときは、確かにゆりかごのような豊満な胸に抱かれ、ボートに乗っていたわ。そのことだけは覚えている。仙台だったかしら、その後、東京、静岡、名古屋……と母が放浪して歩いた土地のどこだったか、母はもう他界していないので分からない。

その町であたしは「アーメン」と何やら十字を切った神父さんから洗礼らしき儀式を受けたことを微かに覚えている。その時、いただいた一冊の聖書は今も肌身離さないで持っています。

人生とは不思議なもので、それから何年かが経ち、名古屋のお寺さんなどにもしばらく預けられたあと、八歳で江南のその家にもらわれ子としてやってきて、実の父の顔も知らないまま育ち、結婚して三人の子に恵まれ、今では孫まで授かった。若いころは木曽川河畔の運送会社に経理の事務員として就職し、いい旦那さんにも巡り合い結婚したものの、夫は若くして病死。その後は人並みに苦労の道も歩み、わが子が結婚したのを潮時に、生まれ故郷の仙台へ。ここで母は同じですが、父親違いで当時離婚し、一人暮らしだった弟マコトとの暮らしが始まったのです。

でも、彼が再婚することになったので、あたしは気を遣って再び第二のふるさとといってもいいこの町、江南に帰郷しました。震災が起きる前年の十一月のことでした。

というわけで、仙台に舞い戻って暮らしたのはわずか二年。慣れた江南の家が空き家同然になりかかねなかっただけに、出戻りは渡りに舟でした。ええ、仙台では、多くの人々が津波に流され命を失った宮城野区蒲生から南に四キロほど離れた十一階建てビルのマンション七階の一室に、電力会社の広報担当として働いていた弟マコトと二人で暮らしていたのです。

あたし、ちぃっちゃい頃から、ブランコひとつ乗れない高所恐怖症でした。ですから、地震が揺れ始めてからはマンションにいるのが嫌になり、長男が新居に移るというのをこれ幸いに、こちらに帰ってきたのです。今から思えば何と自分勝手、地震からの逃亡劇でした。そのせいで仙台の知人たちは被災し、今も苦しんでいます。あたしだけが東日本大震災から「敵前逃亡」したのです。

こんなこと許されません。許されないことをしてしまいました。見えない神さまに、どう言ってお詫びしたらよいものか。

ええ、仙台の色町、田町の芸妓置屋で生まれ育ったあたしですもの。いろんな出来事が降っては湧き、随分といろんなことがありましたよ。どんな手づるからそうなったのか、一切聞かされていませんので、今もってよく分かりませんが。

江南での話ですが、当時、土地の有力者でもある地元市議の紹介で三十六歳のとき、生まれて初めて富山からわざわざ訪ねてきてくれた、実の父に会いました。あのときは、とめどもなく涙が溢れ出たのを覚えています。

あたしは父の顔を見た瞬間、目と目が合い「あっ、この人。大好き。すきだ」と直感しましたが、それも随分と前の話になります。幾年月が流れ、その父の死を知ったのは、昭和六十三年十一月二十二日付地方紙の片隅に一段ベタ扱いで掲載されていた小さな記事でした。それには、こうありました。

――二十一日午後三時三十分ごろ、新大阪駅に到着した新幹線ひかり車内、グリーン席でK医科大学教授Sさん（76）がぐったりしているのを乗客が発見。Sさんは、まもなく死亡した。Sさんは富山県砺波市での親類の葬儀に参列するため向かう途中だった

このSさんこそが、かつて軍医のころ、戦時中にもかかわらず売れっ子で芸妓置屋の女将でもあった母のもとに足しげく通い恋に落ち、あたしを生んでくれた父だったのです。思えば、この七十一年間、仙台は青葉区の街道に面した旧色町の芸妓屋で育ち、波乱の母の人生に翻弄されて、暗く長いトンネルばかりを歩んできたあたしです。そんなあたしが何の因果か、ひょんなことから母の妹の嫁ぎ先であった一般家庭に養子としてもらわれ、実の子同然、いやそれ以上の教育も受け、大切に育てられました。

生みの母が昔話していましたが、母と祖母はなぜか医師と縁があり、その昔、色町一の芸者を誇った祖母もなぜか眼医者さんと深い因縁で母を宿したと言うのです。因果は巡る、不思議ですよね。

こんなことがありました。確か小学二、三年のころの話です。あたしがもらわれていった江南の家の母が大変な音楽好きだったこともあり、当時少女たちのあこがれの的でもあ

ったNHKの児童合唱団の入団試験を受けさせられたのです。歌は好きでしたが、試験は嫌でたまらなくって。その日は随分、緊張した思い出しか残っていません。でも、運よく難関を突破してしまいました。それからというものは毎日毎日、その母に手を引かれてのNHK通いでした。合唱団員のなかには車で送り迎えされる裕福な家の友だちも何人かおり、あのころは学校の勉強などはそっちのけで小鳩くるみさんたちと一緒で、来る日も来る日も練習に明け暮れたものです。

おかげで今でも唱歌なら、大体は歌いこなせ、老人クラブやボランティアサークルの集まりの席などで、自慢のノドも披露させていただき、喜んでおります。

東日本大震災から五年九カ月が経ち、仙台生まれのあたしは、津波で住み慣れた家を奪われ、除染ひとつままならない原発事故の放射能汚染から逃れ、全身が傷つき、今も心身ともに血まみれになったままのふるさと東北の復興を心から望んでいます。

だからNHKの復興支援歌「花が咲く」がたまにラジオなどから流れてこようものなら、もう泣けて、泣けて。どうにもなりません。そんなときは近くの木曽川まで足を運び、川面を静かに眺めることにしています。流れる水面に無限の悔しさを重ね合わせ、いっそ「不幸」という荒波を全部そっくり流しきれたら、と思うのです。

それはそうと。ここ〝尾張名古屋〟は、なんて平和で静かなのでしょう。なんだか悪くて。罪の意識に囚われます」

3

トシコさんの話は限りなく続く。

「だから。あたしねえ、今は野菜も果物も農作物の何もかもが肥沃なここ濃尾平野にあっても、桃、梨、林檎は全部、福島の農協から購入して食べています。桃なら二、三箱を。梨なら二箱、林檎なら一箱で十分足ります。それから。愛知の人には悪いけれど。海藻類、これらは全部三陸産にしてます。お米は仙台の宮城米、宮城のスーパーコシヒカリ……。だって、被災地を応援するにも、これぐらいのことしかできない、もの」

同じ放射能汚染に苦しみ続ける、あのチェルノブイリ。聞くところによれば、いくつもの家族が元の家に戻り、かつての生活を取り戻しつつあるそうです。大きく育ったキノコや野菜を食べて生きています。

乱暴な物言いであることは分かっています。みんな、やってみればいいのに、そう思います。ひまわりでも何でも植え育ててみたらいい。ヨウ素もいいが、その土地土地の緑茶を飲み続けてみたら。福島の人たちが放射能汚染で今も家にも帰れず、子どもたちの甲状腺がんの疑いも増え、こんなにもひどい目に遭い、苦しみもがいているというのに。今はネ。親殺しあり、子殺しあり、の勝手な世の中。チェルノブイリのように、みんな帰って家族を大切にしてみたら、って。本気でそう言いたくなってしまう。

人間はせいぜい木の高さしか住めないのに。せいぜいが三階建てが限度なのに。なんで、なぜなの。あんな高いビルまで建てて、まるでサーカスさながらに生きていかなければならないだなんて。おかしいよ。お金だって、そうだわ。何億もある金持ちがもっともらしく千万、二千万円と寄付するよりも、毎日三百〜四百円の収入しかない人が毎日十円ずつ寄付し続ける、そっちの価値の方がずっと重くて尊いのだから。人間の真のやさしさは、富を持つ者たちよりも貧しさのなかを生きて生きて、生き抜いていく人たちの方が、ずっと本物なのよ。真のやさしさだって。神さまだけが知っている。

「ニンゲンの心はネ。やっぱり空間では育たない。空中空間もよいけれど、やはり大地にしっかと足をつけていなければ。ヒトって。悲しいけれど、結局何もなくても命さえあれば、前に向かって歩いていける。そんな気がするの。前に向かって、前に。ね！」

私はトシコさんのことばに耳を傾けながら先日、脱原発社会をめざす文学者の会の席で見た豊田直巳さんのドキュメンタリー映画「5年目の飯舘村」の中の奪われた家族のワンシーン「今は飯舘村はない。福島もない」の言葉を反芻し、思い出していた。村では最高齢者だった百二歳の男性が「長生きしすぎたな。長生きしすぎた」と、この世の未来を儚んで、自らビニールでこしらえた縄紐を箪笥の取っ手に巻いて、首を吊って自殺した。

今、被災地にあるのは陽炎ばかりである。

〈了〉

シロ、約束だよ

別れのシンフォニー

ひた。ひた。ひたっ。
シロちゃんが大気を割いて、私の様子を伺いに部屋に近づく。
まもなく音もなく気遣うように、そっと一歩、二歩と。
少したためらい、遠慮でもするように顔をのぞかせ室内に入ってくる。
あの密やかで愛らしい足音、吐息の気配は、もはや帰ってはこない。
でも、シロは死んでも、彼女はこずえ、タカシ、つばさ、キヨシの中で生き続ける。
これは、ある民家での猫の物語である。

1

二〇一七年七月十二日午後一時過ぎ、木曽川河畔に建つ和田さん宅でこの一家の宝だった、愛猫シロが最期の息を引き取り、天に召された。
この日の早朝、午前六時過ぎ。珍しく赤い前掛け姿のこずえが声を引きつらせて「シロが。シロ、シロちゃんが」と寝室に飛び込んできた。あわてて、夫タカシが階下居間に駆けつけると、シロは全身が半ば硬直状態で口を大きく開け、両目を見開いたまま力尽きたとでも言いたげに、住みなれた床カーペットの上で全ての力を出し尽くして横たわっていた。

でも、からだに触るとまだ微かに息はしている。助かるかもしれない。こずえが全身を懸命にさすり始めた。と、シロは微かにアンと甘えたような声を出し、タカシが左の耳に手を二度、三度と触れると、そのつどピクリと耳を動かした。目は見開いたままだ。虫の息ではあるが、強靭な精神力のシロのことだ。奇跡が起こってほしい。やれるだけ、やってみよう。それからは急の事態に出勤を控えた末っ子キヨシも加わって三人で全身をさすったり、顔に手をあてたり、手足をそっと握ったり、口に水を含ませたりしたが、シロの体力はそこまでが限界だった。

昼過ぎ。もう、だめだと判断したタカシは隣室ソファに座り、いつもシロを傍らに吹いて聞かせた愛用のハモニカを手にした。「ふるさと」「この道」「赤とんぼ」「夕焼け小焼け」「みかんの花咲く丘」「浜辺の歌」「公園の手品師」「我は海の子」「琵琶湖周航の歌」……と手当たり次第に吹く。涙を流しながら吹いていると、こずえが「そんな離れたところでなく、すぐそばで吹いてあげてよ」というので途中からは、シロの枕辺の座椅子に座り込んでの演奏となった。

ハモニカのあとは、横笛を手に「さくらさくら」などを演奏したが、シロの顔が心持ち赤く染まりニコリと笑ったのには驚かされた。「オトン、ハモニカはプロ以上に見事なのに。笛はなかなか難しいね。簡単にうまくはならない。でも、もう少しよ。頑張って」と言ってくれているみたいでもある。それはそうと、ハモニカも笛も、もっともっと多く聞かせてやりたかった。シロの容態が悪くなる前に吹いてやればよかったのに、とタカシは今、つくづく反省している。が、後の祭りである。

そして。タカシのハモニカと横笛の演奏が終わってまもなく。シロは、午後一時過ぎに絶命、家族が見守るなか「聴覚は一番あとまで残っているはずだから。きっと聴こえていたはずだわ」とのこずえの声に送られ、安らかな表情で旅立っていった。二十三歳と三カ月。人間なら百歳を超す、超人的な生命力で持ちこたえてきたひとつの命が、この日消えたのである。やすらかに、ね。あふれる涙がとまらない。

彼女の絶命を確認したこずえは、その後、夏の花・向日葵や百合、日々草を近くの花屋さんまで行き、いっぱい、いっぱい買ってきた。そして、急の事態に会社を休んだ息子キヨシと一緒にお棺代わりのダンボール箱にシロの遺体を入れ、裏庭の一角を掘ってそこに箱ごと埋め、周りに花々を敷き詰めたのである。お棺には寂しくないように、花々と一緒にシロといつも一緒だった人形の縫いぐるみ従者たち、数体も入れられた。ピリケンさんもいれば、カッパ、うさぎさんにアヒルもいる。みんな、みんな曰く因縁つきの大事な友だちばかりだった。

「シロちゃん、長い間ほんとうにありがとう。家族の辛いとき、楽しいとき。いつだって、一緒だったよね。オトンもオカンも、おまえの存在を本当にわが家の誇りにしてきた。なんてったって長寿猫なのだから。それにオトンが言うのもおこがましいかも知れないが、美し過ぎるほどの美人だった。口にこそ出さなかったが私たちの自慢でもあった。家族のひとりとして本当にボクたちに勇気を与えてくれ、励まし続けてくれたよね」

「いえいえ、あたしの方こそ、思い出多い幾年月をありがとう。オトン。オカン。キヨシ。そして、今は離れて暮らすつばさ。正直言ってもっともっと、いつまでも一緒にいてみんなに甘えたかったのに。この世に与えられた一度だけの命だったのに。先に逝ってしまってほんとにごめんなさい。オトンもオカンも、それにキヨシ、つばさも一緒だった生活、とても楽しかったよ。決して忘れないから」

2

「シロちゃん、オトンがおまえと出会ったのは、新聞社の長い地方記者生活で初めての単身で琵琶湖畔の大津支局へ着任してまもなく。休みの日に前任地でもある大垣の留守宅へ戻ってきた日のことだったよ、ネ。あのとき、オトンはおまえの突然の出現が不満で顔を見ても随分冷たく当たり、声ひとつかけなかった。差別も甚だしかった。おまえは小さな胸を痛めたのではなかったか。

昔の話になるが、わが家には初代猫てまりがいてね、能登半島の七尾市から家族一緒に大垣へ引っ越してきた直後に、交通事故に遭って死んでしまったんだ。その、てまりの後釜として飼い始めたのが、まだ幼い長女猫こすも・ここ＝昨年春、シロと同じ二十三歳で老衰死＝でね。そこへ突然、おまえが目の前に現れたときは、正直驚いた。もう跡継ぎがいるというのに。またしても猫とは。内心穏やかではなかった。なんでシロちゃんがわが家にいるのか、オトンには分からなかったんだよ。

分かっていることは、おまえには全く罪のない話だ、ということ。なのに、オトンはシロちゃんに冷たく当たり続けた、ね。それでも、おまえは不満ひとつ言うでもなく、ニンゲンたちの多くがそうするように代償ひとつ求めるでもなく、それこそ、されるがままにキヨシやつばさから分け与えられる餌を前に、喉をゴロゴロと鳴らし食べていた、っけ。家族のみんなは、こすも・ここも、シロも分け隔てなく自然に接していたね。そんな家族の風景に、たまにしか家に帰らないオトンはジェラシーを感じていたんだ、幸せそうなみんなが羨ましかったんだ」

実際、こすも・ここは、和田家の初代猫として能登・七尾で共に暮らしたてまりが、タカシの転勤で岐阜県大垣市にやってきたとたん、車にはねられ死んでしまったために飼われることになった。このショッキングな事件さえなければタカシたち家族は、こすも・ここはむろん、シロにも会うことはなかっただろう。亡きてまりの代わりに、こずえがキヨシの友だちの家で猫が生まれ飼い主を探していることを知り、渡りに船とばかり早々と赤ちゃん猫をもらってきた、というのが真相だ。

生まれたばかりの、こすも・ここは小さ過ぎて、目もまだ見えないありさまだった。手のひらに入るほどちっちゃく、市販の乳はどうにか飲むものの、何を与えても食べない。いや食べられないのだ。親もいないので母乳も飲めなければ、食べ方も分からない。何も受けつけないので、ためしにタカシが大津からの帰宅時に琵琶湖産モロコの佃煮を買ってきて与えると、これだけは、むしゃぶりつくように食べることが分かった。それ以降、タカシは、子猫が元気に育つことで留守家族が平穏な毎日を過ごしてくれさえすれば、という思いでモロコを手に二、三週間に一度の割合で帰省するようになった。

もう一匹の猫シロは、こすも・ここの餌やりが、一家の生活サイクルとしてやっと定着した、そのときに、闖入者の如く現れたのである。

「そう。やっと、こすも・ここがモロコ以外も少しずつ食べ始め、子猫らしくなってきたのに。そこに、おまえ、シロちゃんが一匹わが家に加わったのだよ。いや、ね。さっきも言ったけど、おまえは何ひとつ悪くない。お母さんが悪い。猫など一匹いれば十分なのに。『もらって』と言われたからって、ハイハイとひとつ返事で、二匹も飼うほうがチトどうかしている。正直に告白すれば、こすも・ここにはどこまでも優しく接したのに。おまえ、シロちゃんには冷淡で、知らんぷりを通して見て見ぬ振りをしていた。でも、内心は反省していたんだよ。ごめんね、シロちゃん」

あのころのタカシは四十代後半でまだ若く、相手が家族であれ血の気が多く、短気な性格が禍して、ついついシロをいじめる結果となってしまった。

働き盛りの頃には、こんなこともあった。

公立高校二年生で校内実力テストではいつもトップクラスの優秀な成績でいながら、学歴社会に異常なほどにまで反発していた次男つばさが、大津のタカシの職場を訪ねた。

「おれ、やはり大学なんか行かへん。お父さんがいつも口を酸っぱくしているように学歴偏重社会は不公平でよくない、と思う。だから、今すぐにでも高校をやめて、どこか就職して働きたい。担任に相談したら、退学するならお父さんの許可がいると言われたので、こうして大津まで来た」

と、それなりに筋を通そうとしているのは理解できた。しかし困った問題を持ち込まれ、どう返答したものか検討もつかない。中立公正を本分とする新聞記者といえど、わが子は別、という考えがタカシを支配していた。

当時、長男は既に東京の大学生だったが、タカシは長男に続き、次男も大学に進学させるのが当たり前と思っていた。それだけに、つばさの突然の申し出にはカウンターパンチでも食らったようにうろたえた。大学には行きたくない。それどころか、高校を今すぐやめたい、とは。つばさをあれほどまでに強い意志に駆り立てたものは一体何だったのか。高校で何かあったのか。タカシには、それが分からない。そして。ちょうど、そのころ大垣の留守宅ではもうひとつの事件が起きていた。

それは小学二年だった三男坊のキヨシが今度は突如、学校に行かなくなってしまった。

いつも身近にいた父親が単身赴任のためいなくなり、タガが突然はがれてしまったからなのか。それとも、もしかしていじめに遭っているのか。まさか家庭内……。親子の信頼関係が崩れようとしていた。父親としての威厳もなく、あまりのショックに打ちのめされた。

タカシはそのころ大津で単身、記者生活をしており、連日新聞社の支局長としてハード極まる仕事に追われる毎日で二週間に一度、なんとか時間を作って大垣の自宅に顔を出すのがやっとだった。だから、留守の間に家庭内で起きたことには、手の施しようがなかった。次男に続き、今度は妻までが「ちょっと、あなた。キヨシのことで話したいことがあるの」と電話を寄こし、大津まで足を運んで、「あのねえ、キヨシが学校に行かなくなってしまったのよ」と聞かされた。

地方記者は家族ぐるみでなければ。やはり、これまでのように一家で大津に引っ越すべきだった。してくるべきだった。そうしていれば、長男は別にして、つばさもキヨシも目の届く範囲にあって、つばさの高校中退志願やキヨシの不登校の兆候にもいち早く気づき、未然の手を打てたのかも知れない。後悔先に立たず、である。その後、つばさの高校中退は本人を説得し、高校通学を続行させはしたものの、家族の雰囲気と事態は暗く、冷たく、沈む一方で、好転の糸口が見つからない。タカシとこずえは、大津と大垣でそれぞれ、この先どうしてよいものか。思案に暮れていた。

3

というわけで、和田家にも冷たい〝すきま風〟が吹き荒れていた。こずえ、すなわち、おかあさんは、恐らくそうした家族の危機から少しでも脱しなければ。多感な時代の心が荒れ、ほころびが出ているこどもたちの気持ちが少しでも満たされ落ち着いたものになれば。そう思って母こずえはシロを、こすも・ここの姉妹として野良猫の子どもを拾って家族の仲間入りをさせたのだった。そして。シロと、こすも・ここはその期待に日々応え、いっときでも家族の雰囲気を明るいものにしてくれていたのである。高校生のつばさも、小学生だったキヨシも、こすも・こことシロが室内でじゃれ合っている様子を眺めては、棘ついた気持ちが安らいでいくのを自覚していた。猫ふたりを交えての一家五人、タカシ不在の家族は落ち着きを取り戻しつつあった。

「ていうか、あたしだって。オカンたちに飼われて、まだ西も東も分からないというのに。オカンとふたりのオニンには随分と助けられ、まだあたしがちいっちゃかったこともあって無我夢中で、室内でボール蹴り遊びを一緒にした、あのころは楽しかった。オトンは家に帰ってきても、あたしにはいつだって随分つっけんどんで冷たかった。けど、あたしさ。帰宅するつど、ここ姉《ねえ》ちゃんに買ってきてくれるモロコが待ち遠しくって。ここ姉はいつも半分は残し、あたしに食べさせてくれたんだよ。それにオカンだって黙っちゃない。『なんで、ここばかりなの。シロちゃんだって、一生懸命に生きているじゃない。ここと同じようにモロコも欲しがっている。不公平だよ』って言って。よくモロコをオトンの手からふんだくってくれた。だから、毎日が楽しかった。うれしかった」

「そう、あのころは確かにオトンは、えこ贔屓ばかりでシロちゃんには随分と辛く当たり悪かったな、と思っている。すまなかった。

こんなこともあったんだよ。二人の息子のことで、どうかすると半狂乱にまで精神状態が悪化、失意と落胆のどん底にあったオカンにしつこく言われて大津の百貨店へ行き、ハムスターを買って大垣へ持ち帰った、ことが。『ハムスターがいれば、珍しいペットなので友だちにも自慢して話せ、きっと学校に行けるようになるはずだから』というのがオカンの理屈で、ね。でも、そのハムスターがしばらくするとは死んでしまい。四、五回は死んでは買って持ち帰る、を繰り返してた」

「そう言えば、友だちとの自慢話。オトン、もうひとつあったよ。随分と前のことになってしまうけど。「たまごっち」って。覚えているかな。この「たまごっち」でもオニンたち、キヨシとつばさは飽きもしないでよく、あたしとここ姉ちゃんを遊んでくれた。これほど楽しいものはないといった様子で、空中高く投げられた「たまごっち」を追いかけて拾いあっこしたものだよ」

「そうだったな。でも、オトンには今もって「たまごっち」がナンデいいのかは、てんで分からない。よくストレスがたまらないね。でも、つばさやキヨシ、おまえたちには最良のおもちゃだったんだ、な。それを聞いて安心した。当時売り切れとなっていた「たまごっち」を手に入れるのに、どれほど苦労したことか……」

オトンとシロの会話は延々と続くのだった。

「ところで、オトン。(シロはここで少しあらたまった表情をして)あたしのボス猫のこすも・ここ姉さんはなぜ、こんな風変わりな名前なの」

「それはネ。てまりが交通事故死して、てまりへの思い入れが人一倍強かったオトンは、てまりの肉体は死んでも、この無限大に広い宇宙の片隅の、ホンの一角で、てまりは永遠の命を一生懸命に生きている、と信じたかったのサ。宇宙《こすも》の「ここ」という神秘の場に、厳然としてこの猫は存在する。いや、小さな胸をときめかして生きているんだ——と、てまりへの追慕もあって、こう名付けたのだよ。チョット、高尚だろ。それにしても、シロちゃんの質問って。すごい。核心をついてくるのだから」

「そう。よく分かったわ。でも、あたし。いつもシロちゃんだけれど。本当の名はトンヌラって、言うんでしょ。オトンが以前に出した本で〝神猫シロちゃん〟って書いてしまったから、それでもいいけど。あたし案外気に入ってるんだ」

「そうそう、そういうこと。「トンヌラ」って。フランスなど欧州で見かける苗字でドラゴンクエストシリーズの定番とも言える名前のひとつなんだよ。実況プレーヤーという意味もあり、世の中の動きを絶えず写し絵の如く映し出し、からだを張って数々の事件を実況し伝える。そんな思いが隠されているんだ。シロちゃんの気性にそれを発見したとき、オトンは本当に嬉しかった。だから、時々『トンヌラ、トンヌラ』って呼んでいただろ。おまえには、新聞記者の天賦が備わっていて、オトンを引っ張ってくれていた。おまえは、そんな存在だったのだ」

「オカンがいつのころからか、ここ姉のことをボスちゃん、ボスちゃん、ボス猫と呼んでいたのと一緒だね。やっぱりオネンは、ポーズをとるのが一番うまくて、わが家のボスだったからね」

「そうだな。カメラを向けるとポーズを取り、とてもステキな顔やしぐさをすることでは天下一品の女優だった。トンヌラも、ボスも、オトンたち家族にとっては大切な存在で、それぞれの役割を担って生きてきたんだよ」

会話は、ここで途切れる。

それから。シロは、こすも・ここと共にオトンの転勤もあって、〝オトン〟〝オカン〟〝キヨシ〟と尾張一宮の社宅で過ごした。つばさは初志を貫き、高校卒業後は岐阜県内で就職して自立した。その後オトンは名古屋本社勤務となり、同じ一宮市内のマンションに転居、十年の月日が流れ、タカシの定年退職を期に、ふるさとの木曽川河畔に広がる江南市に小さな家を新築し、移り住んだ。

この間にも、和田一家にはどの家庭にもあるように、いろんな事件が降っては沸き、消えては起きた。そして。こすも・ここは、タカシの誕生日の翌日、昨年三月七日朝、シロと同じ二十三歳の長寿を全うして天に召された。彼女もまた、和田家の家族、ニンゲンたちと泣き、笑い、苦楽を共にしてきたのである。

4

タカシにとって忘れられない年となったのが、平成二十二、二十三の両年だった。東日本大震災と巨大津波、福島第一原発事故が東日本を襲った悲劇のなか、中日ドラゴンズは球団史上初のセ・リーグ連覇を果たし、タカシはチームの試合と選手たちの感情のありのままを見逃すまい、と一日も欠かさず書き続け、セ・リーグ二連覇という快挙を『大震災「笛猫野球日記」』の著作にまとめた。この大仕事を助けてくれたのも、なにあろう。こすも・ここかとシロのふたりだった。

一方、こずえは、延々九時間に及ぶ脳腫瘍の大手術に耐え、術後の療養とも重なり大変な時期であったが、こすも・ここことシロは、朝の執筆を日課としていたタカシの枕許に、毎朝五時前にはやってきて「ニャン、ニャン。ニャ、ニャア〜ン」と起こすのだった。

その後、こずえは大病を奇跡的に克服し、今は俳句と短歌をたしなみ、自ら営むリサイクルショップへの復帰も果たした。これも、こすも・ここことシロの励ましがあったからだ。

こすも・ここが逝ってからは、シロも感じるところがあるのか、自らタカシに急接近。この一年余の間に、手足とともに歯が衰え、昼はプリンを、夜間風呂上がりには決まってチーズをねだった。タカシはそのつど、辛く当たったシロへの懺悔の気持ちでプリンを匙で与え、チーズは手で細かくちぎって口元にもってゆくことを怠りなく続けた。

ときには、こすも・ここと同じように、シロを腹の上に抱いて腹合わせをしてやると、シロは満足そうにゴロゴロと腹ではなく喉を鳴らした。姉に先立たれ寂しい思いをしているに違いない。タカシは帰宅して玄関ドアを開けると同時に「シロちゃん、シロちゃん、シロちゃん」と三度、彼女の名前を呼ぶことにした。シロは、いつもの定位置で床カーペット上の敷布団に座ったまま正面からタカシを見据え、決まって「ニャア～ン、おかえりなさい」と声をあげる。そして。昔のことなど無罪放免、とばかりに毎日嬉しそうに顔を擦りつけて、じゃれるようにもなった。

それればかりでない。タカシがガス風呂の自動点火にスイッチを入れ、程よいころになると「もうすぐおふろが沸きます」数分後に再び「おふろが沸きました」と音声が流れると、その瞬間にも決まって「ニャア～ン」と鳴いて主に風呂が沸いたことを知らせた。タカシとシロはいつしか「あうんの呼吸」を得るまでの関係にまで発展していった。

だが、二十三歳という高齢にはさすがにシロも勝てず、今年に入ってからは少しずつ体力の衰えが目立った。以前なら、人間の背丈よりも高い家具や冷蔵庫の上を、ひとっ飛びで、いともたやすくヒョイヒョイと乗り降りしていたのに、日増しに思い通りに歩くことさえ困難になっていった。

明らかに動きが緩慢になり、猫砂を敷き詰めたトイレでの用もままならず、失敗することが多くなった。猫ごはんを口にもっていっても歯が弱っていて、口のなかで引っかかってしまうようで、彼女は盛んに顔と首を振って残飯を手で取り除こうとする。その姿が、あわれで仕方ないが、タカシにはどうしてやることもできない。

動物病院の病室で受診さなかに血を吐き出し絶命、壮絶な死となった、こすも・ここの二の舞いはシロにさせたくない。そう思ったタカシとこずえは、シロの安らかな看取りを心がけた。ことしに入ってシロは少しずつ体力が消耗し、日一日と歩けなくなり、排泄もできなくなり、死期の訪れを静かに待つようになった。それでも好物のプリンをねだり、チーズをねだった。そのしぐさに、タカシ自身が癒やされた。

5

そして。七夕の朝。シロ、和田家の人たちにこよなく愛されたトンヌラは、とうとう歩けなくなった。猛暑のなか、冷房をかけてやる一方で布団をかけ、水を与え、猫缶を少しだけ匙で食べさせ、好物のプリンを与え、チーズを口元にまで持っていく。そんな家族みんなの声援にシロちゃんは必死の形相でこたえ、ヨレヨレのからだを、足を、手を、踏ん張って一歩一歩踏み出し、住み慣れた家のなかを歩き回った。なんども、なんども。倒れても、倒れても、起き上がって、室内を歩き廊下をさまよった。今日も、明日も、明後日も生きようとして。こうした繰り返しが、どれほど続いただろうか。

数日が過ぎて、旅立ちの前夜。タカシも、こずえも、キヨシもこんな仁王立ちの彼女を見るに忍びない。言葉ひとつかけてやれない。

「やはり、明日はお医者さんに連れていって一回だけでいいから、点滴してもらおうよ。シロちゃんのことだから、一気に回復するかもよ」

とこずえ。

「ウン、そうしょう。一回だけの命なのだから。長く生きていてほしいからね」

とタカシ。

その夜、チーズを二、三切れ食べたシロは、何かを捜し求めでもするように、なんども なんども、へたばって這いつくばって、目を大きく見開いてはまた立ち上がり、円を描くように、グルグルぐるぐると回った。

「わぁ〜、すごい。こんなにも歩けるなんて。シロちゃん、がんばれ。がんばれっ」

とタカシとこずえは、叫んだ。

時計がちょうど午前零時を示していた。シロは、キヨシが用意した電動式の自動水飲み場まで行くと、少し背伸びをして臨み見るようにしたあと、水をおいしそうに、ごくごくごくと飲んだ。

「シロちゃんが、あんなにも水をのんだ。あんなにも飲めた。元気になるかもしれない」

そう思ったタカシは、テーブル下、床カーペットの定位置に戻ったシロに「お・や・す・み」と言い、二階寝室へと向かった。

「あすの朝は一番で、シロちゃんをオカンと病院に連れて行こう」

シロが復活するかもしれない——そう思うと、タカシの胸は弾んだ。


それから六時間あまり。和田家の希望でもあったシロの〝急〟を知らせに、こずえが二階に駆けあがってきたのは、午前六時を回ってのことだった。すぐさまシロのベッドに駆け寄る。

「シロちゃんが。シロちゃんが……」

赤いエプロンを顔に当てたまま崩折れるこずえ。涙が流れ、言葉が続かない。

「シロよ、シロ、シロ、シロ。シロちゃん。長い間、ありがとう。オトンも。オカンも。つばさも。キヨシも、みんなこの世でがんばっているから。もう心配いらないよ」

タカシは声にならない声を発した。

日常が戻ってきたころ。最近、和田家の窓際や濡れ縁、裏庭に「てまり」によく似た白黒ぶち、「こすも・こここ」に似たトラ縞もどきや気取りや猫、真っ白だったシロの小さいころそっくりの神猫シロちゃんなど、野良猫たちがしばしば、顔を見せるようになった。

ひたっ、ひたっ、ひたっ。シロに似た足音が風を切って迫る。

なんだよ、シロちゃん、とタカシ。

目をあげると、そこにはこずえが立ち「ごはんだよ」の声。

シロッ、約束だよ。この星空のどこかで、また家族一緒に仲良く暮らそうよ。

〈了〉

文庫出版にあたって

新聞記者という激しく、熱く、どこまでも命を削って燃え続けたブンヤ稼業を卒業して十年余。私はこの間、「脱原発社会をめざす文学者の会」メンバーとして東日本大震災や福島原発事故の被災地を何度も訪れた。

そればかりか、妻に勧められるまま社交ダンス修得を条件にピースボートによる〈地球一周一〇二日間の船旅〉も体験。世界各地の洋上や寄港地から平和とは何か、を発信し続けた。船上では〈今はそこにしか帰れない港の船、などといった自由律俳句を詠んだり、詩を創作するなどし、妻との再会の日を待った。

帰国後は日本人女性とカトマンズ人男性による国境を超えたラブロマンス「カトマンズの恋」、脱原発社会を願って書き下ろした紀行文学「海に向かいて（前・後編）」、これまで明らかにされていなかった信長とその妻吉乃――私は敢えて吉乃を側室ではなく、妻と呼ぶ――のロマンスを「信長残照伝」として一編の小説にまとめてみた。

そしてかつて、文芸雑誌「文學界」の同人雑誌評などで評価され、私が作家として世に出る引き金となった〝ひと夜妻の島〟の女たちを描いた「あたい」も「志摩のはしりがね」の副題付きで収録。これまで家族とともに私を守り続けてくれた愛猫の物語も加えた。

全編に流れるのは、そこはかとない心の打ち返し、家族愛を含んだ平和のありがたさとでも言えようか。何よりも世界に共通して言えることは母の存在の尊さ、母の力の偉大さであろう。一人でも多くの方々に手に取り読んでいただけたら、と願う。


本書出版に際しては、「権太《ごんた》さん、どんどん書かなくっちゃあ」と終始励まし続けてくださった加賀乙彦さまはじめ、ピースボートでご一緒した船友の仲間たち、ネパール・カトマンズ在住の長谷川裕子さん、ニルマニ・ラル・シュレスタさん夫妻、ポカレル・本田明美さん、東日本大震災と福島原発事故の被災者にとめどなき愛を注ぎ続けるトシコさんら多くの方々、渡鹿野島島民のみなさん、さらには吉乃と信長の秘話について懇切丁寧に教えてくださった江南郷土史研究会の大森優さん、松井雅文さん、江南市歴史勉強会の船橋紀公子さん、後藤正敏さんらにも重ねて感謝する。

最後に編集者として何かと的確なアドバイスをいただいた大幡和平さん晋子さん夫妻、数多くの作家仲間たち、昔からの記者仲間でもある世界日報の前文化面担当編集委員・片上晴彦氏ら多くの友人にも礼を述べたい。

なお、「信長残照伝」執筆に当っては吉川英治の六興版『新書太閤記』、遠藤周作の『男の一生』（日本経済新聞社刊）、松本利昭の『信長の女』（光文社文庫刊）、地元郷土史家・須賀弘之の『武功夜話物語』（尾北ホームニュース刊）など数多くの書籍を参考にさせていただいたことも、ここに付記しておく。

平成三十年正月

一匹文士《いっぴきぶんし》　伊神権太

◎初出一覧

信長残照伝　―わたしはお類、吉乃と申します
〔書き下ろし〕

あたい　―志摩のはしりがね
〔『一宮銀ながし』（風濤社）所収〕

カトマンズの恋　―国境を超えた愛
〔書き下ろし〕

海に抱かれて　―ピースボート乗船日誌
〔ウェブ文学同人誌「熱沙」所収〕

海に向かいて〔前・後編〕　―脱原発社会をめざして
〔脱原発文学者の会・冊子「ＯＦＦ」（二〇一七年）所収〕

シロ、約束だよ　―別れのシンフォニー
〔書き下ろし〕

伊神権太（いがみ・ごんた）

1946年、中国・奉天（瀋陽）生まれ。愛知県江南市在住。滝高、南山大卒。中日新聞入社後、主に地方、社会部記者を経て七尾、大垣両支局長、大津、一宮両主管支局長、編集局（兼サンデー版）デスク長など。退社後、作家として執筆生活に入る。日本ペンクラブ会員、日本文藝家協会会員、脱原発社会をめざす文学者の会会員、ウェブ文学同人誌「熱砂」主宰など。著書に『泣かんとこ　風記者ごん！』、『火焔―空と海』、『一宮銀ながし』、『懺悔の滴』、『町の扉　一匹記者現場を生きる』『マンサニージョの恋』。日本ペンクラブの電子文藝館に9・11同時多発テロの主犯、ウサマ・ビンラディンを扱った小説「再生」、地方記者一家の愛猫との暮らしを綴った「てまり」を収録。YouTubeで〈伊神権太が行く世界紀行／平和へのメッセージ〉はじめ、恋歌〈カトマンズ・ラブバード〉などを世界各地に発信。

人間社文庫 ‖ 文学［小説］

ピース・イズ・ラブ　君がいるから

2018年3月10日　初版1刷発行

著　者　伊神権太
発行人　髙橋正義
発行所　株式会社人間社
〒464-0850　名古屋市千種区今池1-6-13　今池スタービル2F
TEL：052-731-2121　FAX: 052-731-2122
振替：00820-4-15545　e-mail：mhh02073@nifty.ne.jp
制　作　有限会社樹林舎
〒468-0052　名古屋市天白区井口1-1504-102
TEL：052-801-3144　FAX: 052-801-3148

印刷製本　株式会社シナノパブリッシングプレス

＊定価はカバーに表示してあります。
＊乱丁・落丁本はお取り替えいたします。

ISBN978-4-908627-22-4 C0193

人間社文庫

文学［小説］／日本の古層シリーズ

① 天白紀行　増補改訂版　山田宗睦
288頁／本体800円／978-4-908627-00-2

風伊勢、三河、遠江、駿河、信濃から関東にかけて広くその痕跡を残す、謎の「天白」信仰。上質な紀行文としても読むことができる。

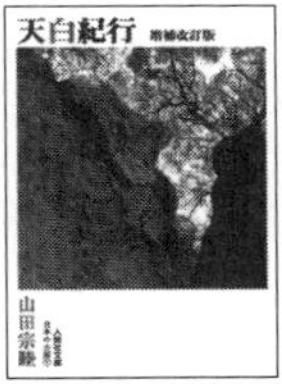

② 日本原初考
古代諏訪とミシャグジ祭政体の研究　古部族研究会
312頁／本体800円／978-4-908627-15-6

③ 日本原初考
古諏訪の祭祀と氏族　古部族研究会
364頁／本体800円／978-4-908627-16-3

長い間絶版となったまま入手が困難だった「日本原初考」三部作を復刊！古部族研究会は、当時「季刊どるめん」編集長だった田中基、人類学・民俗学の映像作家として活動していた北村皆雄、寿町で生活相談員を務めていた野本三吉の三人が結成した諏訪信仰の研究グループ。一九七四年に諏訪の研究者・今井野菊を訪ねて一週間泊まり込みで教えを乞うた伝説の合宿で本格的に始動し、「日本原初考」三部作を発表した。

④ 日本原初考
諏訪信仰の発生と展開　古部族研究会
496頁／本体900円／978-4-908627-17-0

【中沢新一推薦】諏訪信仰研究の隆盛は古部族研究会の活動によって礎が築かれた。古代・中世史の研究に前人未踏の突破口を開いた名著である。

小説 ピース・イズ・ラブ
君がいるから　伊神権太
365頁／本体800円／978-4-908627-22-4

信長により今明かされる残照伝、国境を超えたカトマンズ・ラブ・ロマンス、原発汚染のない清らかな海、空、かぜ。一貫するのは愛と平和の世界。

人間社の本

詩集／歌集／句集

詩集
風景
春日井建
四六判上製／161頁／本体1800円／978-4-931388-80-2
三島由紀夫が絶賛した「未青年」の歌人、最初で最後の詩集　生前に自選、校正半ばで斃れた宿願の風景詩集が没後十年を経て甦る。

詩集
女の子のためのセックス
ちんすこうりな
四六判変型軽製／155頁／本体1000円／978-4-908627-19-4
爽快なセックス宣言ともいえる詩集『青空オナニー』から八年。驚くほど成長した身体思想詩人・ちんすこうりなが満を持して放つ第二詩集。

詩集
悲しみの姿勢
秋吉里実
A5判並製／91頁／本体1500円／ISBN978-4-908627-01-9
たくさんの喜びや幸せの陰で、そっと泣いている人がいる。ふとそのことに気付き、七年間じっくり書き溜められた第一詩集。

詩集
Viva Mother Viva Wife
荒川純子
A5判並製／145頁／本体1500円／978-4-931388-92-5
詩と家族とに向き合うため、綺麗事は全て排した「赦し合うための賛歌」。十三年ぶりに満を持して放つ33篇の衝撃。

短歌
早大闘争50周年記念CD
遙かなる朋へ　短歌絶叫
福島泰樹
収録時間49分／本体2000円／978-4-931388-87-1
岸上大作、藤原隆義、村山槐多、石川啄木、大杉栄ら死者との共闘を標榜し「彼らは断固死んでなどいない！」と熱い想いを叫び続ける。

歌集
雨女の恋
森村　明
四六判並製／168頁／本体1500円／978-4-908627-23-1
此の世の終末と再生を予感させる、放恣と放埒。然して、嗜虐と好悪に盈ちた饒舌的奔流体。その底流を漂うエロスと悲哀！（福島泰樹推薦）

句集
然るべく
岡村知昭
B6判並製／174頁／本体1500円／978-4-908627-05-7
「なせばなる、なるようになる、なんとかなる」を心の銘に句界を駆け抜けてきた二十年の厳選された三百句。第一句集。